ダンジョンシーカーズ

~スマホアプリからはじまる現代ダンジョン制圧録~

七篠康晴

ILL. 冬野ユウキ

DUNGEON SEEKERS
PRESENTED BY NANASHINO KOSEI
ILLUSTRATION BY FUYUNO YUKI
VOLUME ONE

01

CONTENTS

プロローグ

薄暗いオフィスの中。目に悪い光を放つモニターが壁一面に並び、大部屋を埋め尽くしている。モニターを照明代わりにするこの職場で、東北地方担当責任者、という席札が置かれた机に向かって座っている雨宮怜《あまみやれい》は、今日も激務に追われていた。ベータ版『ダンジョンシーカーズ』を運営、管理する彼女たちは、リリースに備え、職場を寝床としている。彼女の部下のひとりが、タブレット端末を手にして、報告という名目の雑談にやってきた。

「室長。やはり、プレイヤー間の情報共有が進んだ影響もあるのか、死傷者の数も少なくなってきましたね。習得スキルの傾向、アイテム、攻略された渦の数等、『ダンジョンシーカーズ』リリースのためのデータが集まってきています」

「そうですねー……。相変わらず東京担当の人たちは忙しそうですけど、いろいろ動きがあって面白そうですよ。なんでも、既に突出して強いプレイヤーが出てきているとか」

「あぁ。『新宿の楠』のことですか。しかし……」

「いや、報告したいことがあるのはわかっています。私たちが担当する、東北地方、それも、仙台についてですよね？　わかってるんですよ。何故か、不気味なくらい数値上の動きがないことなんて……」

思わず、と言わんばかりに、彼女が頭を抱えた。どうやら彼女たちは、あまり上手く行っていないらしい。

上から何か言われそうだなぁ、と彼女が考えたところで、誰かが空間に突入してくる音がした。

やってきたのは、彼女の上司と思わしきメガネをかけた男。彼は、何かを言いたげな顔をしている。

「東北地方責任者の、雨宮はここですね。東北地方でまったく動きがなく、死者が出続けていることに関してですが……原因はわかりましたか？」

「あっ……いえ、あの、現在調査中です……」

それは三日前にも聞いたような気が……と張りつけたような笑みを浮かべる男を見て、雨宮怜は冷や汗を垂らす。

「あの、私の家から直接調査員を出すので、許してください」

「……いいでしょう。まあ、調査が難航する理由もわかりますしね。こちらからは、現地で何が起きているかを知ることができない。調査員を出すという判断は、間違いではないでしょう」

薄笑いを浮かべ、お仕事頑張ってくださいと口にした彼が、空間を去る。彼を見送った後、怜は携帯を手に取った。


静謐なる霊地。歴史ある雨宮の家が代々受け継ぐ、立派な屋敷の中。誰からも触れられることなくひとりでいる少女が、怜のかけた電話を受け取る。艶やかなボブカットの黒髪。後から染めたようには見えない金青《こんじょう》の後ろ髪が、少し開いた障子の隙間から照らされている。凛とした顔つきにあどけなさが残る彼女は、絵画のように美しかった。

「……では、姉さま。私がその調査に向かえというのですね」

「そうよ。こっちでも調査を続けているんだけど……もしかしたら、目的が調査から制圧に変わるかもしれない」

一度息を吸った怜が、再び口にする。

「だから貴方を選んだわ。里葉《さとは》。貴方だったら、完璧にやってくれるって……」

「雨宮家当主代行である、この雨宮怜が命じます。宮城県仙台市へ向かい、『ダンジョンシーカーズ』に起きている異変を調査しなさい。加えて、全武装の使用を許可します」

電話の切れる音が、部屋に響く。縁側の向こう側の空を見上げながら、里葉は立ち上がって、静かに口にした。

「仙台か……」

第一章　摩訶不思議なスマホアプリ

……仙台に吹く、冷たい冬風が頬を撫でた。歩くことをやめて、何故か、ぼーっとしている。代わり映えしない日々。高校からの家路は、針で突き刺すように俺の心を蝕んでいた。毎日、この瞬間だけが繰り返されているように、何事もなく、停滞感の中を生きている。ああ。本当につまらない。

「チッ……」

また、歩き始めたその時。何故か、涙が頬を伝っていることに気づいた。意味もなく、また泣いている。けれど、それはいつものことだ。自分にとってこれは、何も珍しいことじゃない。珍しいことでは、ないんだ。

深呼吸をして、目元を制服の裾で拭った。問題なんてない。とりあえず、家を目指そう。

いつもの路地を、いつもどおりの速度で進んでいく。民家の塀。側溝。自治会の掲示板に、そこの角を曲がっていけば、電柱があって……しかしその上には、今までで一度も見たことのない、『いつも』とは程遠い異質なものがあった。

それは、白地の紙に載せられたQRコード。迷子犬のポスターや、交通安全を喚起するポスターを見たことはあるが、QRコードなんてものは、初めて見る。誰かがやった、エロサイトなんかに飛ばされるくだらないいたずらだろう。そうは思うけど、こんなくだらないものに興味が湧くぐらいに、自分は退屈していた。

ポケットの中からスマートフォンを取り出して、QRコードを読み取ってみる。なんとなく見たことのあるドメインを見せられてから、唐突にスマートフォンが暗転した。

見たこともない、縦書きのプログラムコードが画面上を駆け抜けていく。何事かと驚く暇もなく、それはまるで、新しいOSを起動したときのようにして――


『倉瀬広龍さん。ようこそ。ダンジョンシーカーズへ』


……入力してもいない自分の本名とともに、意味のわからない文面が表示された。未知のウイルスの乗っ取りにでもあったのかと思って、遅れてスマホを操作してみる。しかし、どうやら元々の機能はそのまま残っているようで、アプリのひとつとして、『ダンジョンシーカーズ』というものがダウンロードされているようだった。今すぐ電源を切るなりして、ウイルス対策を行うべきだろう。しかし、常人だったら強く忌避するようなこんな事態に、俺はワクワクし始めていた。怖いもの見たさ、とでも言うべきか？

アプリ『ダンジョンシーカーズ』を操作して、画面の中を覗いてみる。その無機質なレイアウトの中には、『ステータス』『アイテム』『フレンド』など……スマホゲーにあるもののような、そんな項目が多かった。

QRコードでいきなりダウンロードしてきた割には、親切に説明書《マニュアル》もついている。しかし、俺は説明書を読むタイプじゃない。手探りでやっていくのが、醍醐味だろう。こういう、ゲームみたいのは。

危険性とかそんなものは思考の外に追いやって、アプリの探索を続けていく。そこで、スマホゲーのテンプレ的レイアウトの中に、『シーカーズカメラ』という見慣れないものがあることに気づいた。早速それをタップして、起動してみる。カメラを通し外の景色が映し出された画面を見て、すぐに察した。おそらくこれは、カメラを使って遊ぶタイプのゲームなんだろう。

右手に握ったスマートフォンをかざして、辺りの景色を見る。住宅街。ちょうどQRコードが貼られていた電柱のすぐそばに、現実にはない、煙のような紫色の靄《もや》があった。それは、渦潮のようにぐるぐると動いている。カメラでそのまま映し続けていると、『突入』という謎のボタンが出てきた。なるほど。これを押したら、何かが始まるんだろう。

正体不明のアプリ。『ダンジョンシーカーズ』。やらせてみろよ。

『突入』というボタンを親指でタップしたその時。俺の顔が、スマホから飛び出る白光に照らされた。

「……っ？　眩しい……？」

光が収まった後。咄嗟に顔を覆った右腕をどけて、目の前の景色を見る。

そこは、薄暗い坑道のような場所。壁は綺麗に石材で舗装されていて、一定間隔で置かれた青い炎の松明が、薄暗く道の先を照らしていた。住宅街にいたはずの俺は、神隠しにあったかのように、突然現実味のない、それこそゲームのダンジョンのような場所へと――

「……は？」

閉塞感を覚える、狭い道の先。キキキと笑う謎の生物の声が、静かに反響した。

訳もわからず、辺りを見回す。暖房の効いた店に入った時のように、先ほどまで触れていた寒い冬の空気を感じない。ベタに、頬をつねったりしてみて、とうとう気が狂ったのかと確かめてみたけれど、五感は正常に機能しているようだった。ここに来る前にやっていたことが何だったかを、思い返す。そうだ。俺はさっきまで『ダンジョンシーカーズ』という名前のアプリを起動していた。もしかしたら、何かアプリ内に手がかりがあるかもしれない。

スマホを操作して、『ダンジョンシーカーズ』を開く。無機質な、温かみを感じないアプリのレイアウトの中。その中央には今、『宮城県仙台市　第四十八迷宮　突入中』という文言が表示されている。本当に、ゲームの『ダンジョン』とでも言ってるのかこれ……？

スマホを夢中で操作しながら、更なる情報を得ようとしていると、ゆっくりとこちらに近づく何かの足音が聞こえた。人のものとは思えぬほどに軽い、ぺちぺちと鳴るようなその音を聞いて、スマホのライトを起動する。

照らした道の先。そこにいたものの姿を見て、思わず後ずさる。

「クキキキ、ガキャキャキャキキキキ」

……嗅覚を刺激する腐敗した匂い。緑色の肌。鋭くこちらを睨む赤眼と、俺の腰にも届かない、小さな体躯。

ゲームの中では定番の雑魚キャラともいえる、ゴブリンがそこには立っていた。どす黒い血に濡れた棍棒を構えて、なんの前触れもなく、こちらに突っ込んでくる――！

「うおおおおぇええあああっ！？！？」

背を向けて、スマホをポケットにしまった後、全力で走り出す。俺の背めがけて投じられたであろう棍棒が、鈍い音を鳴らし床に衝突した。その音からして、当たっていたら絶対にやばかった。

腕を全力で振って、脚を死ぬ気で回す。しかし、目を凝らした道の先には石壁があって、行き止まりだ。

くそッ！　後方確認をしくった！

「クキャキャカキャカキャ、グキききき！」

ゴブリンは一目散に逃げだした俺を見て、簡単な獲物だと判断したのか、薄笑いを浮かべながらぺたぺたと追いかけてくる。たかだかゴブリン程度が人間を、俺を舐めやがって……！

「おらぁ！」

意を決して、反転。左手に持っていたスクールバッグを、思い切りぶん投げた。奴の顔に命中したそれは、生き物を殺せるほどのものではないけれど、動きを止めて、目くらましをするには十分。何か使えるものはないかと辺りを見回して、壁にかけられた青い炎の松明を手に取った。こうして冷静に見てみれば、奴は案外小さい。

「オラ！　オラ！　この野郎っ！」

「グキャガキャ、ガガガキャ！」

地に倒れ伏したゴブリンを、一方的に殴打すること十回近く。奴の声が聞こえなくなったタイミングで、奴の体が灰色の砂塵となり、爆発するように大気へ溶け消えた。

「はぁ……はぁ……」

肩で息をして、今のはいったい何だったのかを考えこむ。ゴブリンの、死体が灰になって消えた。

これじゃあまるで、本当に……

その時。再び手にしたスマートフォンが、ブーッブーッと強く震えた。続いて、心臓が一度強く跳ねたかのように、全身に何かが送り出されたような感じがする。松明を手放した後、ポケットの中に入っているスマホを手に取った。

『レベルが上昇しました』

「おいおいおい……」

画面上に映し出された通知を見て、思わず声を出す。ゴブリンを殴り殺した感触は、まだ右手に残っていた。これは、幻覚なんかじゃない。ずっと感じていなかった、胸を満たす高揚に鼓動が速くなった。

……半ば確信的に、『ダンジョンシーカーズ』を開く。先ほどの通知が届いている『ステータス』画面があるけれど、それよりもまず真っ先に、説明書を開いた。スマホに、無機質な文字列が表示されていく。

『ツール：ダンジョンシーカーズは、[redacted]のアイテム収集を目的とした、攻略支援ツールです。戦闘技能であるスキルの習得、ストレージを利用したアイテムの保管、通信機能など、多岐にわたる方法で探索者を支援します』

概要に目を通したが、まったく意味がわからない。本当はもっと読み進めて、自分の身に何が起きているのかを知りたい。

けれど、見えない道の向こう側。ぺちぺちと鳴る、あの足音が聞こえてくる。複数のそれを聞いて、おちおちなんてしてられない。またさっきみたいに、襲われるだろう。そうなったときに、俺は勝つことができるのか……？


俯いた視線の先。地面に落ちている棍棒が目に入る。こびりついている、どす黒い血痕。遅れて、恐怖心がやってきた。

震える親指で、おぼつかない操作をする。先ほどの記述が正しいのであれば、『ダンジョンシーカーズ』は俺に戦うための力を与えてくれるはずだ。夢中でスマホを操作して、ステータス画面に飛ぶ。『プレイヤー：倉瀬広龍《くらせひろたつ》　LV．3』『習得スキル　なし』『SP：30pt』と表示されているそれを見て、再び自分の名前が表示されていることに瞠目しつつも、習得スキル欄をタップして開いた。

リストを何度もスワイプして、膨大なスキル群をチェックする。ツールといっているわりにはゲームっぽい、剣術だの火魔法だの、いろいろあって、全然意味がわからない。それでも、あの足音は近づいてきている。早く決めないと。

ひたすらスワイプを続けて、戦い方もわからないただの高校生である俺に合う、ぴったりなスキルを見つけ出す。

そのスキルの名前は――

『白兵戦の心得』
必要ＳＰ　３０ｐｔ
武器を使用した近接戦及び格闘戦の基礎を体得する。
白兵戦での経験値取得量が上昇。

親指が吸い込まれていくように動いて、スキルの習得ボタンを押した。ゴブリンを殺してレベルが上がった時のように、また心臓が強く跳ねて、全身に何かが行き届いたような感覚があった。その瞬間。雷光が駆け抜けたように脳髄が痺れて、ゆらりと体が動いた。

理、解した。俺は、これが一番向いている。

それはまるで、歴戦の武士《もののふ》のように。

揺らめく松明の明かり。曲がり角からやってきた、奴らの姿を視認した。敵数、三。ゴブリンと思わしき奴が二匹と、大きな奴が一匹。床に落ちていた、血痕つきの棍棒を手に取る。武器を握る手に、覚束さはない！

一歩。力強く踏み出して、真っすぐに駆け出した。なんの躊躇《ためら》いもなく接近してくる俺を見て、まずは二匹のゴブリンが迎撃しようと前に出る。右下から斬り上げるように振るわれる棍棒。体を反らしてそれを回避し、通り抜けざまに頭蓋目がけて棍棒を振るった。直撃したゴブリンは横転し、地面に後頭部を強打した。そのまま身動きの取れなくなった奴を足で押さえつけて、遅れてやってきたもう一匹を真っすぐに振り下ろした棍棒で叩き潰す。

『ブモォオオオオオオッッ!!』

……息絶えた二匹のゴブリンが爆発して、灰の残滓が俺を包んだ。最後の一匹。あっさりと仲間を殺されてしまった、俺よりもずっと背の高い豚の鬼……オークが、顔を赤くさせて怒り狂っている。

それをただ、胡乱《うろん》げな視線で見つめた。

「少しでかいからって調子に乗ってんじゃねえぞ……?」

棍棒を頭目がけ投げつけ、壁に取りつけられた松明を再び手にする。

殴打する音だけが、廊下に響いていた。足を取り、奴を横転させた後、ひたすら松明で頭蓋を殴っている。ゴブリンの残した棍棒は根元からへし折れ、最後の一本を手にしようとしたところで、奴の巨体が爆発した。視界を満たす灰に目を細めながら、『レベルが上昇しました』と表示されたスマホを手に取る。心臓が、四方八方に何度も跳ねている感じがした。レベルの項目を見てみれば、それは6に上昇していて、SPというものが30付与されている。

情報を取得しようと、『宮城県仙台市　第四十八迷宮　突入中』という文字列をタップして、別のページに飛んだ。

『宮城県仙台市　第四十八迷宮』
クラス：E級
タイプ：迷宮型

階層：一／三階層
■■■■　■■■　権限未所持により非公開

どこまで行っても、ゲームっぽいこの『ダンジョンシーカーズ』の情報を、ひとつずつ確認する。

クラスというのはこの『ダンジョン』の規模、危険性のようなものを示していて、タイプはその種類のことを指しているのだろう。それと、アプリの情報を信じるのであれば、この『ダンジョン』は三階層でできているらしい。権限未所持という部分に関しては、黒塗りのような状態になっていて、閲覧することができない。赤色で目立つように配置された、『脱出』というボタンがあるが、それはすぐに見なかったことにした。

……ずっと、停滞感の中に生きていた。自分を憎んで、自分の環境も恨んで。何を試してみても、生きている感じなんてしなかった。

遅れて、無意識の内に笑みを浮かべていることに気づく。

明らかに、殺意を向けられていた。あの小鬼から。自分よりもずっと大きい、あの豚の鬼から。しかしそんな生の感情のやり取りが、楽しくて仕方がない。そうだ。俺は、楽しいんだ！

とうとう出会うことができた。自分が本当に、楽しいと思えることに！　火照る熱い体は、それを訴えかけてくる！

まだまだ、わからないことばかりだ。非現実的すぎて、どこから手をつけていいのかわからない。

それでも。今は、このダンジョンを攻略しようと、前に進むことに決めた。

次の階層に続くであろう、階段を下りていく。軽やかな足取りが、小気味よい音を鳴らしていた。

……景色の変わらない、第二階層。恐れなんてものはなく、また、松明が照らす道を進んでいく。

道中、先ほど手に入れたポイントを使って、『直感』というスキルを習得した。自らに迫る危機と戦闘中の好機を察知することができるというこのスキルは、センサーのように働いている。物陰から飛びかかってきたスライムのようなモンスターを回避して、振り向きざまに棍棒を振るって撃破した。数匹のゴブリンが襲いかかってきたときは、まとめて奴らを相手にして、返り血を浴びるほどに強く、棍棒で叩き潰す。どうやら、レベルが上がるのと共に身体能力も向上しているらしい。

頬と衣服に付着した血液が、灰になって霧散した。

ゴブリン、オーク、それとスライム。すでに見慣れた相手を、危なげなく討ち取っていけている。スキル『白兵戦の心得』は、非常に強力なスキルのようだ。『直感』を習得した分ポイントを消費しているが、レベルは9に上昇していて、まだあと30pt残っている。

何か新しいスキルを取りたいと考えていたが、強そうなものがない。壮大な名前をした強そうなものは全て灰色になっていて、習得不可と記されていた。そこで、習得可能な他のスキルを見てみても、『スラッシュ』とか、『ガード』であったり、『白兵戦の心得』で事足りそうなものしかない。ここは一度溜めておくことにしよう。

動かし続けていた足を、一度止めた。今、俺の目の前に、第一階層で見つけたもののような階段がある。スキル『直感』が、その先にいる存在の強さを知らせてきた。そこには、今までに感じたことのないほどの、禍々しいものの気配がある。棍棒を一度握りなおして、スクールバッグを背負い直した。

この先は、第三階層。『ダンジョンシーカーズ』によれば、ここがこのダンジョンの最下層となる。間違いなく、今までで最も強い敵がいるのだろう。

脱出なんてしない。心の底から楽しいと叫んで、走り出せてしまいそうなこの喜びを、自分から止めるなんて以《もっ》ての外だ。新手は、大歓迎である。躊躇いなく、階段を下りて行った。


……確かめるように踏みしめた、第三階層の地。先ほどまでは少し整備された坑道のような空間だけが広がっていたのに、それとは打って変わって、どこかの聖堂のような、そんな荘厳な場所にいた。天井は空でも飛べない限り触れられない高さにあって、ＬＥＤの照明よりも明るい青い炎の篝火が、空間を照らしている。壁と床には西洋にも東洋にも分類できないような装飾が施されていて、すぐ横にある壁には燭台と一本の剣が飾られていた。目を凝らしてみれば、本物であることがわかる。脆そうだが、一度くらいは使えるだろう。

逸らしていた視線を正面に向けて、第二階層から感じていた重圧の正体を見た。ここからの戦いには邪魔だろうと、後ろにスクールバッグを投げ捨てる。

四メートルを超えるであろう体躯。彫像のような美しさを孕んだ鋼の筋肉には、ピンク色の珠汗が流れ落ちている。身が竦むような、こちらを射殺すような眼光が双眸より放たれていた。武器は持っておらず、ゴツゴツの角張った拳こそが、己の武器と言わんばかりで。

……ゴブリン、オーク、スライムと来てオーガか。本当にゲームみたいで、何なんだろうか。これは。

奴が右腕を上段に置き、左腕を下段に置く。両足の踵を浮かせ、いつでもこちらに殴りかかれるようにしていた。やはり、何も考えずに突っ込んでくる他の敵とは違う。しかし、拍子抜けだ。正直言って、あまり強そうには見えない。

奴のことをじっと見つめながら、構えを取ったまま静止している。俺と奴の間に、不気味な静寂だけがあった。

――なかなか動いてこない。誘うか。

じりじりと後退して、距離を取っていき、あたかも後方を確認していなかったかのようにして、壁に背をぶつけた。それを隙と見て、奴が俺に突進してくる。風を切り裂く音を聞きながら、迎撃のために棍棒を投擲した。顔目がけ突っ込んでくるそれを見て、奴が右拳を放つ。棍棒は木っ端微塵に破裂して、奴の視界を覆った。背をつけた壁に飾られている剣を手にして、力強く地を蹴る！

跳躍し、一閃。奴の首を深々と切り裂いた。致死量の血が噴き出て、奴が地に倒れこむ。

この鮮やかな戦いぶりは、『白兵戦の心得』のおかげだろう。剣の目利きもできるようになったし、奴を倒す方法はすぐにいろいろ思いついた。他の方法を取ることもできただろう。こんな普通はできないことを一瞬で簡単にできるようにしてしまうのだから、『ダンジョンシーカーズ』はやはりおかしい。

……血の海に沈んでいたオーガが今、爆発した。通知のバイブレーションが、左太ももに伝う。レベル上昇の通知だろう。それに加えて、『制圧に成功しました』という通知もやってきていた。おそらく、このオーガがこのダンジョンのボス的な何かだったのだろう。

投げ捨てたスクールバッグを拾いながら、この後はどうすればよいのだろうと考え始めたところで、幾何学的模様を描いた明かりが、地面に浮かび上がってきた。この、魔法陣のようなものの上に立てば、何か起きるかもしれない。そう考えて、直感的に、魔法陣の上に立った。

全身が光芒に包まれている。眩さに目を閉じて、再び開いた時。ダンジョンの中に飛ばされた時のように、俺は今、まったく別の場所にいた。てっきり現実世界のほうに戻れるのかと思っていたが、そういうわけではないらしい。

薄暗い空間の中。凄く埃っぽくて、思わずくしゃみをする。その後、この空間が漆喰のにおいで満たされていることに気づいた。どうやらここは、木材と土壁でできた、何かの建物の中らしい。天井からぶら下がっている電球のような何かのぼんやりとした明かりが、雑多に置かれている物品たちを照らしていた。

箒やら壊れた鍋やら、ごみ置き場か何かなのだろうか、日用品で溢れかえっている。しかしながらそのどれもが俺の知っているものとはかけ離れたデザインをしていたので、それが日用品であると気づくのに時間がかかった。

ごちゃごちゃと積み上げられた物の先には、二階部分に繋がる梯子があった。それと、真後ろを見てみれば、大きな両扉があって施錠されていることがわかる。もしかして……ここ、土蔵か？　倉庫になるっていう。

予想だにしなかった展開に困惑し、また何か手がかりがないかと、『ダンジョンシーカーズ』を開いた。スワイプして画面を見てみると、『脱出』ボタンの上に、『収容』という謎のボタンが出てきていることに気づいた。ものは試しだ、ということで、変な形をしたコップを拾い上げ、『収容』ボタンを押してみる。瞬間、あり得ないものを見た。

『収容』ボタンを押したのと同時に、コップが光になって、画面に吸い込まれた。その後、収容アイテムリスト、というところに、コップが表示されている。評価額100pt……日本円にして一万五千円分、は？

……また改めて、説明書を熟読する必要があるなと考える。とにかく、ここはダンジョンを攻略した後のご褒美のような、報酬部屋……のような場所で、ちらっと説明書に書いてあったとおり、スマホを通してアイテムを集めることができる、ということなのだろう。しかし、ここにあるものを全部分捕《ぶんど》れるかといえば、そういうわけでもないらしい。スマホに容量のゲージがあって、コップを収容したことによりそれが少し満たされていた。加えて、制限時間二分とも表示されている。嘘だろ。あっという間じゃないか。

アイテムということは、お金だけじゃなくて、何か役立つものもあるのかもしれない。ゲームっぽくそう考えた俺は、床に落ちているゴミ同然のものを、すべて無視した。まだ見ていないところを探してみようと、二階部分へ続く梯子を上る。二階部分の床に手をかけ、這い上がった俺の視線の先。

……そこにはなんと驚くことに、薙刀、剣、盾、戦斧と、さまざまな武器が積み上げられていた。

重厚な、肉厚の刀身を持つそれぞれは、殺傷能力を有していることを強く訴えている。立ち上がって体についたホコリを払った後、初めて見るそんな武器たちに、刀身を撫でてみたり、柄を握ってみたりした。

そうやって集められた、武器の道の先。恭しく大事そうに置かれた縦長の箱を見て、直感的にそれを手に取った。中を確認しようと、箱を開ける。そこには、深い藍色の鞘に納められた一本の刀剣があった。これはどうやら、刀箱らしい。テレビかなんかで、見たことのある。

「…………」

残り、数秒。収容ボタンをタップして、刀がスマホに吸い込まれる。瞬間。視界が、煌めく白光に染め上げられた。


……ホーホーと鳴く鳩の声。さざめく木々の音が、聴覚を刺激する。

目を開けた先。ダンジョンに潜り込むことになった原因の、電柱の前に俺は立っていた。日はもうとっくに沈んでいて、不気味な存在感を放つQRコードがまだ目の前にある。

時間はだいぶ経っているようだが、住宅街に戻ってきた。ここに戻ってきてから丁度、スマートフォンが何度も通知を鳴らしている。スマホをちらりと見てみれば、『レベルが上昇しました』『称号を獲得しました』など、いろんな種類のものがあった。

大きく、深呼吸をする。先ほどまで俺は確かに――命のやり取りをしていた。しかし、それが植えつけたものは恐怖ではなく、心の底から湧き上がるような、喜びだった。

身を包むあのスリル。可視化され表示される自身の成果。そして、多くの謎。まだまだ、あの場所にいたい。

だけど、今は本当に疲れた。まずは一度、ゆっくりしたい。家に帰ろうと、スクールバッグを肩に載せ帰路についた。

†

玄関と廊下の電気をつけて、靴を脱いだ。庭付きの、瓦屋根の実家。自分の部屋に向かう途中、誰かの肩を少し映して不自然に切り取られた、幼い自分と母親だけの写真立てが目に入る。

「……ただいま」

母と死別してから、一年。それから、ずっとひとりで暮らしていた。今ではもうその生活に慣れたし、不自由していない。退屈な日々こそ続いていたが、それもきっと今日までだ。

リビングに足を踏み入れて、机にコンビニで買ったご飯を置きながら、椅子に座った。チキンを片手に持ちつつ、スマホを使って『ダンジョンシーカーズ』を開く。まず改めて、自分のステータス画面というものを見てみた。

プレイヤー：倉瀬広龍
性別：男　年齢：18　身長：176cm　体重：62・3kg
LV．21
習得スキル『白兵戦の心得』『直感』

称号『命知らず』『下剋上』『天賦の戦才』
ＳＰ：１５０ｐｔ

レベルはあのオーガと戦って……12も上がったのか。ずいぶんと極端だなと考えながらも、追加されていた称号という項目をチェックしてみる。ヘルプマークを押してみたら、実績の解除とか、素質の発見やら、よくわからないことが書いてあった。また、俺が獲得した称号《じっせき》にはそれぞれ詳細文が載っている。『命知らず』は文字どおり、命を顧みずに行動するものが獲得できると記されていて、『下剋上』のほうには、格上に対して完璧な勝利を納めたものが習得できると書いてある。このふたつはまあわからんでもないが、最後のひとつが意味不明だった。

称号『天賦の戦才《いくさびと》』

天性の素質。戦うためだけに生まれてきたともいえるその才は、波乱の道を突き進む助けとなるだろう。

先のふたつとは明らかに異質な、謎の予言のようなものが記されていた。しかし、いくら『ダンジョンシーカーズ』の支援があったとしても、割と難なく戦えている時点で、確かに才能はあるほうなのかもしれない。

ステータスの項目からホームに戻って、今度はアイテム欄を覗いてみる。その中には先ほど収容した、コップと刀が表示されていた。取り出す、というボタンを押すと、スマホからコップが光となって出てきた。

「……もう驚かねえぞ」

パシッと宙で手に取り、確認する。見たことのない素材でできているとはいえ、これが一万五千円か……コップを手にしたまま、あの刀のほうを見てみる。

アイテム『打刀《うちがたな》　竜喰《りゅうくい》』
評価額　2200000pt　時価評価額　三十三億円

「……うん？」

一度目を閉じて、目頭を押さえる。また確認してみたけど、見間違いではなかった。嘘だろ。いやしかし、本当に今更だが、何故この謎アプリの話を真に受けている。まだ詳細があるようなので、震える人差し指で『打刀　竜喰』をタップした。

アイテム『打刀　竜喰』
種：魔剣　機能：『暴食』『遅癒』『復元呪詛』
習得可能武器スキル：『秘剣　竜喰』

「なんかいっぱいついてるな……」

……藍色の鞘に納められたその剣を顕現させ、掲げるように手にした。恭しく右手で柄に触れ、少し抜いてみる。刀の抜き方なんてわからないはずなのに、自分でも驚くほど簡単に引き抜くことができた。

リビングの明かりに照らされる刀身。それが今、ドクンと、濃青の輝きと共に脈打った気がする。

『ダンジョンシーカーズ』の単純な文字列で語る以上のものが、この剣にはあった。

……なんかまるで、生きているみたいだ。思わず、人差し指で刀身を撫でてみると、この刀は身じろぎをして、俺のほうを見ているような……そんな漠然とした感覚がある。

……呑み込まれそうな、そんな妖しさがある。この刀は一度、仕舞ってしまおう。

「……よし」

最後に、『ダンジョン』の中ではあまり読むことのできなかった、『ダンジョンシーカーズ』の説明書にアクセスした。メインディッシュとして残したこの情報から……さて。何が出てくるか。

夜が深くなって、その静けさに包まれていた。肌寒い空気は、この興奮に火照る体には心地良い。時計の針はとっくに零時を回っていて、たった今、俺は『ダンジョンシーカーズ』の説明書を読み終えた。

バカ長い免責事項――命を落としても責任は負わないという物騒な言葉に始まったその説明文は、途方もない量の情報で満たされていた。説明書を読みながら書き出したノートの要約に、目を通す。

また、『ダンジョンシーカーズ』を、ＤＳと略すことが多いようだ。

一．ＤＳ内で起きた出来事は全て現実のものであり、『ダンジョン』での死は基本的に現実の死と同義らしい。

二．ＤＳの情報を漏らすことは利用規約上禁止されており、漏らした際はペナルティがあるらしい。

三．ＤＳはアイテムの収集を目的としたツールで、入手したアイテム及びそれを売ることで得られる暗号通貨を使ったＲＭＴ――リアルマネートレードが可能らしい。

四．スキルやレベルはアイテム収集のための補助機能らしい。また、ダンジョン外、つまり現実でも、スキルやレベルシステムは有効で、使えるそうだ。


第四の項目に関してだが、これでは無差別に人間兵器を生み出すようなものである。その対策として、人道に対する罪が『運営』により確認された時、利用者のＤＳが制限され、鎮圧部隊が派遣される、と書いてあった。また、ゲームの能力を使って暴れた場合は、命の保証をしないとも書いてある。スマホを急にハックして、人間を改造するような連中だ。おそらく可能だろう。

この四つの項目以外は、親切心からの攻略情報が記されていた。必須と言っていいほどの有用スキルや、敵となるモンスターの概要などが記されている。それと、見た目や場所は常に変わるらしいが、俺があの『打刀　竜喰』を手にした空間は、攻略の苦労に見合う、報酬部屋のようなものという認識で合っているらしい。

他にも細々とした情報は結構あったのだが……全体的な傾向として、納得できないことがひとつあった。

それは、この情報が全て事前の説明を前提としていたような、そのような傾向があったことである。

そもそもこの説明書の第一文は、『ベータ版　ダンジョンシーカーズ　ご応募の皆様』から始まっており、どう考えても、俺みたいな途中参加者を想定した内容にはなっていない。

「……どうして俺は、これに参加できてるんだ？」

頭に思い浮かべるのは、あの電柱に貼られたQRコード。あれが俺を『ダンジョンシーカーズ』に引き込んだ。しかしQRコードなんて言葉は、DSのどこにも見当たらなかったし、説明書にも何も記されていなかった。

……疑問が残るが、今すぐ解決できるものでもない。今日はこんなところにして、就寝することにしよう。

リビングの電気を消して、自室へ戻る。明日は学校に行った後、スキルのことでも考えようか。

†

宮城県仙台市。『ダンジョンシーカーズ』の異常を調査せよという命令を受けた雨宮里葉は、新幹線を使い北の地を踏みしめた。金青のインナーカラーを入れたように見える、艶やかな黒髪。大きな瞳に、白雪の肌。季節に合わないもののようにも見えるが、リボンのついたブラウスに、裾の間口が広い和袖のコートを羽織って、プリーツスカートを彼女は穿《は》いている。〝表側〟に身を置くという任務の特性上、できるだけ目立たないいつもの恰好をと彼女は考えていたが、もの凄く可愛い女の子がいる、と周囲の注目を浴びているので、特に意味はない。

駅構内から出てきた彼女の容貌に、皆が目を見開かせ見つめている。人間離れしたその美貌に声をかけるものはひとりもいなかったが、多くの人が彼女のことを目で追いかけていた。

「……ちょっと、寒いですね」

彼女は仙台市の『ダンジョンシーカーズ』に関する資料を提供されており、そのひとつひとつをすでに精査していた。しかし、資料に軽く目を通しただけでも、違和感を覚える。全国平均に加え地方ごとに比較したデータでも、東北の『ダンジョンシーカーズ』には異常な数といえるほどの死者が出ていた。この元凶を見つけ出し、断つために、彼女はここにいる。それと、非常に強力なアイテムである『魔剣』を入手したプレイヤーと接触しろという追加の命令も受けていた。きっと、長期の任務となるだろう。懐に隠し持った武装の存在を確かめた彼女は、気を引き締めた。

†

……QRコードから『ダンジョンシーカーズ』をダウンロードし、ダンジョンでモンスターたちと戦ってから、三日後。気怠い金曜日の授業を終えてから、家に帰ってきた。

あの日、あの場所を訪れてから、ずっと『ダンジョンシーカーズ』のことを考えている。アプリ内にあるスキルは全て目を通したし、他の項目も隅々までチェックした。カメラを構えながら近所を探

索して回り、いくつか同じような渦を発見している。それと、ダンジョン内で入手したコップを売却してみたら、DCという名前のポイントを入手し、それを更に換金したところ、一万五千円が電子マネーとしてスマホに振り込まれた。コンビニで試しに使ってみたら、他の電子決済と同じように処理されたようで、ガチで本物っぽい。

故に、もし俺があの『打刀　竜喰』を売却すれば、三十三億円という大金が振り込まれる可能性がある。いや、一万五千円と三十三億円じゃ桁が違うし、流石に一万五千円と同じように振り込まれはしないだろう、と思うけれど。

それに、実際に庭でぶんぶん振ってみたが、あれは強力な武器だ。武器を通して習得可能な『秘剣　竜喰』と呼ばれるスキルもあるし、手放す気はない。しかし、このスキルというのがな……

スキル『秘剣　竜喰』
必要SP　150pt
竜の逆鱗に噛みつき、そのまま喰らい尽くして葬り去った不可避の一撃。この秘剣で、喰らえぬ敵はいない。

この武器スキルにかかるSPが、なんと150ポイントだった。非常に強力なスキルである『白兵戦の心得』や『直感』の五倍である。これを習得するか、一度見送って別のスキルを習得するかで悩んでいた。

レベルアップを通して得られるSPの量は、レベルの高さに依存せず、一律10ptだ。ゴブリンを一体殺してレベルが上がった前と今では、Spの入手難度が変わるだろう。纏まった量を入手できるのは、今だけかもしれない。

この三日間、ずっとスキル欄を見ているし、スマホの使えない学校では、わざわざスキルをノートに写して、授業中考え込んでいる。習得できるスキルを見てみれば『白兵戦の心得』と同じように、強力そうなものが何個もあった。それらをいくつか習得したい気持ちもあるが……150ptも使用する『秘剣　竜喰』は、間違いなく切り札になりえるだろう。ダンジョンに入るのは、どちらか決めた後にしようと考えていた。

夜ご飯をキッチンで料理し、食べ終えて自分の部屋に戻った後。また、じっと考え込んでいる。明日の休みの間には発見したダンジョンに突入したいし、どちらか決めてしまいたい。それと、そもそも『ダンジョンシーカーズ』が何なのかという問題もあるし、もし俺の存在自体が問題であったのなら、『運営』とやらから刺客が送られてくる……可能性もある。問答無用で殺しに来るかもしれない相手に、無抵抗でいるわけにはいかない。

……部屋の空気が、ひんやりと冷たいものになっていた。ぶるっと寒気が来て、記憶にある位置からだいぶ離れた時計の針が目に入る。思考に耽るあまり、どうやらすでに深夜になっていたようだ。

立ち上がり、就寝の準備をしようとした時。

――ピンポーン、とチャイムの音が鳴った。

「…………」

こんな時間に……いったい誰だ？　深夜に来客があるのはおかしいし、そもそも母が亡くなってから、この家に訪れる人はめっきりと少なくなった。心当たりは一切ない。

――スマホのアイテム欄から、ほんの少しだけ躊躇いつつも、『打刀　竜喰』を顕現させ、左手に握った。足音を立てぬよう、明かりのない廊下を進み、ゆっくりと戸を開ける。人は見当たらない。

開けられた門扉。玄関から外の道路へかけて、ぼんやりと光る輝きが地面を走り、線を描いている。

この光は何だ……？

『直感』的にそれが危険なものではないと判断するも、間違いなく誰かが誘っていると確信した。家まで割れている以上、行くしかない。

靴を履いて、外へ出る。古びた住宅街の街灯が点滅を繰り返していて、その明かりの下にはまた、あの輝きがあった。

屈みこんで、指先でそれに触れようとした時。体を痺れさせるように、雷光が脳髄を奔った。今までで最も強い警鐘を鳴らした『直感』を受けて、咄嗟に鞘に納めたままの『竜喰』を、右後方に構える。

視界を染め上げる、紫苑の光。形容しがたい衝撃に続いて、甲高い音が鳴る。

「あぁっ!?」

衝撃を逃がそうと後転して、即座に抜刀した。鞘を一度手放して、スマホを操作し、『収容』させる。光が画面に吸い込まれていって、両手で刀を構えた。

人気のない、夜の住宅街。月明かりの差し込まない、暗い道の影から、ひとりの女性がやってくる。スラッとしていて、背が高い。裾の長いコートは夜風にいていて、それと同じように、ロングヘアーの横髪が動いていた。見た目は何の変哲もない若い女性だけど——こいつ、かなりヤバい。『ダンジョン』で遭遇したどんなモンスターよりも、この女のほうがずっと危険だ。濃い、死の匂いがする。

「……うん？　誘いこんで引っかかった奴のはずなのに、戦えるのかい？　あれ、おかしいなぁ……」

「……誰だ。そして、何を知っている」

俺の言葉を無視した奴が、右手に取り出したスマートフォンを操作する。そこから光となって飛び出てきたのは、取り回しの良さそうな短刀。

……スマホから飛び出る光。こいつ、俺と同じ『ダンジョンシーカーズ』の使い手か！

「いや〜私の趣味ってのもあるんだけどさ。悪いけど、死んでよ。死んでもらえると、助かるかな」

ニヤリと笑ったあの女から、地面に残されていたものと同じ輝きが、立ち昇るように放たれる。オーラのように体を包むそれは、強い生命力というか……そんな、不思議な力を感じた。しかしその全てが、俺に殺意を向けているのだから話は別である。静かに、剣を構えた。

「いや、無駄だって」

奴が、パチンと指を鳴らす。夜を下地に、魔法陣のような、幾何学的模様を描く光が浮かび上がった。嘘、だろう。

紫苑の光を高めたそれは、俺目がけて——！

「ッ⁉」

即座に背を向けて、走り出す。一条の光となり放たれたそれを回避しようと、両足で強く地を蹴って、前方へ宙返りをした。そして、曲がり角で電柱を盾にしながら、右へ転がり込む。

鳴り響く轟音。先ほどまで俺がいた場所を通り過ぎた紫苑の弾丸は、民家を囲う塀を木っ端微塵に吹き飛ばした。

嘘だろ⁉　あんなもん喰らったら、ひとたまりもない！

「は⁉　なんだこいつッ⁉」

驚愕する奴の声を置き去りにして、とにかく距離を取ろうと夜道を走った。ガードレールを飛び越えて、街灯の下を駆け抜ける。道にあるカーブミラーに視線を送ってみれば、謎の光を軌跡としながら疾走する奴の姿があった。

こちらから奴に取れる、有効な手立てがない。あのやばそうな遠距離攻撃を相手に反撃する手段がないし、そもそもあいつは俺よりもレベルが高く、強そうに見える。それと、まだ隠しているだけで、他のスキルも所有しているだろう。

直線上。隠れる場所のない広い道路の真ん中に追い詰められた。白線の上を駆け抜けながら、奴がまた光を灯したのを見る。来た！

――どうやら、何かがおかしい。

またいつものように、プレイヤーを殺害するというやりがいのある『仕事』をしようとしていた彼女は、今、前を走る男の存在に違和感を覚えた。この青年は何もかもがちぐはぐで、訳がわからない。

これは、新しいパターンだ。

射撃の『スキル』である紫苑の魔弾を、今一度放つ。背を向けたままの彼は、それを体操選手顔負けの跳躍で回避した。その動きは明らかに手練れの者であるし、握る剣はどこか、妖しい光を放っているが――かといって、『ダンジョン』をいくつも攻略したプレイヤーのようには見えないし、あの時代錯誤の和装の戦士たちでもなさそうである。そもそも、『被覆障壁』という必須のスキルを展開していない時点で、彼女が何人も殺してきた、QRコードからゲームか何かだと勘違いし参加してしまったプレイヤーと変わらない。しかしそれにしては、動きが良すぎる。

彼女は、戦うことを臆しているわけではない。むしろ、〝ご褒美〟前の戦闘や会話は前菜だと考えていて、大好きだった。猟奇殺人者の笑みを浮かべた女が、回す脚を早くさせる。

街灯が照らす、人気のない道を行く。あの女と全力で距離を取り、迎え撃つ場所を決めようと、夜に駆けた。煌々と輝く自販機を通り過ぎて、駆け込んだのはブランコと滑り台のある公園。まだ俺が小さかった時何度も遊んだ思い出の場所で、奴を迎え撃つ。

「頑張るね、君。結構、足速いと思うよ」

遅れて公園を訪れた彼女はスマホを左手に握り、右手に短刀を持っている。にやにやと笑みを浮かべ、舌で唇を舐めた彼女が、先ほどまでの静かな表情から、豹変した。

「お前、私が貼ったQRコードから、『ダンジョンシーカーズ』を始めたんだろ？　わからないことばっかの割には、よく動くじゃねえか。ご褒美に、なんでも好きなこと教えてやるよ」

少々、心が揺れそうになる提案だが、問答無用で殺しに来るような奴から、聞くことなんてない。

「……『ダンジョンシーカーズ』って、なんなんだ？　それとお前、なんでこんなことをしている？」

奴から見えないように、ポケットからスマホを取り出して、DSを操作する。

「僕も詳しくは知らないな。ただ、漫画みたいにゲームだとかなんとか、そんなもんじゃねえよ。モンスターとタマを取り合う、本当の殺し合いだ。それと、なんでこんなことしてるかって言うと……ナ！」

続く言葉をまくしたてる奴は、俺を脅かすように、その理由を語り始めた。人間を〝壊す〟ことに喜びを感じるという彼女は、同じようにQRコードからDSを始めた人間を、何人も殺してきたらしい。皮を剥ぎ、内臓をちぎり、とか、ぎゃあぎゃあ喚いている。

……結構、どうでもいい。ただ、ダンジョンで殺し合いをしているのが楽しいと感じている自分自身が、彼女と限りなく近い人種なんじゃないかという考えが、脳裏を過った。

スキルの習得画面を開き、操作をする。逃げることはなんとかできたが、戦うのは難しい。俺と奴の間には、経験、知識、レベル、全てにおいて大きな差がある。ならば、俺ができるであろう、最大の一撃を放つしかない。

だから俺は、これに決めた。このまま行ってしまえ。

「ま、わからんことばかりで死ぬのは災難とは思うが、僕の楽しみに貢献してくれるんだから、いいよネ」

体から立ち昇らせる光を強めた彼女が、スマホから謎の水晶を取り出し地に放り投げた後、再びパチンと指を鳴らす。空に浮かび上がった八つの魔法陣は、全て俺に向けられていた。短刀を下段に構え、ゆらりと体を傾けさせながら、独特な歩法で彼女がこちらに斬りかかる——！

まだ、ひどく落ち着いている。確かめるように息を吸って、刀の柄を握った。仮にも殺し合いをしたことがあるのだから、相手が本気かどうかぐらいはわかる。殺されるわけには、いかない。

「——『秘剣』」

「お前っ⁉」

そのスキルの発動と共に、体が自然と動き出し、まずは一度。刀を鞘に納めるような恰好を取った。

これは、抜刀術の構え、なんだろう。

「『竜喰』」

その秘剣は、まさしく幻想のものだった。

何メートルも先にいる敵に届く、斬り上げの一閃。残像となる刀の軌跡に、夜よりも濃い青の輝きが乗る。

その動きを目で捉えた奴は、手にした短刀で濃青の剣閃を弾こうとした。しかし、一線であったはずの濃青は目にもとまらぬ速さで変容し、まるで噛みつこうとする獣のような点の一撃となって、彼女の防備を避けていく。

縦に振るった刀が、突きの一撃となる。前代未聞の秘剣が、そこにはあった。

パリンと、ガラスが砕けるようなそんな音の後に、血の噴き出る音が響く。太刀風が公園に吹き荒れる。烈風に切り裂かれた木の葉が、夜を泳いだ。

余りにも、鮮やか。快感を覚えなかったかと聞かれれば、違うと答えることはできない。それが針の筵《むしろ》のようになって、心を蝕んでいる気がした。本質的には、俺と彼女は変わらないんじゃないかって。


……隙間風のような呼吸音が、公園に響き渡っている。

「お前、結局なんだったんだ」

全身から血を流し、仰向けに転がる彼女。なんとなく聞いてはみたけれど、返事はなかったし、求めてもいなかった。

「…………」

開きっぱなしの両目に手を伸ばし、閉じさせた場面で。彼女の肉体が灰塵となり、公園に霧散した。

ポケットにしまっていたスマホが、無機質に震える。向こうから襲いかかってきたとはいえ、後味が悪い。

これから俺は、どうなるのだろうか。

……実はDSは、プレイヤーが殺し合うアプリで、今みたいに、同じような奴が何度も襲いかかっ

てくるのかもしれない。実際に確認できている情報を除いて、説明書が本当のことを言っているのかもわからなかった。

……ならばもっと、力が必要だ。

「……明日から、ダンジョン。全力で潜るか」

顔に浮かび上がっていたのは、戦う建前を見つけ出したことに喜ぶ、暗い笑みだった。

†

……月明かりのない夜に。仙台に到着してから数日間。雨宮里葉は、実地調査を続けている。夜の闇に紛れ、彼女は街を駆け抜けた。未だ、東北の『ダンジョンシーカーズ』に起きている異変の原因は、わかっていない。しかし、調査を続ければ続けるほど、疑念は強くなっていった。

「死因は不明、ですか……アプリの記録が途絶えている。何者かの妨害……？」

彼女がタブレット端末に表示させた資料は、死亡してしまったプレイヤーたちのリストだ。本来であれば、モンスターの攻撃を受けて、とか、罠に引っかかって、等、その死因はDSによって記録されるはず。しかし、死因不明となっているプレイヤーが非常に多い。更に初心者プレイヤーが、初陣には厳しいともいえるE級ダンジョン、果てはD級ダンジョンに突入し死亡するという事例がかなりある。

強力な渦が多くあるのかと推測し、彼女は各地を見て回ったが、仙台の観光名所ともされるあの古き城に根づいた大渦を除いて、特別凶悪なものは見当たらない。あの渦に向かおうとも、ゲーム内ではA級とされるべきダンジョンであるため、そもそも突入を躊躇うはず。
人っ子ひとりいない、河川敷の橋の下。コンクリートが爆発したかのような痕跡を見つけ出した彼女は、それに触れ魔力を放った。朧げで微かなものではあるが、何者かの魔力痕がある。これは、かなり最近のものだ。加えて、雑にふき取ったような……鈍い赤色の痕がある。
「……」
現場に残っていた魔力を捉えた。その持ち主を見つけ出すのは、妖異殺しと呼ばれる彼女にとっては容易い。

魔力の残滓に引き寄せられ、彼女がやってきたのは、とある住宅街。静まり返り、街そのものが眠っているかのようなこの場所で、誰かと誰かの魔力の気配がする。一方は、彼女が見つけ出したものの持ち主。そしてもうひとつは、風に煽られる蝋燭の炎のように弱い、未熟な力。

間違いない。この先で、誰かが戦っている――――

まずは様子を見ようと、瓦の音も鳴らさず屋根の上に登り、彼女は両者を観測した。武器を手に取り相対する彼らは、公園の中央に陣取っている。両者ともにスマートフォンを所持しているところを見ると、『ダンジョンシーカーズ』のプレイヤーだった。彼女のような、妖異殺しではない。今から戦いに介入しようにも、距離がありすぎる。今は、事態の把握に努めるべきだ。

彼女から見て右方に陣取る女が、魔力を発露させ魔法陣を夜空に展開させる。地に魔道具であろう水晶を置いた後、短刀を構えた。迷いなき足取りで男のほうへ突撃する女の姿を見て、里葉は考える。

（おそらく……ＤＳの中でも高位のプレイヤー。もしかして、仙台市の異常はプレイヤー同士の戦闘……？）

決着まで秒読みというこの瞬間。待ち構えるのは、ひとりの青年。

寝巻だろうか。薄手のＴシャツの上に上着を着てズボンを穿いている彼は、ただ一本の刀剣を手にしている。彼が握るその刀を見て、彼女は驚愕した。

「嘘……！　あの魔剣……伝承……いや空想級⁉」

妖異殺しとして確かな実力を持つ彼女は、一目でその刀の強さを感じ取った。あれは、魔剣などといった特殊な対妖異武装の中でも、最高等級に位置するものなのではないかという、威容を放っている。

空想級の武装というのは、手にしようとして手に入れられる類のものではない。概念級の能力を必ずひとつ保有するその武装は、呪いのように認められなければいけないものなのだ。武装自身に。

（では彼が、魔剣を手にしたというプレイヤー……）

瞬間。彼女は、信じられぬものを見た。青年は、刀を一度下段に構えて。

「――――『竜喰』」

魔剣を魔剣たらしめる、空想の名を呟いた。抜刀し放たれた一閃は、正しく奥義。一撃を受けた女性は、即死だろう。

地力では彼を優に上回るであろう女性を、簡単に葬り去ってしまった。

彼女にはあの一撃を放たれて、防ぎきる、ないしは回避しきる自信はない。あれは、そういうものである。

……女性の死体を看取って、灰塵となった姿を見届けた彼は、公園に佇んでいる。彼女の頭の中で『ダンジョンシーカーズ』の異常と目の前の光景が、点と点で繋がった。

今殺された彼女。加えて彼女が残した、あの魔道具。そして何よりも、彼のことを調べる必要がある。里葉はそう決意して、彼が立ち去るまでの間。ひとまず息を殺した。

†

退屈な人生など、誰が歩みたい。小さな幸せを抱えたまま死ぬぐらいなら、波瀾万丈に生きてみせて、散る花のように破滅してしまいたいだなんて。

……あの女を、殺した後。明かりをつけたまま、自室で泥のように眠った。『秘剣　竜喰』を使った右腕が、じくじくと痛んできて、少しでも動くのが億劫になる。強い筋肉痛のような、そんな感覚だった。しかし、耐えられないというわけではないし、大した傷でもないだろう。

今日は土曜日。動きやすい服に着替えて、出かける準備をした。数日の間に見つけ出したダンジョンを地図アプリにリストアップし、地図上に赤いピンを刺して、攻略の準備をする。玄関で靴ひもを強く結んで、立ち上がった。

見つけ出した渦に、潜り続ける。あの日とまったく同じ、坑道のような場所。道なき道を行く、森林の中。『竜喰』を振るい、敵を倒し続けた。通知の振動と共に震える心臓が心地よくて、刀は歓喜に啼《な》いているようで……醒めない夢を見ているような、浮ついた感覚になる。

そんな形容しがたい感覚を抱えたまま床に就いて、また朝を迎えた。今日も昨日と同じように、ダンジョンに潜ろう。

「……まさか、家の裏庭にあるとは思わないよな」

『カメラ』を起動しながら、ひとり失笑する。Ｄ級であるというダンジョンの紫色の渦に『突入』のボタンを押して、煌めく白光が体を包んだ。

燦々と輝く暖かな陽光でさえ、肌寒さをかき消すには足りない、冬の朝。自宅の庭にある渦へ突入した彼を、空中に屈みこむ彼女は監視する。先日の交戦以降、状況の把握に努めつつ、彼の動向を観察していた彼女は、電話のかかってきた携帯を手に取った。画面に映る名前を見て、ほんの少しだけ眉を顰《ひそ》めさせる。

「……はい。こちら雨宮里葉です」

「里葉。お前の報告を見た当主代行は、それを全て運営へ送付した。プレイヤーを標的とし、連続殺人を行ったプレイヤーについての報告書と、それを殺した魔剣持ちプレイヤーについてのものだ」

「はい。一連の事件には……陰謀を感じます。本来入手しえないＤＳをハックし、無差別に配ったものたちと、あの女にプレイヤーとなった民間人を殺すよう命令した人間が背後にいるように思えますが……」

年老いた、しゃがれた声の主が頷きを返す。どうやら、電話の相手は彼女の実姉である怜ではないらしい。

「今現在、あのQRコードからDSを入手した人たちに対して、DS運営の人員が接触を図っています。あの殺人鬼を返り討ちにした青年に関しては、私が直接説明をすることになっていたはずです。必要であれば〝忘却〟の措置も……」

「ならぬ」

正直な報告を挙げた里葉に対し、電話の先にいる――彼女の姉が忌み嫌う雨宮家の老人が、鋭く否定する。

「ただの一般人ならば捨て置くべきであるが、奴は魔剣持ち。どうにかしてその魔剣を入手したい。幸いにも、拘束する大義はいくらでもあろう。奴を雨宮へ連行するのだ」

魔剣が、それも高位のものが簡単に手に入ると思っている老人に対し、里葉は眉を顰めた。普通の妖異殺しであれば不可能であると拒否するだろう。当主〝代行〟である姉の命令を無視した、その言葉。本来なら了承する道理などない。しかし、彼女は拒否できる立場になかった。

何故なら彼女は、行先の決まった意思のない人形だから。

どうせ、手に入れようとしている魔剣も同じように、媚びを売るために捧げるつもりなのだろう。

「……拒否された場合は、どうされますか？」

「制圧せよ。そのために小《こ》……代行は貴様を武装させたのだ。それと、次に報告を上げる時は、私に直接上げろ。代行の手を煩わせるわけには、いかぬ、故にな」

ブツ、と通話の切れる音がする。

少し顔を俯かせて大きなため息をついた彼女は、まずは言葉による説得を試みようと考えた。しかし、全てが突拍子もない話。間違いなく拒否されるだろう。

(あの殺人鬼を殺したことを名目にすれば……いけるかな?)

しかし、戦闘に発展したときのことも考えねばならない。怪我なく安全に彼を制圧するためには、もっと彼の戦い方を知る必要がある。偵察が必要だろう。そう考えた里葉は倉瀬家の裏庭にて魔法陣のような文様を展開し、彼に続いて渦へと突入した。


彼を追いかけて突入した、渦の内部。彼女が目を開けた先は、風に草木が揺れる草原。膝より少し高い程度の草むらが果てしなく続く、そんな場所だった。スマホを取り出した彼女は運営に対し、『ダンジョンシーカーズ』を通して入手した彼の情報を渡すよう、要請をする。

「……進もう」

彼女は、彼の後を追いかけるため、草を掻き分け進んでいった。道中、灰の残滓が山を成しているのに目を向けながら、歩んでいく。彼女はすぐに追いつけると考えていたが、なかなか追いつけない。気づけば、第二階層へと繋がる洞穴のような道を見つけてしまった。結局、ここまで一匹も妖異に遭遇していない。

形状からしてみて、巨大な蟻の巣か何かだろうか。彼女は周囲を警戒しながら、次の階層に向かう。

……それは、異様な光景だった。あり得ない、と言うべきなのかもしれない。

やっとの思いで辿り着いた彼女の前に待っていたのは、ひとり敵を貪り喰らう彼と刀の姿だった。

スポーツブランドのジャージに身を包んだ彼は、右手にくだんの魔剣を握っている。不気味な笑みを浮かべる顔は整っているほうだとは思ったが、それよりも先に目の下にある濃い隈が気になった。

彼に向かって、三匹の蟻の妖異が飛びかかる。最初の一体は体を捻り回避して、続く二体を刀で切り裂いた後、振り返って後の一体の首を切り落とした。いくら術式《スキル》の支援があったとしても、ここまで馴染んでしまうのはおかしい。危なげがない。この世のどこに、誰の教導も受けないで戦闘が可能になる男子高校生が存在するというのだ。

ポケットの中に入れたスマートフォンが、通知音を鳴らす。先ほど要請した、彼の情報のことだろう。

自分の存在が、気取られることはない。そうはわかっていても、その驚きからバレてしまうのではないかと、一瞬彼女は焦った。

プレイヤー：倉瀬広龍
ＬＶ．37
習得スキル『白兵戦の心得』『直感』『被覆障壁』『魔力操作』『魔剣術：壱』『翻る叛旗』
称号『命知らず』『下剋上』『天賦の戦才』『秘剣使ぃ』

いくら何でも、強くなりすぎている。あの夜からまだ二日しか経っていないというのに。いったい、彼はあの後いくつの渦に潜り込んだのか。目の前にいる彼は、文字どおり蟻を蹂躙し続けている。あの刀が魔剣であることも既に承知しているようで、魔剣が共通して保有する能力である魔力の実体化、飛ぶ斬撃を、遠距離攻撃の手段として上手く使いこなしているようだった。

それと、あの剣に触れられた蟻たちが、文字どおり〝喰われて〟削り取られている。『暴食』という、ありとあらゆるものを食べてしまう権能。それがあの武器の空想か。

（まだだ。まだ、その時じゃない。ギリギリまで、彼の動きの癖を読み取る）

戦わざるを得ない葛藤を抱えた彼女は、冷ややかに青年を観察した。

†

白い繭と卵をひとつひとつ刀で喰らっていった後、辿り着いた最奥の場所が、女王の部屋であることに気づいた。

赤茶色の景色が続く蟻道。小人になって、蟻の巣を探検してみたらこんな光景なんだろうな、という小学生みたいな感想を抱きながら、『竜喰』を振るって自分の何倍もの大きさである蟻を殺していった。こんな命の削り合いが、ただただ楽しい。大きく発達した頭蓋に載せられた鋭い牙と、飛び出た顎で俺を威嚇する兵隊蟻は、俺の体を簡単に引きちぎってしまえそうだ。

体を満たし暴れ狂う活力のような何かを、右手に握る竜喰に込める。歓喜に震える竜喰が、濃青の輝きで切っ先を濡らした。薙ぎ払いは濃青の飛ぶ斬撃となり、道を塞ぐ蟻どもを吹き飛ばしていく。あの夜振るった刀はどんどん俺の手に馴染んでいって、今ではこいつの感情の機微も察せるほどに、意識は融けあっていった。こいつ抜きで、もう戦うことはできない。俺の相棒、とでも言うべきだろうか。〝食事〟を与えてくれる俺に、こいつもだんだん心を許していってくれているような感じがある。

機械類などといった、複雑な機構を持つ物品を除いて、別空間にアイテムを何故か保管することができるDSのボックス機能から、ペットボトルの水を取り出して一息ついた。雑魚を片付け最後に残ったのは、劣勢になっていく戦況を惨めに静観していた女王蟻のみである。そいつはそこらの一軒家よりも大きくて、普通であれば怖気づいてしまいそうな相手だ。ああ。しかし、わかっている。こんな相手をだからこそ、喰いがいがあるだろう?

「シッ――!」

右足で強く地を蹴り上げて、刀を構え奴に突撃した。鋭い牙を用い、迎え撃とうとした奴の攻撃を体を捻り回避して、再び跳躍。空から重力を利用し叩き切るようにして、首を落とす。そのまま、女王蟻の体を竜喰の昏い輝きが呑み込んで、喰らっていった。

右太ももに響くスマートフォンの振動と共に、心臓が、脳髄が震えるような感覚がする。ああ。気持ちいい。もっとだ。もっともっともっと――!!

踵を返して、別の空間へ飛ばされる魔法陣のほうへ体を向けた時。

「待って、ください」

雨上がりの青空のように澄み切った、凛とした誰かの声が聞こえた。

「誰だッ⁉」

報酬部屋へ向かおうとする俺を静止した女性の声が、俺以外誰もいないはずのダンジョンで響く。一切気づくことができなかった。竜喰を今一度強く握り直し、チャキ、という白刃の音を鳴らしながら、勢いよく振り返る。

気配がまったく捉えられなかった、この女。誰かが後をつけてきたというのに、五感が研ぎ澄まされた俺が気づけないなんてあり得ない。

しかし。そんなことがどうでもよくなるくらいに驚愕し、思考が止まった。

刀を握る力が、文字どおり、抜ける。蟻道に輝くぼんやりとした微かな明かりが、彼女の小顔を照らした。

光沢のある色艶のよい黒髪に、深みのある金青のインナーカラーがのせられている。アズライトのような輝きを持つ宝石の瞳はこちらを見つめていて、儚さの残る端麗な顔つきに魅せられた。彼女には、透明感のある、という表現がすごく似合う。彼女ひとりが立っているだけで、この無骨な世界に、彩りが与えられたようで。

「……あの」

ちょうど俺と同じくらいの背の彼女は、不思議な装具を身につけていた。

彼女は、リボン付きのブラウスの上からハーネスベルトを着けている。春が近いものの仙台はまだ寒いからだろうか、彼女は膝の少し上まで届く和袖のコートをその上に羽織っていた。しかし、脚を晒すプリーツスカートを穿いているのだから、そもそも季節の想定はないようにも思える。

……彼女の着ている衣服は、遠目に見てみても明らかに材質が良い。俺のジャージなんかよりは比べ物にならないくらい高価そうで、丈夫に見えた。

最後に、彼女が金色一色の槍を握っていることに気づく。

「……あの、その、いいですか」

「えっ…………はい」

いきなり交戦の構えを見せたというのに、無言でじっと彼女のことを見つめていたからだろう。様子を伺っていた彼女が、おずおずと言う。締まらねえ。

「QRコードを通し『ダンジョンシーカーズ』をダウンロードしたプレイヤーの、倉瀬広龍さんですね。私は雨宮里葉。えっと、いろいろ説明しづらいんですが、私は『ダンジョンシーカーズ』運営側の人間です」

言葉を慎重に紡ごうとする彼女は、槍を握ったままの状態で、器用に両手を合わせた。そのたったひとつの所作でさえも、優雅に見えてやけに様になっている。

「貴方は先日、交戦に発展した他のプレイヤーを殺害しましたね？　その事情聴取のために、私と東京にお越しください」

「――っ」

あの戦いを、見られていたのか。いや、DSは俺のステータスの上昇などを把握できているはず。それがどんな相手を倒したかまで知れるかはわからないが、俺があの女を殺したことを、運営は把握できているのかもしれない。

「……あの女性には、貴方を襲った以外にも、様々な容疑が掛けられています。対して、貴方はただ襲われただけ。貴方がやったことは、正当防衛です。ペナルティなどは一切与えられませんので、どうか安心して私と」

どこか、願うようにすら見えた彼女の言葉を聞いて、思わず頷いてしまいそうになる。しかし、ほぼ無意識の内に、どうしても頷くわけにはいかないと心が訴えた。


……俺はこの街を、あの家を、離れたくない。それが、ただひとつの俺の執着。そのためになら、いくらでも駄々をこねてやる。


「……申し訳ないが、断る。第一、説明が先じゃないのか。このDSに関する話や、そもそもこの場所は何なのかということとか。そもそも事件についてDSを通しそこまで把握できているのなら、わざわざ東京まで行って事情聴取をする必要はないだろう。それと、貴女が本当に運営側の人間なのかどうか、俺は疑っている。どうしても連れていきたいと言うのなら、その証明として俺の『ダンジョンシーカーズ』を凍結すればいい」

……もしそれをされたら、詰みだ。その時は大人しく諦める。

しかし、ほんの少しだけ目を大きくさせた彼女を見て、彼女はペナルティを行使する権限を持っていないのだなと確信した。ないしは、運営側の人間ではないか。

「本当に、来てはくださいませんか」

「ああ。途中参加者とはいえ、俺はただDSをやりたいだけだ。それに何か、問題でも？」

目を瞑り、はあと彼女がため息をつく。金色の槍を両手で回転させ、強く地に打ちつけた彼女は宣言した。

「手荒な真似になり、恐縮ですが……強制連行します。命は取りません。怪我も、絶対にさせません。でも、制圧して無理やり連行します」

槍を構えた彼女が、金青の輝きを……〝金青〟の魔力を、展開する。

続けて彼女は和袖のコートの中から、ダイスのようにも見える正八面体のオブジェを、四つ地に落とした。金色のそれが拡張、展開され、四枚の盾となり彼女の両脇に備える。その姿を見て、刀が震えた。いや、俺の手が震えたのか？

本能的に、彼女の強さを理解する。彼女は、粋がった雑魚ではない。彼女は戦国の世の猛将に匹敵する実力を持っていると、魂が強く訴えていた。

そんな圧倒的な威圧感を放ちながらも、彼女は涼しげな顔をしている。まず間違いなく彼女に殺意はないし、むしろ、本当はやりたくないのにやらされているような、そんな雰囲気を感じた。

まったく本気ではない。しかし、実際に風が吹いているわけでもないのに、強風に煽られたような感覚を覚えた。反射的に左手を前に差し出すようにして、遮るようにする。

なんという強者！　俺は勝てるのか？　彼女に！

……強敵を恐れる俺ではない。竜喰を握る手に力を入れ直し、彼女を鋭く睨んだ。DSのスキルで、何度か登場している〝魔力〟というエネルギーは、今彼女が纏っているもののことだろう。今、ここで、彼女と同じように体から出せるか試してみる。

立ち昇る奇跡。全身を包む〝黒漆〟の魔力が、彼女を威嚇した。

いきなり戦いになるなんて、とか、そんな考えが普通は先に来るだろう。同じような選択を迫られた時、戦闘になるぐらいなら、と連行されることを認める人もいるかもしれない。しかしそんな理性よりもまず真っ先に、この猛者と剣を交えたいという純粋なワクワクが、衝動が、願いが、体を包んだ。

その瞬間。俺は確信する。

俺は決して、ナニかを、誰かを殺すことに、歓びを感じているわけじゃない。俺は、戦うのが大好きで楽しいんだ！　それを証明するためにも、俺もまた――！

大気にて融け合う、魔力の波動と色。亡くした母の姿が、何故か頭に浮かんだ。俺は俺の人生を生きる。だけどそれは、彼女に誇れるものでなくちゃ。決意する。この刃は、誇りを切り開くために。

「……なら、俺も命は取らない。怪我もさせない。でも、同じように制圧する」

「……そう、ですか」

彼女が槍の穂先を、こちらに向ける。しかし、その刃が独りでに潰れて、鋭さをなくそうとしているものだから、本当に彼女は、俺に怪我を負わせないで制圧するつもりなんだな、と実感した。

「……では、いざ尋常に」

そう、考えたその瞬間。金色の穂先に、魔力の刃が灯る。彼女が槍を振るうのに合わせて、浮遊していた金色の盾が、空を駆け抜けた。

「破《ハ》ァッ！」

こちらに真っすぐに飛来する盾に竜喰を差し込み、そのぶつかり合う音を以て、開戦の合図とした。


女王部屋の中。四枚の盾が飛来し風を切る音と、駆け抜ける俺の足音が交差する。女王蟻のためにこしらえられたこの広い空間は、俺たちの戦いにピッタリの場所だった。

回転しながら突っ込んできた金色の盾を、竜喰で弾く。鳴り響く剣戟の音。追撃として飛んできた金の盾を小さく跳躍し回避して、彼女に斬りかかろうとした。彼女の元へ駆け抜ける手前、今度は俺の後方から追従してきていた別の盾が道を阻んだ。加えて、先ほど弾き飛ばした盾が、返す刀で右方上空より迫ってきているのを見て、その場から退避をする。

金の盾だけじゃない。使い手である彼女自身にも、意識を割く必要がある。魔力の刃を振るって、俺のこめかみ目がけ振るわれた一閃に、竜喰を差し込んだ。

「ハハハハハハ!!」

四枚の盾と、彼女の槍術。独特ともいえる彼女の戦いに見惚れた。

最初は、彼女に向かって竜喰を振るうのを少し恐れていた。いくら彼女が強いといっても、この刀は魔剣。間違えて殺してしまうんじゃないかって。

だけど今は。

距離を詰めて、斬り上げから入る三連撃。魔力により強化され輝きを纏う竜喰のそれは、唸るような太刀風を鳴らす。

それを彼女は、片手に持った槍を使い三回逸らし流すだけで、簡単に凌いでしまった。

ああ。これこそが、俺が求めた戦いだ。先ほどのしょうもない蟻を殺して回ったようなのは、戦いですらない。こんな戦いがしたくて、やり取りがしたくて、俺はいくさに魅せられた！

彼女を制圧するための手段を考えながら、竜喰で彼女の反撃を受け止める。ハハハ！　一撃一撃が信じられないくらい重い！　どうやってこんな可愛い女の子から、これほどまでに重い一撃が振るわれるのか！

鍔迫り合いのような状態になった刀の位置を少しだけずらして、彼女の横っ腹目がけて蹴りを放つ。黒漆の魔力を纏い、渾身の一撃となったそれは、彼女が纏う金青の『被覆障壁』に阻まれた。ビクとも、しない。煌びやかな障壁の破片を少し放つのみだったそれは、俺の蹴りが完全に防がれてしまったことを示している。凄い！　あと何手打てば、彼女を詰ませられるんだ!?

ああ。楽しい！　俺は今、この瞬間のために生きている！

……蟻の巣を模した渦に突入した彼の戦いを、私はひとり観察し続けた。身長は私と同じくらいで、年齢の割には老成し、最初は落ち着きがあるように見えた彼。渦に潜ってからは、酷い隈のある顔を歓喜に染めて、本当に楽しそうに、笑いながら妖異《あり》を蹂躙していった。

その姿から、彼は本当に楽しいと心の底から思っているのだと確信できたけれど、それでもどこか、彼には危うさがあって、その歓喜の情が、どこから湧き上がってきているものなのか、私はどうしようもないくらい気になってしまった。誰かに向かって、傷ついていないと気丈に振る舞っているように見えたその姿にどこか、自分を重ねてしまっているようで。

……魔剣に〝選ばれた〟という彼は、規格外としか言いようがない。罠として仕組まれたＱＲコードをたまたま読み取ってしまったせいで、巻き込まれてしまっただけの人だというのに、術式を魂にダウンロードした瞬間、完全に適応してみせている。確かに、強い。手にしている武器は間違いなく最高級の代物で、なかなかできる人だと思った。


しかし、それでも。私のような高位の妖異殺しには敵わない。

そう、確信していたのに。槍の間合いの優位を上手く躱《かわ》してくる。もうかなりの時間がたってしまっていて。奇想天外な立ち回りで私に近づいてきた。彼を無傷で制圧することができない！

彼に向けて放った金の盾を、彼は、間一髪。金の盾が体に掠れるほどギリギリの、最小限の動きで避けていく。その場でステップを刻み、まるで踊っているようにすら見える彼に対して、追撃の一手を。

刃を潰した槍を両手で鋭く振るい、強大な魔力をぶつけることによって、彼を気絶させようとする。

「ハッ！」

飛来する盾に合わせた、槍の追撃。その攻撃に対し彼は右手に持っていた魔剣を差し込んで、防御して見せた。金の盾を回避するために動き続けていた彼は、こちらに背を向けていたのに。背中に目でもついているの？

「ハハハハ!! 楽しいなっ！ 里葉ァ！」

「っ、勝手に下の名前で呼ばないでください……」

こちらに反撃しようと放たれた彼の一閃を、一歩後ろに下がって回避する。それを見た彼は、笑みを抑えきれないといった顔つきで、前髪をかき上げこちらを見ていた。

最初は太刀筋に迷いが見えた。しかし戦いを続ければ続けるほどそれは洗練されていって、今では判断に曇りがない。

今私が放った一撃だって手加減しているが、ぶつかれば間違いなく痛い。万にひとつもあり得ないが、私がしくじれば命を奪ってしまう可能性もある。それは彼も理解しているはずだ。私と彼の間に、大きな差があることとくらい。しかし、彼には何の恐れも感じない。

まるで、この戦いそのものが楽しいんだって――

……私も、こんなふうに何かに生きたかったな。

踊る剣舞。吹き荒れる盾の颪。世界に音を刻みながら、彼は叫んだ。

「楽しいぞ里葉！ 言葉なんていらない！ この剣があれば君の磨き続けてきたものが、君の在り様がわかる！　君は俺にとって、最高のひとだ！」

「滅茶苦茶なことを言って……！」

……それでも、彼の言葉。そして剣に嘘はない。いつまでも続けたいという意思すら感じるその姿が、心に残った。

しかしこの戦いも、もうここまで。

彼の実力は把握した。警戒すべきはあの魔剣のみであり、制圧は簡単にできる。第一、この戦いが成り立っているのは私に縛りがあるからだ。縛りがなければ、本来は数秒で制圧できる。

……私は彼を殺す、ないしは怪我をさせることができない。〝魔剣持ち〟となったプレイヤーである彼に注目しているのは雨宮だけじゃないから。運営が特別観察対象にしているし、『ダンジョンシーカーズ』の目的を考えれば彼に手を出すのは間違いなく咎められる。

故に彼を東京に連れてきて、見せかけの合意の下魔剣を奪おうとでも考えているのだろう。あの老人たちは。そしてその剣を意気揚々と、機嫌取りのために捧げるだけだ。

……考えたく、ない。もうやめよう。早くいつもどおりに任務を終わらせて、私は隠れてしまえばいい。

妖異殺しが持つ切り札を以て、彼を無傷で捕らえよう。それが、命令だから。その後のことは知らない。知りたくもない。すぅと息を吸って、声に出す。

「……『透き通るように消えてしまえば』」

独り紡ぐ言霊《ねがい》。その言葉を以て、発動の準備をする。

私が妖異殺しとして到達した、最強の切り札。〃決戦術式〃。その能力は、『透明化』。

気配を完全に断ち、魔力反応をも消すこの能力のおかげで、彼に気づかれずここまで来られた。


バラバラに動かしていた四枚の盾を彼に向け密集させ、突撃させる。横並びに征くそれが彼に迫り、彼の視界を遮った瞬間。私は世界に溶け消える。


「――――!?」

盾を真正面から弾き、開けた視界。私の姿を見失った彼が驚愕する。疾駆し彼の背後に回って、魔力を纏わせた槍を彼の後頭部に向け振りかざした。これで、終わり。

姿は見えない。彼が刀を構えながら、辺りを見回している。

音はしない。突き進む穂先。

気配もない。触れる直前。

絶対に気づかれるはずなどなかった。この世界の理は、それを許さない。そのはずなのに。

振り放たれた私の槍は、彼が背に差し込んだ魔剣によって防がれた。

(嘘!?)

その瞬間。彼は魔剣を手放し反転して、私がいるほうに体当たりをしてくる。

「きゃっ！」

刀を捨て格闘戦に持ち込んだ彼の姿を見て、恐ろしいと思った。反射的に顔が青ざめる。

（嘘でしょう!?　魔剣を投げ捨てるなんて！　そんなことをしたら、魔剣に呪――）

目を見開く。地に放り投げられた魔剣に、動きが、な、い？

強く動揺し制御が乱れたせいで、透明化が解ける。まずい。私の姿を捉え、馬乗りをするような形になった彼が、右腕を振るう。振り放たれる拳には、魔力が込められていて。

まずい。障壁を展開し直そうにも、この速さでは間に合わな――

鋭く放たれたその拳撃は、私の耳の真横に打ちつけられた。黒漆の魔力が波紋となり広がっていく。

ズン、と体の奥に響くような感覚。備えもなく魔力の波動に晒された私の意識は、ゆっくりと、微睡に落ちるように消えていった。

ああ。なんて心躍る時間だったのだろう。

女王部屋。報酬部屋に行くための魔法陣が中央にあるそこで。戦いの興奮、余韻から覚めてみれば、状況はなかなかにイかれていた。

「すぅ……すぅ……」

仰向けに寝転がり胸をゆっくりと動かしている彼女の姿を見て、本当に綺麗な人だなと思う。気を失った彼女をここに置いていくわけにもいかないし、どうしようかと頭を抱えた。

第二章　バトルボーイミーツロンリーガール

彼女と剣を交えた、女王部屋にて。とりあえずダンジョンに居続けるわけにもいかないだろうと、魔法陣のほうへ向かう。意識のない彼女を置いていくわけにもいかないので、床で気を失って倒れている彼女のほうへ恐る恐る近づいた。

彼女の寝顔を見て、少しドキッと来る。芸能人顔負けってくらい美人だな……東京の人だからかな？

……できるだけ、気にしないようにしよう。

そう考えて、彼女の腰辺りに手を差し込み背負おうとした。肩に頭が乗せられて、濃淡が美しい金青の後ろ髪が目に入る。これ、凄く綺麗に色が入っているんだよな。どうやって入れたんだろう。

彼女の髪の毛から、甘い花のような匂いがした。加えて、背に男にはないものの感触がする。結構大きい。

…………背負うのは、やめにしたほうがよさそうだな。

彼女を一度背から下ろして試行錯誤する。そうして結局、お姫様抱っこの形に落ち着いた。

魔法陣の上。光芒に包まれる。

……彼女を抱えたまま、訪れた報酬部屋。名前のとおり、そこには宝箱が置いていたりするわけではなくて、昨日潜った場所では、何かの部品売り場のような場所、洞窟、畑など、よくわからない場所ばかりだった。そしてその例に漏れず、今回俺が訪れた場所も、何故このような場所が用意されているのか、理解しがたい。

木造の部屋の中。壁にはお面のようなものが大量にかけられていて、手に取ることができるようになっている。そして、やけにサイズの小さい、会計のためのカウンターがあるようだった。スマホを開いてみてみれば、制限時間は五分と記されている。等級が上がると、時間も伸びるのか。一気に物色してアイテムを分捕っていきたいところだが、今俺は彼女を抱えている。まだ彼女に起きる気配はないとはいえ、急に目覚めたりするかもしれない。

壁にかけられた金属製の面を撫で、確かめる。しっかりとした材質のそれは、かなりの防御力を持っていそうだ。しかし、形状からして人間がつけることを想定されていない気がする。しかし、売却はできるし、潰しは効くだろう。そう考えて、スマホの容量が満杯になるまで『収容』ボタンを連打して、片っ端から回収した。

……本当はスマホを見ながら価値の低いアイテムを捨て良いアイテムに厳選したいが、彼女を抱えたままだと厳しい。それに、DSの脱出ボタンを押せば、彼女と一緒に帰ることができるのだろうか？

彼女も『ダンジョンシーカーズ』を持っているのならば、それを開いて脱出ボタンを押せばいいだけだけど、如何せんスマホを探すために体を弄るわけにもいかないし、第一開けるためのパスワードがわからない。

それに彼女、間違いなくプレイヤーではない気がする。何故かって、彼女はあまりにも強すぎるからだ。あれは間違いなく、最近できたというDSで得られるほどのものじゃない。長き研鑽の果て、何度も潜り抜けた死線の果てでこそ得られるものだ。

俺の右腕に寄りかかり、瞳を閉じている彼女。この衣服は、凛とした彼女にとてもよく似合っている。

……この状況は精神衛生上良くない。さっさと帰ろう。

離さないように彼女を少しだけ抱きしめて、脱出ボタンを押す。また光に包まれた時。元の世界にふたりで戻れるな、と何となく確信した。

家の裏庭。彼女をお姫様抱っこした状態で帰ってきた俺は、そのまま縁側を上がり部屋へと向かう。一応今から家に上がるので、彼女の靴を脱がせてとりあえず置いておいた。脚すごいスラッとしてるな……いかんいかん。

こんな風に丁重に扱っているが、彼女は俺に襲いかかってきたんだよな。しかし、まったく敵意を感じなかったし、戦うのは楽しかったし満足できるものだったから、ものすごく気が抜けているけど。目覚めたら、また襲いかかってくるかもしれない。一応、拘束とかしておいたほうがいいのかな。いやでも、魔力持ちの彼女を相手にして通常の拘束に意味はあるのか？

まあ、とりあえずやっておこうと考えて、ロープを――攻略に役立ちそうなものを予め購入して保管している――スマホから取り出して、彼女の手を縛ろうとした。キュッと締めたところで、考える。ちょっと、痛そうだな。緩めとこ。彼女を抱えて持ってきて、しばらく使っていなかった畳の部屋を開けた後、来客用の敷布団を引っ張り出し上に寝かせた。

畳の匂いが鼻腔を刺激する。

目覚めた私は何故か、敷布団の上に寝かせられていた。手は縄で縛られ拘束されていたが、随分と簡単に解くことができそうで、寝っ転がったまま、目を動かして辺りを見回す。

畳と襖のある和室の中。むくりと起き上がった私に、椅子に座っていた彼が気づいた。

目を閉じていた彼が、私のほうを見る。

「……倉瀬広龍？」

「そうだ。雨宮里葉」

だんだんと、何があったか思い出してきた。体に痛むところはないし、変なことをされた形跡もない。どうやら私のほうが、怪我なく制圧されてしまったらしい。

彼は魔剣を片手に、こちらを見ている。

私が使っていた対妖異武装である槍と金の盾は回収したようだが、懐にある大量の武装がそのままであることに気づいた。何故、私が気絶しているうちにこれを没収しなかったのだろう。寝起きとはいえ、今だったら彼を殺すこともできてしまう。

後頭部をガリガリと掻きむしった彼が、こちらのほうを向く。

「俺の魔力で君が気絶した後、ダンジョンから脱出しここに運んだ。命は取らない。怪我はさせないと言ったろ？」

「ええ。確かにそう言っていましたね……まさか本当にそうするとは思いませんでしたが」

敷布団の上。居心地が悪かったので少し足を動かして、姿勢を整える。正座をした私を見て、彼の目が少し大きくなった気がした。

「……あの最後の駆け引き。どうして、私が後ろにいるって気づいたんですか。絶対に気づけなかったはずです」

「ん？　ああ。あのダンジョンに俺がいる間、君が俺の後をつけていたのに、ずっと気づけなかったからな。見えなくなったり気配を消したりする技があるのかなーって、戦っている間予測していただけだ」

「……まあ予測していた、というのはわかりましたが、それでも対応はできなかったはずです。できるはずがない」

あの技は妖異殺しとしての己が至ったひとつの境地。どんな相手だろうと、自身の正確な位置を把握することはできない。あるとわかっていても、躱せる類のものではないのだ。

「……見えなくなった瞬間。襲いかかるなら背後から来るかな、と思っただけだ。もし側面から行かれたら俺が負けていたと思う。最後の最後で、なんの根拠もない勘に賭けただけだよ」

そんなバカなことがあるなんて、と言葉が出なかった。

あの瞬間。あのタイミングで刀を差し込めたことは奇跡だったのだ。もし私が槍を振り切る前にあの動きをしていれば対応できただろうし、まさしく賭けに勝った偶然である。

「……不覚でした。私が本気で魔力を纏えば、貴方は触れただけで傷を負うので調整しましたが、それが裏目に出ましたね。貴方の魔力を、もろに食らってしまった」

偶然とはいえ、敗北したのは事実であるというのに、言い訳がましく口にした。

私が気絶させられた最後の一手。この一手を決められたのは私が魔剣のみを警戒し、使い手である彼の技を警戒しなかったからだ。魔剣を放り投げるなんていう、前代未聞の動きをしたのもあるけど。己の未熟もある。しかし彼は、強い人だ。

先ほどの交戦の敗因を述べる私の言葉を、彼は負け惜しみだと受け取らない。

「ああ……君の強さはわかっている。ありがとう。楽しかった」

「え、ええ……」

しみじみと、かなり満足気な様子で呟く彼。まさか襲いかかって感謝されると思わなかったので、少し困惑する。

この人がなんなのか、私はまだ摑みきれていない。戦闘中、凄いこと口走ってたし。美しいとか何とか。

「それで、俺はやっぱり東京へ行くことはできない。手を引いてくれないか」

私の顔を見据えて、そう述べた彼の瞳は決意に満ちていた。襲いかかってくる私を殺さないで東京に行かないという選択肢を取るには、もう今みたいに私に頼むしかない。

私は……命令とはいえ彼を雨宮という危地に誘おうとしている。今更ともいえる罪悪感に、チクリと胸が痛んだ。

どうすればいいの？　わからない。

彼と私の間に、冬の静けさだけが残る。

それはなんだか不快ではなくて、何故か居心地が良いと思えた。差し込む陽の光は、私たちを照らす。じっとこちらを見続けたまま、私の答えを待つ彼の姿は、凛然としていた。

瞬きをして彼と向き合うだけの世界。誰かとの沈黙が、心地よいと思えたのは初めてかもしれない。

しかし、そんな世界へ無神経に、プルプルと携帯電話の鳴る音がした。彼に目配せをして、携帯を手に取る。

「はい。こちら雨宮里葉です」

「里葉!? やっと繋がった……今状況はどうなってるの?」

私に電話をかけてきたのは、私の姉。雨宮家当主代行である雨宮怜だった。あの、老人ではない。

「……倉瀬広龍の拘束を試みましたが、失敗しました。そして今、彼の家で彼と向き合っています」

最悪の事態に発展しなかったことを察した姉さまが、咎めるような、安心したような、万感を込めたため息をつく。

「どういう状況よ……ま、いいわ。里葉。あの老人どもの命令は破棄します。まったく。いつもいつも舐めやがって……!」

電話の先。怒りに打ち震える姉さまの声は、目の前の彼には聞こえていない。ただともかく、彼を東京に連れていく必要はなくなったんだな、と冷静に思った。

「里葉。巻き込まれた人間である彼に、このDSが何なのかということを説明するのに加えて、私から貴方に新たな指示を下します。貴方はこれより、倉瀬広龍と追加の命令があるまで行動を共にしなさい」

私の電話の内容が何なのか気になるであろうに、彼は不躾に聞き耳を立てるようなこともせず、じっと待っている。

「……これは運営側からの依頼よ……それを口実にしばらく貴方は雨宮から離れて仙台にいなさい」

「了解しました」

「じゃあ、後処理があるから電話切るね。里葉。定期的に連絡はちょうだい」

最後のやり取りを終えた後、お姉様が電話を切った。それに続いて、命令の詳細を述べた書類が私のデバイスに送信されてくる。その書類に記されていたのは、この命令の詳細情報。彼の護衛を務めるのに加えて、どうやらこの仙台で起きたあの連続殺人事件の、背後を洗ってほしいようだ。しかし、まず真っ先にやらねばならないのは、彼にDSが何なのかを、この世界の実像を、教えることである。

……さて、どう説明しようか。

いきなり巻き込まれて、襲われて、更に今度は私に襲われて。彼にとっては迷惑千万かもしれないが、私は彼という人間に少しだけ興味がある。できることなら承諾してほしいと願いながら、口を開いた。

†

朝一でダンジョンに潜ったからか、今はもう昼過ぎだった。空腹感なんてまったくなかったのに、戦場から離れた途端、お腹が減っていることに気づく。気絶して寝転がっている彼女がいるのに、呑気に料理なんてできないから我慢していたけれど。

「というわけで、貴方と行動を共にすることになりました。これからよろしくお願い致します」

正座をしたままの彼女が礼をする。運営から俺といろという指示を受けたらしい彼女の姿をじっと見続けていると、彼女がうーんと申し訳なさそうな顔をしていた。

……正直に言って、彼女に下された命令の意図がわからない。先ほど事情聴取のために東京に来いと強制連行するところまで行ったのに、今度はそれを放棄して行動を共にしろと？　謎だ。相反するふたつの命令を彼女は抱えさせられている。指示を出している奴は、いったい何を考えているのかわからない。いや……指示を出している人間が、ふたりいるのか？

俺があの女と戦ったことを知っている時点で、嘘ではないだろうと考えていたが、一応本当に運営サイドに関わっているか証明してほしいと伝えた。それを聞いて、彼女が端末を使いどこかへ連絡を取る。すると俺の『ダンジョンシーカーズ』内のメールに、百五十円にあたる1ポイントが運営から送付されてきた。

『件名：雨宮里葉の証明』で。納得せざるを得ない。

「……QRコードから『ダンジョンシーカーズ』を入手してしまった人々は、それが何なのかを知りません。『ダンジョンシーカーズ』とはなんなのか。私たちはいったい何者なのか。責任を持っていろいろお話をさせていただきたく思います」

右手を胸に当て、真剣な顔つきをした彼女が言う。こちらを見据える深い青の瞳は、澄んでいた。

一度刃を交えたものの、彼女は清廉潔白な人間だと疑うことなく理解できた。いや、逆に剣を交えたからこそわかっているのか。

「行動を共にする、と言っても何をするのかはよくわからないし、早く話を聞きたい気持ちもあるけど……」

彼女に背を向け、戸襖を動かす。

「お腹も減っただろうし、とりあえず飯にしよう。苦手なものとかあるか？　あ、俺が作るからゆっくりしててくれ」

彼女が、キョトンとした顔をする。ふたり分の飯を作るなんて、初めての経験だなとなんとなく思った。

和室から離れて、彼女を案内したリビングにて。椅子にちょこんと座り、居心地が少し悪そうな彼女の前へサクッと作ったソーセージとほうれん草のトマトパスタを差し出す。フォークを渡してコップに麦茶も入れた。男の雑な手料理だけど、まずいということはないだろう。

フォークを何故か握り拳で持ち、何かを考え込んでいた彼女が、覚悟を決めたかのように口にした。

「……いただきます」

「おう」

上品な手先で、フォークを使いトマトパスタを口にした彼女がぽつりと漏らす。

「美味しい……」

「口に合ったようで良かった。もっと手の込んだものを作っても良かったが、如何せん腹が減ったしな」

マナーもクソもない動きで、パスタを貪り食う。分量ミスったかも。もっと作れば良かった。

「あの……」

フォークをカタリ、と置いて俺のほうをじっと見た彼女が、解せないと声を発する。

「なんでさっきまで戦ってた私たち……普通に食事を共にしているんですか？　いやあの、普通に家を叩きだされると思ったんですけど……」

不思議でならない、という顔つきをした彼女が俺の答えを待つ。そんなことか。

「どんな事情があるのかは知らないが、一回命を狙われるぐらいどうでもいいよ。それと、行動を共にするということに関しては、話を聞いてから判断しようと思っただけだ」

「え、えぇ……いや、えぇ……？」

もう一口トマトパスタを食べて、麦茶をがぶ飲みする。ちまちまと丁寧に食べる彼女とは、真逆だった。

「……あの、お名前なんて呼べばいいですか」

「気にしないから、なんでもいいぞ」

顎に手をやり、生真面目に考え始めた彼女が言う。

「じゃあ、ヒロと呼ばせていただきます」

「……下の名前で呼ぶなとか言ってたが、里葉は俺を下の名前で呼ぶんだな」

「今も貴方は私を下の名前で呼んでいるじゃないですか。ならいいでしょう。ヒロ」

……一本取られたな。戦いがうんぬんとか言っているけど、彼女も彼女で気にしなすぎだし、お互い様な気がする。

黙々とふたりで食事をとる。彼女の食べ方は上品なんだけど、どこかがっついてるようにも見えた気がした。空になった皿を水につけて、ナプキンで口を拭く。食事を終えた俺たちは向かい合い話を始めようとした。

話を始めるにあたって、常識をまずは捨て去ってほしいと述べた彼女に、常識なんて『ダンジョン』に入った日から崩れ去っていると冗談ぽく言った。それもそうですねと返した彼女が口を開く。

彼女の凛とした声がリビングに響き渡った。

「全ての話をする前にまず大前提として、貴方はこの世界について知る必要があります」

どう説明するか考え込む彼女の横髪が揺れた。世界、という壮大な言葉においおいいったい何が出てくるんだと身構える。

「ヒロ。実は私たちの生きている世界は、三種類あるんです」

予想だにしなかった言葉に、無意識のうちに体を前のめりにさせた。世界が……三種類？

「ヒロは、私たちの生きる場所とは違う世界……異世界の存在を信じますか？　それはもしかしたら宇宙の果てにあるものかもしれないですし、神隠しに遭い転移して訪れる場所かもしれません」

「形は違えど、そんな異世界が私たちの生きている場所にある」

「それは、最も近くて、最も遠い場所」

藍銅鉱《らんどうこう》の瞳が、こちらを見ている。彼女が、人差し指の腹をテーブルにつけた。

「ここに、あるんです。今この場所に。この蒼い星の、どこにだって」

「……どういうことだ?」

「概念的なもので申し訳ないですが、私たちが生きているこの世界と、完全に重なっている異世界。それが存在しています」

……まだ、思考が追いつかない。

「私たちが生きるこの世界を『表世界《おもてせかい》』。そして完全に重なり存在している異世界を、実際に表裏があるわけではないですが『裏世界《うらせかい》』と呼んでいるのです」

彼女はゆっくりと言葉を紡いでいく。少し落ち着いて頭を整理しよう。彼女も、その時間を与えようとしてくれているのか、じっと待っていてくれた。

「……とりあえず、何か異世界とやらがあるのはわかった。三種類あると言っていたが、後もうひとつはなんだ?」

何故かカラカラになった喉を潤わせようと、麦茶を手に取りごくごくと飲む。『ダンジョンシーカーズ』がただのツールな訳がなかったし、複雑な何かがあるんだろうとは思っていたけれど、流石に意味がわからん。ぶっ飛びすぎだ。

「表世界と裏世界は完全に重なっている、と言いはしましたが、それはまったく同じものがあるという訳ではないんです。裏世界ではもしかしたらここは海かもしれませんし、街かもしれません。そもそも、地球のような星ですらないかもしれない。しかしそんなふたつの世界にたったひとつだけ、まったく同じものが存在しています」

「それは、貴方も扱う魔力のようなエネルギーが流れている『龍脈』と呼ばれるものです。何もかもが違うけど重なり合っている世界で、唯一ふたつの世界が共有するもの。そしてそれを通称『重世《じゅうせ》界《かい》』と言います」

「ヒロ。ダンジョンに突入するとき、必ず渦がありますよね？　それは重世界への道。正確に言うと、重世界にある裏世界の軍事拠点への道です」

「は……？　軍事拠点？」

ふうと一息ついた彼女が、耳に髪の毛をかけた。ごほん、と咳をした彼女がこちらを真っ直ぐに見つめて言う。

「『ダンジョンシーカーズ』は裏世界の侵攻に対抗し、重世界産のアイテムを収集するために開発された官民連携の兵器《ツール》です」

驚きすぎるくらいに驚くと、声というのは出ないものなのだな、とふと思った。唖然とした俺の顔を真剣に見つめる彼女は、嘘を言っているようには見えない。

『ダンジョンシーカーズ』を開いたスマホを、机の上に置く。それをじっと眺めながら、彼女の語ることについて考えこんでいた。

「いろいろ聞きたいことはあるが……そもそもなんで裏世界とやらは、軍事拠点だっていうダンジョンなんてものを置いてきてるんだ?」

良い質問です、と頷いた彼女が説明し始める。

「そこが、ツールができた理由にも繋がってくるのですが……ヒロ。私が『ダンジョンシーカーズ』のプレイヤーでないことには、もう気づいていますね?」

「……ああ」

椅子に座る彼女が金青の魔力を発露させる。朧げで、どこか眩いその輝きに思わず目を細めた。

「……古来より私たちの一族は、この島を裏世界の侵攻から守ってきた『妖異殺し』と呼ばれるものたちなのです。私は運営側の人間と言いましたが、嘘をつきました。私の一族は運営に関わってはいますが、私自身は運営の人間というわけではないのです。ごめんなさい」

ぺこりと頭を下げて謝る彼女。では彼女は、妖異殺しと呼ばれる実力者であるということなのか。

「私たち『妖異殺し』は影の歴史を持つ。裏世界からやって来る妖の者共……それを同じく『妖異殺し』である他家とともに討ち取ってきた」

ちなみに、私たちの世界で魔物とか妖怪とか呼ばれている生き物は、ほとんどが裏世界の生物を起源としていますよ、と彼女が言う。DSで得られる技術……術式《スキル》の殆どは、妖異殺しのもののようで、魔力という、体から泉のように湧き出てきて、纏うようにして扱う力は、その技の燃料となるものだそうだ。ＤＳのレベル表示は、その量の多寡に左右されているらしい。魂から放たれる魔力は、他の魂を喰らって肥大化していくものであり、これがレベルの上昇であるようだ。

「しかしここ数十年。裏世界から重世界へやってきて、この世界に漏れ出てくる妖異が爆発的に増えました」

「一説によれば、それは重世界から裏世界側に流れ込む魔力が少なくなってきているからだ、とも言われています。私たちは生きるのに魔力を必要としませんが……裏世界の住人はそれを何らかの理由で必要とするようです。そこで重世界からダンジョン……渦で私たちの世界に穴を開け、彼らのほうに供給しようとしていると」

「……なるほど」

ふうと一息ついた彼女が、もう一度髪の毛を耳にかけ直す。

「他にも説明することは山ほどありますが、『ダンジョンシーカーズ』の目的は主にふたつあります」

「まず、抑えきれなくなってきた裏世界側からの侵攻に対抗できる人材を育成すること。そして、重世界に漏れ出た裏世界側の物品を回収することとです」

妖異殺しは実力者揃いですが、数が少ないのです、と彼女が付け加える。

「後者のものに関しては、貴方の持つ魔剣『竜喰』のように、重世界で入手できるものには莫大な価値があります。裏世界の未知の技術により作られた物品などその可能性は計り知れません。これを効率的に回収してくためにに『ダンジョンシーカーズ』は開発されました」

思考を切り替え、彼女の話と自身の経験を照らし合わせた。

……最初は面食らって唖然としていたが、考えれば考えるほど納得できることが多い気がする。

宝箱部屋とかではなく土蔵だったり謎のマスク屋だったりしたのは、裏世界側の施設だからということなのだろうか。

彼女にそのことについて問う。

「その通りです。どうやら裏世界側も軍事拠点であるダンジョンを重世界側に移すのには多大なる労力が必要なようで、それに巻き込まれたものが『報酬部屋』としてダンジョンの奥深くに保管されているのだと思います」

「これは東京の事例ですが、突入したダンジョンの報酬部屋が文献を保管している施設だった攻略者がいました。裏世界研究の観点から莫大な価値を持つ本たちの回収に成功した彼は、大金持ちになったそうです。逆に、ただのゴミの山を引いた人もいますよ。というか、殆どがそうですが」

机の上で手を組んだ彼女が、こちらをじっと見る。

ここで、淡々と説明を続けていた彼女の、雰囲気が変わった。

「……これが、この世界と、『ダンジョンシーカーズ』の大まかな説明になります。このベータ版DSに参加しているプレイヤーは皆、自ら望んで契約を交わし、この危地に乗り込んでいます。妖異殺しの家に関わる者、国に関わる者、そして、生活を捨て去り挑むことにした民間からの応募者。彼らはもう、このDSから逃げることはできません。しかし、貴方や他のQRコードに嵌められ参加した人たちには……〝やめる〟権利があります」

生唾を呑み込んだ彼女が、こちらを見ている。

「今回の事件には、〝忘却〟の術式を使う許可が下りています。人の記憶を選んで消し去る、そんな技です。これを使えば、貴方は文字通り全てを忘れ去り、以前の生活に戻ることができる。考える時間も用意します。ですから、もしやめたいのであれば、私にお伝え――」

「大丈夫だ。里葉。俺はやめない。俺は、『ダンジョンシーカーズ』に感謝している」

確かに、俺が『ダンジョンシーカーズ』に触れてからの体験は、激動のものだった。妖異に殺意を向けられた。いきなり襲われて、その命を奪った。しかし、それでも。

言葉を紡ぐのに、何故か時間がかかる。

「……俺が過ごしたこの一年間は、アプリを入れてからの数日間よりずっと停滞していて、薄っぺらかった。どうでも、いいんだ」

最後に言葉を残すとき、自分が思わず彼女から顔を背けていることに気がついた。何故、だろう。すぐに向き直って、自分の考えていることを述べた。この願いを、言葉にしてみせる。

「里葉。俺は今……この仙台にあるダンジョン。その全てを制圧したい。俺は本気だ。俺は、これが今一番やりたいことで、成し遂げたいことだと思っている。まだわからないことも多いし、今すぐは不可能だろうけど……」

息を呑むようにした彼女が、一度間を置いた後、ほんの少しだけ、微笑む。

「……そう、なんですね。わかりました。続行を希望する貴方の参加を、運営を代理して、認めます」

「他にも話すことはたっくさんありますが……とりあえずはこんなところです。まあ、これ以上話しても頭がパンクしてしまいそうですしね」

俺の姿を見た彼女が少しだけにやりとする。お茶目なコメントを残したものの、彼女の表情の動きはすごく少ない。近寄りがたい美しさを持っている、ともいえるけど。

「お話に関しては以上です。それで、私の同行を認めていただけますか」

「……まあ、話はまだ飲み込めていないがわかった。しかし、どうして同行するって言うんだ？」

「……運営からきっと私は、貴方を育てることを期待されているのだと思います。だから全てではありませんが、貴方の渦の攻略に同行するつもりです」

彼女が金青の魔力を迸らせる。それは決意を示すように。


「そしてあの殺人鬼のようなものに限らず、貴方の命を狙うものが現れれば私が排除します」

誇り高きその姿。彼女は滅茶苦茶可愛い綺麗な人である以前に、ひとりの戦士なのだと理解した。

これが、妖異殺しと呼ばれるものなのか。彼女の魔力から感じ取れる、歴史とともに積み重ねられた高潔なる信念。その在り方にただただ驚嘆する。

正直に言おう。これは、願ってもない話だ。彼女は間違いなく歴戦の猛者であるし、彼女とともにダンジョンを攻略すれば技や動きを盗むことができるだろう。先ほど発露させた金青の魔力の一端。

それに触れれば、先ほど戦った彼女が、本当の実力を出していないことなんて、すぐにわかる。

「わかった。里葉。むしろこちらから、お願いする」

「本当ですか？」

顔をバッと上げて、嬉しそうな顔をした。小さな声で、これで帰らなくていいと言っていたような気がする。

「……良かったです。期間としては『ダンジョンシーカーズ』の正式リリースまでになると思います。これから、よろしくお願いしますね」

彼女が握手をしようと手を差し出してくる。それを手に取る前に。

「……しかし里葉。さっきから君は硬すぎると思う。これから互いに背を託すわけだし、楽にして喋ってほしい。ビックリしたけど……歳だってタメだろ？」

「――――」

空白。

もしかしたら彼女は、シンプルにコミュニケーションの仕方が敬語の人だったのかもしれない。ちょっと、悪いことをしたかな。そう考えて、訂正しようと声を出そうとした瞬間。俺の少し引っ込めただけの手を彼女が掴み取る。

「うん。わかった。ヒロ」

一瞬だけ見せたその素顔。その言葉遣いはなんら不思議なものではないのに、何故か心臓が一度強く跳ねた。

握る彼女の手は温かい。

†

今日初めて会った時とはまったく違う温和な様子で、里葉を見送る。話が終わったので一度解散しようと考えた俺たちは、今、家の玄関先にいた。

「私は別の宿泊先があるので失礼します」

靴を履き直しつま先をトントンと床につける彼女が、横顔を見せる。

「C級のダンジョンに潜ることがあれば私を呼んでください。その他のダンジョンは、ヒロひとりでも十分攻略できるでしょう。本当は同行したいけれど、私も暇なわけではないから」

「わかった。何か他に仕事でもあるのか？」

「……あの殺人鬼の女と、彼女が持っていた水晶についての調査があります。だから、連絡を取れない時もあるかもしれない」

引き戸を開けて里葉が外へ出ようとするその瞬間。何か伝え忘れがあることに気づいた彼女が立ち止まって、服の裾から何かを取り出す。

「ヒロ。実は貴方があの殺人鬼と交戦する前から、魔剣持ちのプレイヤー、ということで私は貴方に接触する予定でした。その時に渡そうと思っていたものを、今渡します」

彼女が俺に手渡してきたのは、スマホのポータブル充電器のようなもの。コードを差し込む穴のある、黒一色のそれを何故渡してきたのかわからない。困惑する。

「ヒロ。これは『ボックスデバイス』と呼ばれるものです。端的に説明するならば、スマホで収容した重世界産のアイテムを保管することに特化した機器になります」

「今貴方のスマホは、きっと先ほどのダンジョンで得たアイテムで満杯でしょう。運営に売却するアイテムを除いてこちらに移してから、この『ボックスデバイス』自体をスマホに収容させてください」

「それと……もし武装や防具といったアイテムを手に入れたら、まずは保管しておくといいかもしれません。性能にかかわらず、重世界でそれらを発見することは非常に困難ですから。つまり、需要に対して供給が圧倒的に少ない」

一度向き直った彼女が、俺に語り続ける。

「後から売る機会があるってことか？」

「そうです。今は運営の種別により定められただけの最低価格でしか売却できませんが、マーケット機能が実装されればプレイヤー間での取引が可能になります。その時のほうが、多くのDCを得られるかと」

DC。今の所1ポイントあたり150円で取引されているもの。

「……俺の竜喰。本来ならいくらになるんだ？」

「魔剣は兵器として扱われます。その最低価格が提示されているので……あなたのそれは本来ならもっと評価が高いと思います。運営側が購入できるかどうかはさておき、下手したら軍艦一隻分くらいになるかも」

「……売るつもりはないぞ」

「うん。そう言うと思った」

彼女の性格なのだろう。ずっと丁寧な語り口だった彼女が、砕けた口調で言う。

くす、とこの家に来て初めて笑った彼女の笑みに、釘付けになった。

「では、今日はありがとうございました。また、今度。今日は渦をひとつ攻略して、私と戦ったんですから、十分休憩を取ってくださいね。今日はもうゆっくり休んでください」

沈み始めた陽の光に、彼女の後ろ姿が映える。久々の来客だった彼女が、この家から去ろうとしていた。

ちょうど、子どもたちが家に帰るような時間だった。


今日は何だか濃い一日だった。新しく知ったことがあまりにも多いし、彼女のした話は全て、そんなことあるわけないだろうと切って捨てられるようなものだった。しかし俺は『ダンジョンシーカーズ』を使っているし、彼女は確かに『妖異殺し』で、無茶苦茶強い。

たぶん、あの話はマジだ。まだ『ダンジョンシーカーズ』自体の仕組みとかわからないことが多いけど、目的と存在理由はわかったと思う。しかし話を聞いてみたところで、何かやることが変わったわけではない。俺は、この町にあるダンジョンを、攻略して楽しむだけだ。

彼女が去ったので、これから一度も確認できていなかった攻略後のステータスやアイテムの詳細を見たい。そう思って、自室に戻った後。『ダンジョンシーカーズ』を開いた。

プレイヤー：倉瀬広龍
ＬＶ．41
習得スキル『白兵戦の心得』『直感』『被覆障壁』『魔力操作』『魔剣術：壱』『翻る叛旗』
称号『命知らず』『下剋上』『天賦の戦才』『秘剣使い』『一騎当千』

持っているスキルや称号が、随分と増えたなと感慨深い気持ちになる。レベルも結構上がったけど、最初のころに比べたら、やはり上がりにくい。新たに増えた称号『一騎当千』は、軍勢に対して完璧な勝利を収めたものに与えられるようで、あの蟻を蹂躙したことで得たもののようだ。スキル画面へ飛んでみれば、『下剋上』が『翻る叛旗』というスキルを開放したように、『一騎駆』というものが開放されている。加えて、最適化が可能ですというポップアップが、表示されていた。説明書にも記されていなかった、新たな情報の登場に、困惑してヘルプマークを押す。

『？』最適化とは
スキルのカスタマイズ機能『発展・最適化・進化』の三種類のうちのひとつ。最適化では複数のスキルまたは称号を統合し、ひとつのスキルとすることが可能です。最適化を行うことにより、新たなスキルの発見が可能となる場合があります。

『白兵戦の心得』＋『下克上』＋『一騎当千』＝『？？？』

「……今度、里葉にここ辺りの話も聞くか」

しかし、ヘルプをチェックした限り、やり得なものの気がする。そう考えて最適化ボタンを押してみた。

派手な演出などはなく、ローディング画面が表示される。その後、また心臓が強く跳ねたような感覚がして、画面に新たなスキル情報が表示された。

NEW『武士の本懐』

戦場の中苦境に挑むことを名誉とし、ただひとり名を揚げることを望む高潔なる美学。基礎的な白兵戦の技術に加え、刀や鎧を装備した状態での戦闘に高い適性を持つ。

「お……お？」

刀持って戦っていたが、本当に武士呼ばわりされる日が来るとは思わなかった。しかし、このDSとその技術というのは妖異殺しという名前からして和風な人々の手によって生まれているわけで、その影響を受けているのかもしれない。

しかし、弱いということはなさそうで安心した。たぶん、今後も可能なものがあればガンガンやっていったほうがいいな。

加えて、彼女から貰った『ボックスデバイス』を手に取りながら、アイテムリストを開いた。里葉に手渡された『ボックスデバイス』と俺のスマホをコードで繋げる。『ボックスデバイス』のランプに光がついて、無事それが起動したことを確認した。

収容リストの中。合計三十個くらいのお面を回収したが、それらの評価額をさらっと見てみると、だいたいそれぞれ二百万円くらいの値段がついている。ゴミの山を引いたわけでは……なさそうだな。

それでも、こんな簡単に大金が手に入るなんて……今回の攻略でいくらになるんだ？　しかも、里葉の話を聞けばこれは運営が提示する最低価格だ。もっと高く売れる可能性もある。

スマホの中。アイテムをひとつひとつチェックしながら、『ボックスデバイス』にアイテムを転送していく。どうやらこの箱は、スマホの何十倍もの容量があるみたいだ。このデバイスは、プレイヤー全員に渡されているわけではなさそうだし、プレイヤーのほとんどがその場でアイテムを売ることを求められているんじゃないだろうか。

あ、後は顕現させて普通に保管しておくとかか。見つかったり、盗まれたりする危険があるけど。

アイテムを確認していく中で、自分で使えるものがないか探してみる。それと、とりあえず人間の顔に合わない防具は運営に売却した。一万ポイントが俺のスマホに振り込まれる。

何かと入り用になるだろうし、少し換金しておこう。流石に、もうそこらへんの店で買った服でダンジョンに突入したくない。そんなことを考えながら、自分が装備できるアイテムがないかひとつひとつチェックしていく。その中にひとつ、際立って値段が高めのものがあった。だいたい、二億くらい。二億か……

アイテム『竜の面頬《めんぽお》』
種：防具
機能：『詠唱破棄』
目元より下を覆う竜の口部を模した面頬。面頬をつけた状態で戦闘を行えば行うほど、戦闘時に適切な呼吸法へと使用者を矯正する。

なんだか、アイテムの解析文を読んでも良さげな気がする。スマホから面頬とやらを取り出し、手に取ってみた。

目元より下を覆うマスクのようなその防具は、竜が口を閉じた姿に似ている。西洋のドラゴンと東洋の龍を足して割ったようなそのデザインは、普通にかっこいい。なんか、鼻とか飛び出てなくてダサくないし。

面頬と呼ばれるものが何か知らなかったので、『ダンジョンシーカーズ』を閉じインターネットで調べる。これ、武士が戦場で着用しているお面みたいな防具の一種か。あの髭が生えてるやつ。喉を守る装具がついているものが多いみたいだけど、俺のにはついていない。面頬と形容してはいるが、正確には面頬ではないということなのだろうか。

面頬から出ている、随分と細い紐を使って顔に固定してみる。頼りなく見えるし長時間つけていたら痛むんじゃないかと思ったが、一切の不快感がない。竜喰と同じように『機能』がついているし、こいつも高級品か……外そうとしてもなかなか取れるような気配はなく、どこにも目立った通気口はないはずなのに息がしやすい気がする。

よし。これは使うことにしよう。あとのお面たちは、里葉の言うとおりとりあえず保管しておくか。

そう結論づけた俺は、『ボックスデバイス』からコードを抜いて、スマホに収容した。顔の防具だけ手に入れて後はアパレルなのは……ちょっとまずい気がする。何か、戦闘向きの服が欲しい。防御力を求める、というよりは、素肌を覆っていて機能性に優れたものが良い。

しかし現代日本で、そんな戦闘向きの服なんて売っているのか？　里葉に聞いてみてもいいかもしれないが……

その時。戦闘服の完璧な調達先を思いついた。

調べたその店が、まだ閉店時間まで時間があることを確認する。急いで行けば、かなりの時間吟味することもできるかもしれない。急ぎ足で家を出て、仙台駅へ向かった。


仙台駅前からかなり歩いたところ。俺の目の前には、デカデカと書かれた『サバゲー専門店』という看板がある。昔ちらっと話を聞いたことがある程度だったが、もしかしたら良いものがあるかもしれない、と、そう考えながら入店した。訪れた店内の壁にはエアガンが何丁も掲示されていて、大量に吊り下げられたハンガーにはサバゲーを遊ぶ人たちが好んで着るという迷彩服がたくさんある。それらを横目に見ながら、緑色のエプロンをつけた店員さんに話しかけた。

「あー！　そうなんですか！　いや初めてのサバゲー！　いいですね～それで本日は当店にお越しい

ただいたと」

「はい。ネットで買ってもいいかなって思ったんですけど、やっぱり実際に見てその場で買いたいじゃないですか」

愛想良く、ダンジョンに突入するための服を探しているとは思われないような態度で彼と話す。いやしかし、そんなやつ俺以外にいるわけないか。

「いやその気持ち本当にわかります！　で、戦闘服をお探しということで」

「はい。いろいろ調べたけどあまりわからなくて……あの服とかって暑苦しかったり動きづらかったりしないんですか？　あと、本物の戦闘服との違いとか」

「もちろん軍人さんが使う本物の戦闘服より耐久性が低いものが多いですが、機能性は抜群ですよ。通気性も良いですし動きやすいですから。快適にゲームが遊べます」

店員さんが、鼻息を荒くさせながら言う。

「それに、かっこいいです！」

確かにそれは重要かもしれない。里葉の服装は一見普通のものに見えるけど、戦闘時にかなり映えて見えたし。

店員さんが実際に商品を手に取り、こちらにいろいろ見せてくれる。通気孔という服に取りつけられた穴を見たときは、そんな工夫があるんだなと感心した。俺は『被覆障壁』という直接的な攻撃に対する防御手段を持っているので、動きやすいものがいいだろう。

「あ、お客様タクティカルブーツやニーパッドのほうもお求めなんですね！　あと、ウエストポーチも！　少々お待ちください！」

　他の装備について聞かれたときに、素直に持っていないと答えたら店員さんが凄まじいスピードで動き出した。正確に言うと、具体的な予算を口にしたあたりからウキウキしていたように見える。この人だったら、マジでいいものをお勧めしてくれそうだ。店内を見回しながら、店員さんがオススメの商品を持ってきてくれるのを待つ。


　閉店時間も近くなった夜ご飯の時間。楽しかったですと述べた店員さんが、大きな声で退店する俺に挨拶をする。それに会釈を返し、紙袋を右手に握って駅前で飯でも食おうかと考えた。

　途中、誰もいない路地裏へ向かい紙袋を収容する。便利すぎる。ダンジョンシーカーズ様様だな。

　……店員さんに乗せられて、予定よりもかなり買ってしまった気がする。実際、レジに表示された金額を見てビビった。

　俺が購入したのは、特殊部隊が使うという黒の迷彩服。これは動きやすいと非常に評判が良いと言った彼の言葉を信じて購入した。後、緑より黒のほうがかっこよかったし。

　それに加えて、膝と肘を保護するというサポーター。ウエストポーチ。そして踏み込みやすく、悪天候にも耐えうるというブーツとなんかいろいろ買った。あと、店員さんは苦笑いしていたけど、ホルスター型のスマホ収納ポーチも購入している。戦闘中にポケットの中で暴れ狂うスマホのことがすごく気になっていたから、ちょうどいい。

　値は張ったけど、アイテムを売却したから金はある。間違いなく、その金額だけの価値はあった。

仙台駅に来たついでだ。適当な飯屋でも探しつつ、ここらにダンジョンがあるか探してみよう。そう考えて、スマホで『シーカーズカメラ』を起動した。

仙台駅前。発見したダンジョンの位置に地図アプリでピンを刺しながら、駅前にあるファストフード店で食事を済ませる。駅の近くにある商業施設のレストランとかに入ってもよかったが、そこまで美味いものを食べなくてもいい。

ハンバーガーを片手に『ダンジョンシーカーズ』を開く。人通りの多い駅前なのでダンジョンは既に制圧されてるんじゃないかと思ったが、D級ダンジョンを三つ。そしてC級ダンジョンをふたつ確認した。

C級に突入する気はないが、D級に突入すべきかもしれないと考える。里葉が言っていたが、今仙台には殆どDSプレイヤーがいないそうだ。曰く、あの殺人鬼の動きに一部のプレイヤーは気づいていたようで、危険を感じた彼らは北上するか上京して、この町から移動し別の場所を拠点としているらしい。

渦というのは軍事拠点だが、リソースでもある。今仙台を離れているプレイヤーたちが戻ってきたら、奪い合いになるかもしれない。自身を鍛え上げることのみに注力するのならば、他のプレイヤーの成長を妨げ、D級を狩らねば。

スキル欄。所持していたSPを利用し、スキルを習得する。

『一騎駆』

自身の移動速度を向上させ機動戦に強い適性を持たせる。軍勢にひとりで立ち向かう時、自身の能力を大幅に上昇。種：騎または種：車を持つ装備に騎乗した際、効果をより強くする。


里葉と戦ったり、初めての経験だったからというのもあるが、今日はD級ダンジョン攻略に時間がかかった。時間短縮のためにこいつを習得し、一気にダンジョンを狩ってやる。

『ダンジョンシーカーズ』の設定画面を開いた。あまり使うことはないかと思っていたけど、今日装備を手に入れたし、設定しておいたほうが良いものがある。

そのためには一度移動したほうがいいな。そう考えて、駅のほうへ向かった。


駅構内。空いていた多目的トイレの中に入り、鍵をかける。ここは密室で、誰の目もない。本来の目的で使わないことに一抹の罪悪感を抱きながらも、おむつ交換台を机代わりにし、その上に今日買った戦闘服たちを置く。

『ダンジョンシーカーズ』を開いた俺はそれを操作して、ひとつの項目にたどり着いた。説明書の中でも紹介されていたその項目の名は『ショートカット』。

その中にあるさらに細かい項目の中から、『コスチューム』を選んでタップした。また後で設定し直すが、今の俺の服を『コスチューム1』として設定する。

その後今着ている服を脱ぎ始めた俺は、今日購入した黒の戦闘服やその他装具に加え、『竜の面頬』を取り出し装備した。ショートカットに登録するわけではないが竜喰を手にとってみて、鏡に映った自分を見る。

黒の迷彩服。ベルト。『竜の面頬』といういかついマスクに、刀を持った男。

ハリウッドが考えた現代ニンジャだぜ、みてえなそんな格好をした奴が立っていた。夜のリトルトーキョーで戦ってそう。見た目がかなり凶悪。

……俺はイカすと思う。

今している装備を『コスチューム2』として登録した俺は設定を保存し、ダンジョンシーカーズのホーム画面へ行く。そこに新たに追加された『ショートカットパネル』という項目をタップして、それを開いた。

……よし。確かに登録されている。

スマホ画面。俺が『コスチューム1』と表示されたパネルをタップすると、今着ている格好が黒漆の輝きに染められ、戦闘装備一式からさっきまで着ていた服に戻った。

ダンジョンに突入するときに外で、ハリウッドニンジャの不審者になるわけにはいかないし、ダンジョンに入ってからゆっくりお着替えするわけにもいかない。敵地で呑気に着替えなんかしていたら、途中で襲われてパンイチで戦う羽目になる。

そこで、装備変更ショートカットという機能を使わせてもらった。今俺はショートカットキーが一面に表示されているパネルという画面を開いているが、このパネルを使用する以外にも、登録した特定の動きで行動を決定することができるようだ。

……あの殺人鬼の女が指を鳴らしてスキルを展開していたのは、このショートカット機能を利用してたっぽい。指を鳴らすといっても本人の意思の元で初めてその機能は発動するらしく、マジシャンに指を鳴らしてくださいと言われて鳴らしてみたら急に爆発する、とかそういう事故が起きる可能性はなさそうだ。

今は装備変更以外必要ないが、武器を取り出すショートカットとかかなり便利だと思う。手元に投擲武器をすぐに出して、ぶん投げるみたいな。今はそういう武器がないので使う機会はないだろうけど。

しかし、これで準備は整った。俺はちんたらしているつもりなどない。
スマホのロック画面を開き、時間を確認した。
今は夜の八時ちょうどくらい。明日は学校だ。登校するつもりだし早く家に帰らないといけない。
俺の家へ向かう地下鉄の終電は、二十三時五十九分。

……終電までにD級ダンジョン三つ、全て攻略できるか？

やるしかねえ。

ひとつ目のダンジョン。森林型。第一階層しかない不思議なダンジョンだったそこで、妙に腕が長い猿の群れと尻尾が異常にぶっとい狼の群れと対峙した。攻略するということにのみ焦点をおけば、全て殺戮する必要はない。

「逃げるなクソ猿ッッ!!」

森林の中『一騎駆』を発動して、ひたすらボスを探し回り、見つけた白い毛皮のデカ猿を竜喰で真っふたつに叩き切った。雑魚を殺してもレベルがまったく上がらず、ボスを殺しダンジョンを脱出して初めてレベルが上昇した。

報酬部屋は、ログハウスっぽいんだけどログハウスじゃない場所。雑貨品を嵐のように接収して、脱出する。

記録：三十六分。非常に良い記録だ。しかし、次のダンジョンへ地図アプリを見れば、徒歩で二十分ほどの移動時間もある。油断できない。走ろう。

ふたつ目のダンジョンは初めてのダンジョンを思い出す、石材でできた古城だった。裏世界の城ということなのか、こちらの価値観で見るとクソキモい形をしている。なんか、やたらうねうねしていて、触手みたいな塔が複数生えている。

本城自体は……ハッキリ言うと、巻きグソみたいな形だった。

今まではずっと下って行っていたのに、ここで初めて上に向かって上らされた。途中、主に革製の鎧を装備した高級なゴブリンと相対するも、竜喰の前では焼き鳥から唐揚げに変わっただけのようなもので、蹂躙する。

最上階。巻きグソの頂点の屋上で、ボスであろう骸骨剣士と交戦する。盾と剣を持ったそいつの構えを見て、良い戦いができそうだと笑みを浮かべるも、相手の剣が竜喰に一撃で破壊され、パクリと食べられた。

……お前。責めるような俺の視線を受けて、今目の前でこいつはげっぷしやがった気がする。

記録：一時間半。上っていくという階層の特性上、どうしても警戒して慎重にならざるを得ない場所が多く時間がかかった。落とし穴とか壁から槍が飛び出てきたりしたし。後、『一騎駆』できない。

報酬部屋は、紫色と赤色のトゲトゲしたウニみたいなものが浮いている、謎の岩場だった。トゲトゲを収容できるか試してみたけど、容量がバカ大きくて収容できない。なんでやねん。

……やたらツルツルした、綺麗な巻きグソ石だけ収容して、脱出した。

歓楽街である、国分町にやってくる。疲れ切ったサラリーマン。飲み屋を渡り歩く男。歩きスマホをしながら道を行く女性。人混みの中をダッシュで進む。三つ目のダンジョンは、そこまで遠くない。

しかし移動時間も考慮すると、もし三つ目のダンジョンでさっきの巻グソ古城ダンジョンくらいの時間がかかれば、終電までかなりギリギリになってしまう。間に合うか？

「違う！　間に合わせるッ！」

終電の時刻を頭にチラつかせながら、ダンジョンに突入した。

†

長期間の出向になることが確定してから、借りたウィークリーマンションの一室。ヒロの家から帰ってきた私は水晶と殺人鬼に関する資料をまとめた後、タブレット端末でずっと報告書を書いていた。

業務を終え両腕を伸ばした私は、ポケットからスマホを取り出す。お姉さまが買ってくれたけど、必要最低限のアプリしか入れていない淡白なホーム画面をスワイプして、トークアプリを開いた。

もう夜も深くなり、日を跨いだ時間帯。随分と遅い挨拶になってしまうが今日は彼に世話になった。そのお礼と、彼があの後どうしていたか聞いてみよう。

……どうしてこんな遅い時間になったのかを聞かれたら、答えることはできない。目の前にある私のトークアプリの友達一覧には、2人と表示されている。お姉さまと、ヒロしかいない。

……あまり、慣れていないから。

「夜分遅くに申し訳ないです。今日はすごくお世話になりました。ダンジョンを攻略し私と戦った後ですが、しっかり休息は取れましたか？　疲れも残ると思うので、数日後を目処に私と渦に行きましょう！…………………そ、送信！」

親指に意思を込めてボタンを押す。

ふうと一息ついて、急いでトークアプリを閉じようとした時。ピコっと既読マークがついた。思いの外早い反応にビクッと驚く。絶対明日の朝になると思ったのに。

ぷるぷる震えながらトーク画面を眺めることしばらく。ヒロはまず、結構な長文でこちらに感謝を述べてきた。彼、おかしいところが多いように思えるんだけどこういう几帳面なところもあるんだよね。しっかりしているというか、親御さんの教育が良かったのかな。同い年の私が言うのもなんだけど。

その後砕けた文面になった彼が、つらつらと私が帰った後の出来事について話していく。強力なアイテムを手に入れた、とも言っていて、かなり運がいいなと思った。しかし、途中駅へ装備を買いに行った話の辺りから雲行きが怪しくなっていく。

しゅぽんしゅぽんとなる、可愛い通知の音。ちなみに彼のあいこんは、綺麗な夜景の写真だった。私のは……でふぉるとの人型のやつ。

『いや～聞いてくれよ里葉』

『終電ギリギリを攻めた最後のダンジョン攻略がさ』

『最初からボスとタイマンできるダンジョンですごくたのしかった』

……渦には、基本等級にかかわらず、共通する四つの分類があると言われている。ひとつは、一体一体は弱いけど数で攻めてくる群衆型。ふたつ目が一体一体の質を確保したけど数が少ない少数精鋭型。そして三つ目が、妖異の数を減らし、罠を多く設置する防衛型。

あ、またしゅぽんってなった。

『それで今電車降りて、家帰るとこ』

…………そして忌み嫌われている四つ目が、圧倒的な強さを持つボスとの決戦型。どれも危険なのには間違いないけれど、決戦型では強力な主がいきなり襲いかかってくる。あれが一番恐ろしい。

呑気な彼の文面を見て、無意識に口元がぴくぴくと動いている。今朝、彼は敵数が多く気の抜けない蟻の渦に突入し、続いて私と交戦。そして仮眠を取るなど休憩をしたわけでもなく、いろいろやった後、D級の渦に三回突入。

これが、〝いくさびと〟って、ことなのかな。魂の形が天命といえるほどに向いているのか……

『ヒロ』

『今電話できますか』

しゅぽん。しゅぽん。

『外だから大丈夫だけど』

『なんだ』

白色のイヤホンをベッドの傍においたバッグから取り出し、スマホに接続する。その後、タタタ、とキーボード音を鳴らした。

『お説教です』

深夜。肌を突き刺すような寒さに、冬の静けさが空を満たす。街灯が照らし月明かりだけが煌々と空に輝く帰り道で、彼女から電話がかかってきた。

「……もしもし。夜分遅くに申し訳ありません」

凛とした彼女の声が、電話越しに聞こえる。

電話で聞く声と直接聞く声の違いでドキッとするのって、なんでなんだろう。

「こんばんは。里葉。さっきぶり。元気か？」

返答する言葉に合わせて、夜空に白息が漂う。

「……ええ。私は元気ですよ。貴方ほどではないですけどね」

「おう里葉。今の俺はたぶん元気オブザイヤー受賞できるぞ」

電車に揺られながら、彼女と連絡を取り合った。メッセージアプリで誰かと業務連絡以外の話をするのは、かなり久しぶりだった気がする。電話なんて、それこそもっと久しぶりなのでなんか嬉しい。

「いやー里葉。それでさ、最後のダンジョンのボスが武器なんか捨ててかかってこいというポーズを取ってだな……」

「あのですね」

ウキウキで話をしようと思ったのに、ガチトーンの里葉に咎められた。なんだったら今日交戦した時よりも怖い声をしている気がする……

「ヒロ。今日貴方はダンジョンを攻略した後、手を抜いていたとはいえ高位の妖異殺しである私と交戦しました」

「おう。たのしかった」

「…………貴方は戦闘の興奮で認識していないのだと思いますが、身体《からだ》に疲れは溜まっています。そんな状態であるにもかかわらず、渦に三度も突入しました。これは問題です」

「ん？　そうか？　確かに今日は行くところまで行ったが、割と元気だぞ？　ほら今ジャンプジャンプ」

その場でぴょんぴょんと飛んでみる。たぶんマイク越しに跳んでる音は聞こえると思う。跳べ俺。

「…………精神的な疲れも含めます」

「楽しかったから、すごく充実してるかな」

「…………」

携帯の向こう側。沈黙そのものが音となって俺の携帯に伝ってきているような気がした。

「ヒロ？　あのですね。そんな生活を続けていたら、間違いなく身体が持たないと私は思うんです。私は貴方を心配しているんです」

「心配してもらえるのは嬉しいけど、問題ない。明日もまたダンジョンを探し出し、放課後できるだけ突入する」

「…………」

沈黙ののち一転。彼女の声色が高いものになった。

「ヒロ？　明日は学校に行ってそのまま帰った後、絶対にオフにしてください。貴方には休息が必要です」

「……いやだ。拒否する」

「じゃあ、ふたつの選択肢をあげます。明日そのままダンジョンに行くか、明日休んでから私と明後日C級ダンジョンに行くことにするか。予定を前倒しします。一日我慢したほうが、もっと楽しいところに行けますよ？」

「よし。明日ダンジョンへ行き明後日C級に行こう」

「その選択肢はありません」

夜道。携帯から聞こえる、わざとらしい大きな大きなため息の音。

「残念だなぁ。ヒロ。今日私と戦った時、なんかいろいろ言ってましたよね？　君は俺に取って最高のひとだー、とか、『槍捌きがいや君が美しい雨宮里葉』とか、なんとか」

「……！」

「そんな最高の人である私と一日我慢するだけでダンジョンに行けるのに……あれは嘘だったんですね」

「えっいや……あの……」

「ん？　なんですか？　声が小さいですね。さっきまでの元気はどちらに？　げんきおぶざいやーなんですよね？」

適当に言ったことを当て擦られてる。

今日は一度もかかなかったのに、ガチで変な汗をかく。戦闘中の俺、何言ってんだ……？　てかそこまで言ってたっけ……言ってたわ……やばい胸が苦しいそのまま頭を抱えて穴があったら入りたい。

怪我を負わせないという意識がお互いあったものの、戦闘は戦闘である。なんで口説いてんの……？

言葉を失った俺を相手に、彼女がゆっくりと語り始める。

「うーん。もしかしたらもう夜も遅いですし、ヒロはやっぱり疲れが溜まっているのかもしれません。明日は休憩にして明後日私と行くべきだと思います。あ、そういえば他にも――」

抑揚のつけ方がめちゃくちゃわざとらしい。

…………追い込まれている。逃げろ。

「ああ。うん。言われてみれば確かに、なんか今めちゃくちゃ疲れてる。俺。うん。明日は学校もあるし、もう今すぐ家に帰って布団に飛び込みたいからそろそろ電話切る。里葉。明後日一緒に行こう」

「あら、そうですか。じゃあ明日はお休みですね。ヒロ。おやすみなさい?」

「……おう。里葉も、おやすみ」

通話が終了しトーク画面に戻る。なぜかよくわからない、言語化できない衝動に突き動かされて、家に向かって全力で走った。


ベッドの上に寝転がりながら話をしていた私は、おもむろに立ち上がった。イヤホンを外して、巻いてまとめた後、バッグにしまおうとする。机の上に置いたコップを手に取って、少しぬるくなった緑茶を飲んだ。

……てっきり戦闘中のあれは、私の気を逸らすために言っていたと思っていたんだけど……さっきまで元気に喋って抵抗していたのに、この話をした途端静かになった。

なんか、初日にして扱い方をわかってきた気がする。だけどあれ、本気で言ってたんだ……。

「……ふふっ」

スマホを充電して、電気を消す。

少し緩んだ頬を引き締めて、意識を切り替えた。彼と今度は、C級の……〝枝の渦〟に突入する。彼はここで、ひとつの壁を突破する必要がある。果たして、それができるだろうか。

第三章　藍銅鉱の乙女

窓際の席。ひとり佇みながら、冬の陽光に晒される。

クラスのホームルームの時間。教壇に立つ担任の先生が話をしている。黒板には卒業まで刻一刻と近づく日付が書かれていた。連絡事項を話し終えた先生が、手にしていたノートを置く。

「えー。卒業式も近くなりました。残り僅かな高校生生活を楽しんでほしいな、と先生は思っています。以上です！　礼！」

放課後の時間を迎えたクラス。クラスメイトたちは学生鞄を手に各々立ち上がって、教室から去っていく。彼らに続いて、俺も帰ろうとしたとき。

「あ、倉瀬くん。ちょっと来てくれる？」

誰もが去った教室の中。先生に呼び止められ、話しかけられた。教室の前のほうへ、カバンを手にしたまま歩いていく。

「卒業後何をするかは決まったの？」

「はい。予定通り、東京にいる親族を頼って上京しようと思っています」

「ん、そう……卒業後も、何か悩み事があったら先生に連絡して大丈夫だからね。倉瀬くん」

「はい」

東京に親族などおらず、流れるように嘘をついた俺に、優しい笑みを浮かべる先生。そこそこ長い付き合いになる彼女が、不思議そうな顔をしてこちらを見た。

「倉瀬くん……何か、最近いいことでもあった？」

「それは、どうして？」

「なんだか、顔が明るくなったような気がするの。……入学してきたばかりのころに戻ったみたいな顔をしていてね？」

「……確かに、今は楽しいかもしれません。ちょうど今日もこの後、人と会う約束があるんですよ」

「あらそうなの？　それじゃあ引き止めたら悪いわね。行ってらっしゃい」

先生に会釈をした後、教室を出ていった。今日は里葉とC級ダンジョンに向かう日。楽しみで、年甲斐もなくワクワクしている。

顔に、出ていたのだろうか。


学校を出た後、家に帰らずそのまま駅へ向かう。トイレで学生鞄をスマホに収容し、ショートカットを利用して私服に着替えた俺は、彼女と待ち合わせをした駅前へと向かった。

仙台駅。改札を出た先の、待ち合わせ場所としてはかなりメジャーなステンドグラス前。階段を下りながら、この前と同じ格好をしている彼女を発見する。他にも待ち合わせをしている人が多いので見つけるのに苦労するかと思ったが、杞憂だった。

大胆な色合いのステンドグラスを前に、佇んでいる彼女が俺に気づく。顔を向けて翻った横髪。その姿はまるで一枚の絵画のようだった。

「ヒロ。昨日はちゃんと休んだ？」

「……ああ。里葉」

「それじゃあ、行きましょうか」

彼女がくるりと方向転換して、駅構内から外に出た。彼女と俺は今日、C級ダンジョンを攻略する。

ついこの前知り合ったばかりなのに、時間の短さを感じさせない距離感でいることができていると思う。いや、これからの関係性が既に決定づけられたと言うべきなような……

仙台駅でD級を三つ攻略し、電話でそのことについて説教をされた翌日。また彼女と電話で二時間くらい話をした。

その通話の中でC級ダンジョンをふたつ仙台駅前で発見したという話をしたら、彼女がそこのC級を共に攻略しないかと提案してきたのだ。EとDの差がなかなかにえげつないので、C級に行っても大丈夫なのか聞いたが――

『きっと、曲がりなりにも私に勝ったヒロなら大丈夫。それに何かあったら、私がやればいい』

めちゃくちゃかっこいいセリフを言われてしまった。そういうことで、男としては非常に不本意であるが、彼女に守られながらのダンジョン攻略になる可能性が出てきた。情けない。

俺も強くなったし、装備も整えた。たぶん大丈夫だとは思うけど……

スタスタと、迷いなき足取りで進んでいた彼女が急に立ち止まる。

「うおっ……どうした？　里葉」

「ダンジョンの具体的な位置を聞くのを忘れていました。どこです？」

「あーあそこだ。すぐ近く。ひとつ目は、高架歩道《ペデストリアンデッキ》のど真ん中」

西口を出てすぐ先。多くの人が歩いているそこで、突如として消える人間がいたら問題だろう。しかしここは駅前だから、人がいない時間があまりない。いつか深夜に訪れようと思っていて、別のC級ダンジョンに今日は行くつもりだった。

「……確かにありますね。じゃあ、行きましょうか」

「いや、流石に人通りが多すぎる。バレたらまずいぞ」

「いえ、大丈夫です」

彼女がくるりとこちらのほうを向いて、右手を差し出す。髪の毛とスカートがふわりと動いた。

「手、繋いでください」

「えっ……なんでだ？」

差し出された右手を見て、少しだけ体を仰け反らせる。このやり取りを駅前でしている時点で、既に異常に目立っていた。俺はともかく里葉がすごく人目を惹くし。おいそこの婆さん。微笑ましそうに俺を見るな。

「『透明化』、使うので」

「……なるほど」

理由を説明され納得する。彼女と接触している人も、気配を消し透明になることができるのか。

差し出された彼女の右手をゆっくりと摑む。あんなに力強く槍を振るうことができるのに、彼女の手は随分と華奢だった。白雪のようなそれから、視線を外す。

『透明化』をするのとダンジョンに突入するのも同じように目立つことに感じるんだけど、里葉が何の躊躇いもなく道行く人の前で『透明化』を使った。その時、先ほどまでこちらをじっと見ていたお婆さんが、何事もなかったかのように歩き始める。

彼女の技にはただ透明になる以上のものというか、周りの人を惑わすような、文字どおり魔法のような力を感じた。実際、俺も透明化した彼女の存在に一切気づくことができなかったし。

この世界から切り離されたように。互いを認識できるのは俺たちふたりだけ。

金青の魔力を少しだけ発露させた彼女が、顔をこちらに向けた。

「じゃあ私が突入するので、ヒロはそのまま手を繋いで待っていてください」

「ああ」

透明化。人とぶつかってしまわないように回避しながら、ふたりで渦の場所に立つ。彼女が足元にうっすら魔法陣を展開させて、またいつものように世界が白光に染め上げられた。


開けた視界の先。この前潜った森林型のダンジョンではこちらの世界と同じような青々とした空が広がっていたのに、今この世界は深紅に染まった空に包まれている。ショートカットキーを押して、体が黒漆に染め上げられた後、戦闘装備一式に衣服を変更した。続いて、アイテム欄から刀を取り出す。

右手に握った竜喰の頼もしさは変わらない。

小さな石の塔が乱立する墓地のような、庭の中心に立つ。

俺はホルスターからスマホを手にとって、『ダンジョンシーカーズ』を開こうとした。対し里葉は上着の裾から俺と戦った時にも使っていた金色の正八面体を八つ地に落とし、着地したそれが形を変え宙に浮かぶ。

金色の斧槍《ハルバード》。西洋の剣。鋭利な大槍。巨大な金槌に戟。

古今東西ありとあらゆる武装に変形したそれが、空に浮かんで周囲を警戒する。あの時使っていたものは金の盾と槍だったのに。彼女の実力の底が、見えない。

その一端を垣間見ることができれば良いなと考えながら竜喰を構え、戦う覚悟を決めた。


彼女とふたり。石の塔が乱立する庭を行く。『ダンジョンシーカーズ』によれば、このダンジョンは全部で四階層。等級が上のダンジョンと聞くと、何十階層と続く深いものがあるんじゃないかと思ったが、そういうわけでもないらしい。

彼女曰く、C級あたりから罠が多くなるのだという。俺の武装なら簡単に突破できるとは思うが、まずはそれを体験してほしいと言っていた。

現に今彼女は、ダンジョンの防衛機構に襲われている。

ただのオブジェだと思っていた小さな石の塔が、なんと地から発射され、ミサイルのように飛んでいく。どんな原理で飛んでいるのかもわからないそれを、彼女は事もなげに捌いていた。というか、彼女が動くまでもなく空に浮かぶ武装たちが自動で迎撃していった。

「このように、我々の意表を突く防衛機構が多くなるのです。いわゆるC級ダンジョンから一気に、です」

宙で回転した金槌が石の塔を叩き潰す。槍が弾いて剣が切り裂く。彼女が使っている武器に竜喰ほどの特化した性能はないが、間違いなく逸品だった。

「ヒロ。私が話をしたことによって、ダンジョンの公開されていなかった情報を参照できるようになったはずです。あの、非公開とかになっていた」

「そういえば……〝権限未所持につき〟、ってやつがあった気がする」

後方より飛来してきた石の塔を竜喰に喰わせ破壊する。背後からやってきているのは『直感』で気づいていた。

「……そうです。私が一度全部対応するので、一回それを見てみてください」

更に飛んでくる石の塔。飽和攻撃ともいえるそれを前に、黄金の武装が色を残す。

宙に浮かぶ彼女の武装のキレが、一段階変わった気がする。ゆらゆらと動いていたようなそれは今、アクロバティックな機動を取って石の塔を迎え撃っていた。破砕し響き渡る音をBGMにダンジョンの情報画面を開いて、第八迷宮と表示された画面の下に書かれた、不思議な文面を確認する。

C級：枝の渦　一五／三二六 破壊推奨

権限を所持していたとしても、何を言っているのかよくわからない

「ヒロ。貴方は仙台のダンジョンを全て制圧したい、と話していましたね？」

横目にこちらを見る彼女に向けて、首肯する。

「その具体的な方法を教えます。まず、ヒロ。この前話したように、裏世界側は我々の世界が持つ魔力を奪いたいと考えているため、軍事拠点である渦を配しているという説が有力だという話がありました」

人差し指を立てて、話を続ける彼女。あ、金色の槍が石の塔を切り裂いた。最初はびっくりしていたけど、この石の塔が鳴らす風切り音にも慣れてきた。

いつまで飛んでくるんだろう。これ。というか全周囲を守る彼女の武装……自動迎撃システムでもあんのか？　いやこれは里葉が全部手動で……？

「具体的な仕組みはわかりませんが……軍事拠点である渦たちは、魔力を集めるため水分と栄養分を取り込む根のように、ないしは光を浴びようとする葉広《はびろ》のようにできている」

淡々と説明を続ける彼女。背後に迫る石の塔を空を駆る剣が弾いた。さも当然のようにしていて、彼女はまったく気にしていない。

「その姿を私たち妖異殺しは木の枝になぞらえて、例えば今私たちがいる渦を……枝の渦、と呼ぶのです」

「……なるほど？」

「ダンジョンの渦というのは、樹木のようにできている。幹となる根本を断てば全てが倒れ伏しますし、大枝を断てばその先の枝葉は死ぬ」

歩き続ける彼女が一度立ち止まってこちらを見た。しつこいぐらいに飛んできていた石の塔は一度鳴りを潜め、赤い空を背に彼女が語る。

『『ダンジョンシーカーズ』に設定されている等級を『妖異殺し』の言葉で表すのならば……A級が幹の渦。B級が大枝の渦。C級が枝の渦。D級を小枝と呼び、E級とF級をまとめて細枝と呼びます」

「全ては幹から始まり、枝分かれしていく……」

「仙台のダンジョンを全て制圧する。そのためには、大元となるA級ダンジョンを攻略することが必須です」

放たれた彼女の言葉には、不可能だろう、というニュアンスが多分に含まれていた。

石の塔が立ち並ぶ墓地を抜け、石段を下りた先。第二階層。そこにはまた、深紅の空があった。階段を下りて地下に行ったはずだというのに、まったく同じ空がある。

彼女は石の塔のない、あぜ道を真っ直ぐに突き進みながら話を続けていく。墓地を抜け、第二階層はただの道と平原が続いているが、今度は地中からゾンビのような、腐った体のモンスターが湧き出てきた。

ゴブリンやオーク、昆虫のような奴に、わけわからん象の鼻が顔についた二足歩行の生き物とかが、かなりグロテスクな見た目でこちらに歩み寄ってきている。

真っ赤な空の下。薄暗くも見える道で彼女と共闘した。彼女のほうに敵の注意が向いているのもあって、普通に対処できていた。

手にとった槍で人型モンスターの頭を貫き、彼女は淡々と話を続けている。頭蓋から血が漏れ出て、金色の槍が紅に染まるのとともに、灰燼となってモンスターが破裂した。槍にこびりついていた肉片も、灰となりて飛散する。

普通の女子ならば泣き叫びそうなものだが、彼女は一切動揺していない。オークの首を切り落とし、犬型のモンスターに金槌を打ちつけて、肉体を破裂させながら話を続けられた時は流石に反応に困った。こんな動きをしながら、彼女はダンジョンこと、渦についてずっと語っていたのである。

彼女の話をまとめると、どうやら仙台には根本となる木の幹のA級ダンジョンがひとつ。そしてそこから生えているB級ダンジョンが五つ存在し、そのB級からは四つのC級。そしてC級からは三つのD級が続き……と、それこそ本当に樹形図のようになっているようだ。

最後に、D級からふたつのE級が生えて、E級からひとつのF級が現れる、といった具合らしい。それで計算すると、合計三百二十六個のダンジョンが仙台には存在しているようだ。全て制圧したいといったものの、多いな……

彼女が話を続けていく。

「繋がっている、ということは、このC級ダンジョンの攻略に成功すればC級に連なる十五個の渦も破壊できる、ということなのです」

どこからともなく現れた槍を使い、鷲のモンスターを吹き飛ばす彼女。

「故に、等級が上がれば上がるほど裏世界側も本気で防備を固めてくるので、攻略は困難を極めます。D級以降であれば渦側も簡単に再生してしまえるのですが、C級からは再生に時間がかかる。それが大枝ともなれば、再生は不可能と言っていい。そして幹を断たれれば、その渦たちは完全に生き絶える」

「……なあ。里葉」

「なに？　ヒロ」

「ひとつ思ったんだが……今までの話を聞いた感じ、向こう側の世界と交渉することはできないのか？　こっちがエネルギーを回す代わりに、技術やアイテムを貰うとか」

「あぁ。これは回収された各資料とかからもわかっていることなんですけど、裏世界の知的生命体から私たちは言葉を交わすことを禁忌とされるほどの悪魔扱いされているようですよ。実際、私たちが相手にしているモンスターは彼ら自身ではないですし……交渉しようという動きは数百年前もあったようですが全て失敗しました」

あぜ道。見通しの悪い茂みの中。竜喰を振るい、潜むように迫ってきていた骸骨の剣士を叩き斬る。

「やっぱり、もう試しているもんなんだな」

「ええ。そろそろ、第二階層も抜けます。ここからが本番です。気を引き締めて。ヒロ」

「ああ」

ゆるい空気で行っていた攻略に、一度気合いを入れ直す。この先は未体験の境地だ。里葉がいるとはいえ、油断は絶対にしてはならない。

再び石段を下りて、やってきたのは第三階層。他の階層と変わらないように見える赫《あか》い空の世界に足を踏み入れた瞬間、その違いを認識する。なんというか、非常に説明し難いのだが空気が濃いように感じる。呼吸を助けるという『竜の面頬』越しにも、その違いを理解した。

「ヒロ。今ここには、私たちの世界から吸い込まれた魔力が充満しています。このような環境下で活動できるのは限られた妖異だけになる。警戒を」

「ああ。わかった」

彼女の金青の魔力が赫色の空に揺蕩《たゆた》う。彼女に負けないようにと黒漆の魔力を揺らめかせた。

「……！　来る！」

何も見えない、まっすぐなあぜ道だけが続く地平線の果て。そこから現れたのは、鈍色の剣を持つ、六体のオーガ。四メートルほどの巨躯を持ち、鍛え上げられた筋肉を持つそいつらに迫られて、暑苦しいなと苦笑する。

初めてのダンジョンでボスだったオーガが今、雑兵と化していた。

「わお。インフレだな。里葉。どうする？」

「……彼らが最低ラインになる。ヒロ。どうしますか？」

彼女が槍を俺に掲げてみせる。初めてC級に潜る時は絶対に伝えてほしいと言っていたが、こういうことか。確かに、ちょっと笑えない。いや、俺は笑うけれども。

「俺がやる。仙台を制圧するためにはこの程度の敵。簡単に討ち取ってみせねば」

「……そうですか。じゃあ私は手を出しませんので、頑張って」

両腕をずいっと動かして俺を応援した彼女が、一歩後ろに下がる。俺たちに近づいていくにつれて、だんだん加速してきたオーガの群れに対し、竜喰を下段に構えて走り出した。

駆け抜け、ぶつかり合う直前。竜喰に全力で魔力を込めて、銀の刀身に濃青の輝きが灯る。

カタカタと震え出したそれを、解き放つように。

「放てェ！　竜喰！」

奴らに通りすがる手前。薙ぎ払うように、刀を振るった。

真っ赤な世界に濃青が残る。この一振りで殺しきれなかったオーガを喰らわんと、再び竜喰を振るった。


灰燼の降り積もるこの場所。六体のオーガをひとりで撃破してみせた。戦闘の余韻に浸る俺を引き戻すように、どこからともなく現れた里葉が俺の肩に手を置く。

「……やはり魔剣があれば、簡単に勝ててしまいますね」

「ああ。それは俺も感じている。もっとも、ただの剣でも負ける気はしない」

「ここは本来諌めるべき場面なのでしょうが……同感です。やっぱりヒロは……少し向きすぎている。慢心しないようにだけ気をつけてください」

「自分より圧倒的に強い人が今隣にいるんだ。油断するつもりはないよ」

真剣そうな表情で頷きを返した里葉が、こちらを横目に見る。

「ヒロがC級でもやれるということが確認できたので、ここからはふたりで行きましょう。速度を上げます」

武装を再び展開し駆け出した彼女を追いかけて、走り出した。

前方を進む彼女の武装が、通りかかるオーガやひとつ目のモンスター……サイクロプスを蹂躙していく。彼女が討ち漏らした敵を俺が倒して、ただただ走り続けた。『一騎駆』の効果のおかげで、効率的な戦闘ができていると思う。

靡く彼女の後ろ髪。翻る和袖のコート。土煙が舞うほどの脚力で疾駆し、彼女が敵を打ち破った。

彼女が大半を討ち取ってくれているおかげで、下手したらD級よりも楽かもしれない。

里葉はいったい『ダンジョンシーカーズ』のレベルでいったらどれくらいの実力を持っているんだ……？　まだ汗ひとつかいてすらいないし、実力を知りたいとは思っていたが結局わからずじまいだ。

今の俺と彼女の間には、差がありすぎる。竜喰がなければあの戦い、間違いなく敗北していた。

彼女が駆け抜ける先。派手なローブを着たオークが魔力の奔流を放ち、それを文様とする。閃くように輝いた魔法陣から、魔力の弾丸が風を切り飛んできた。前方。それを完全に見切った彼女が、頭を左方に動かすだけで回避する。

第三階層は、近接攻撃を行ってくる敵だけじゃない。障害物を利用し銃を扱う軍人のように、魔法陣を展開して光弾を撃ってくる敵がいる。地に伏していたり、遮蔽物を使う奴らを仕留めるのは至難の業だ。

放たれる魔弾の嵐。彼女の槍が正面にやってきて、残像が円に見えるほど早く回転しそれを防ぐ。

上方より降り注ぐように向かってくる石の塔を、空を駆け抜けた金色の両刃剣が全て撃ち落とした。

……ここには、第一階層にあった飛翔する石の塔も配されている。奴らの戦い方には防衛線の概念が生まれているようにすら思えた。実際、この弾幕を前に身動きを取れなくなる人間は多いと思う。

しかし敵の戦術を彼女は、鮮やかに粉砕していく。

彼女を止めようとするオークが、顔を顰めさせながら魔力を放った。

奴が作りあげた、一際大きい魔法陣から狙いすまし放たれた魔弾。槍は攻撃に回り、今彼女を守る剣はない。

しかしそれが何故か、必ず彼女の手前で爆発して、彼女に傷ひとつ与えることができない。

右腕をまっすぐに突き出した彼女に応えるように、金色の巨大手裏剣が回転し突き進んでいく。遠距離攻撃を行うローブを着たオークを、障害物ごと彼女が吹っ飛ばした。

藍銅鉱の瞳が、煌めきを残す。

一瞬の綻びが生まれた防衛線に、彼女が勝機を見た。


放たれる金青の威容。彼女が跳躍し、なんということだろう。今度は空を飛んだ。


飛翔し宙を突き進んだ後。彼女は降り立つように敵の群れの中央へ飛び込む。金色の残像が見えたと思った途端、モンスターの血風が吹き荒れ灰燼が空を包んだ。

俺が手を出す暇がない。彼女の戦いは、次元が違う。

敵を蹂躙し尽くした彼女は独り、こちらを見る。戦場の中で毅然とした態度をとる彼女の姿に、思わず見惚れた。なんて、美しい。

そんな俺の様子にも気づかず、彼女が俺の名前を呼ぶ。

「ヒロ」

「……凄まじいな。里葉。君ひとりでいいんじゃないか？」

「C級までなら、私であれば蹂躙できます。しかしこれよりまた上のB級、A級ともなると、私ひとりでは無理です」

あれ、拗ねてるんですか？　と里葉がクスリと笑った。この前の電話を思い出す。やめてくれ。意外と彼女、ガンガンくるタイプかもしれない。

「それに、時間はかかるでしょうが貴方だってできるでしょう。これ」

「まあ……攻略できそうだなとは思っているが……」

だって、魔剣あるし。遠距離攻撃をしてくる敵に対して、回避できない飛ぶ斬撃を放つだけで全てが解決する。対し、相手の攻撃はこいつに食わせればいい。竜喰一本だけで、攻防に隙がなさすぎる。竜喰、だいたい食べちゃうんだよな。こいつが唯一食えなかったのは、それこそ里葉の武装だけだ。

「今回私が戦ったのは、ヒロにC級ダンジョンを冷静に観察してほしかったからです。ここは少数精鋭型ですから、雑魚でこれ以上強いのはC級にはいません」

一歩。彼女が俺のほうへ歩み寄って、言葉を発する。

「しかし……あそこに見えるでしょう。次の階層へ続く石段が。あの先に、なかなかの妖異がいる」

彼女が人差し指で石段を指す。宙に浮かぶ武装を手元に引き寄せ、正八面体の形に縮小させた彼女が、それらを裾に仕舞った。

「ヒロ。危ないと思ったら手を出しますが、ボス戦は独りでチャレンジしてみてください。ここのボスを倒せるということは、C級を攻略できるということになるので」

「……わかった。行こう。里葉」

竜喰を握る手に一度力を込め直す。なんかこいつ、さっきからあまり敵を喰らうことができていないので、珍しく不機嫌になっている気がする。ちゃんとうまいもん食わせてやるから。な？

刀とコミュニケーションを取る素振りを見せた俺を見て、里葉がじっとこちらを見ている。普通、ちょっと引くよな。彼女の視線の質は、そういう類のものではないようだけれど……

C級ダンジョンのボス。一歩一歩、確かめるような足取りで石段を下りていった。


第四階層。ボスがいるはずのそこは、また何も変わらない赫い空の世界だった。

見飽きた光景の、わかりきった場所のはずのそこで全身に悪寒が走る。

しばらく動きを見せていなかった『直感』が命の危機が迫っていると警鐘を鳴らしていた。俺はいくさを恐れない。俺は命知らずだ。しかし、ここまでの殺意を向けられたことはたぶんない。

「ヒロ。妖異殺しは長き歴史の中で、どの程度の渦にどれほどの敵がいるのか、理解しています」

一度俺を守るように、前へ一歩出て傍に寄り添った彼女が俺を見つめる。

「重世界に眠り、両方の世界に独り行き来することが可能な空想種……裏世界よりやってきて、凄まじい被害を与え各地に伝説として残るほどの強さを持つ伝承種。妖異にはさまざまな種がいますが、C級からは伝承種と呼ばれるものの相手をすることになります」

「確かに、貴方は強力な魔剣を持っている。しかし貴方に立ち向かう勇気がなくば、決して奴らは倒せない。貴方がこれから相対する敵は、それほどの化け物です」

赫き空に響く大音声。

震える大気が、目に見えたような気がした。鼓膜が破れるんじゃないかと思い咄嗟に耳を塞ぐ。圧倒的な存在感。威容を伴って現れたそいつは、四足歩行で鷹揚に歩み寄ってきた。

長い首を勇ましい鬣《たてがみ》が覆っている。鰐のような頭部を持つそいつの口からは、ダラダラと涎が滴り落ちていた。猛獣のような鋭い爪を持つ前足に、後ろ足は無毛のカバのもののような形をしている。

全身を突き刺す殺気。ドス黒い汚れた魔力が威圧するように放たれ、俺の体を覆う。お前だけは絶対に喰い殺すという意志を前に、体が震えた。

なんと、いう。

今までずっと。現代人らしからぬ感性で、壊れてしまった心と感覚で、ダンジョンに挑み続けてきた。諦観に沈みきった自分を取り戻すために、この世界に懸けたんだ。だから里葉と話して選択を迫られた時、その全てを攻略したいと思った。

俺は他人に比べればすごく向いていたんだろうし、竜喰という最高の武器も手に入れられた。順調にここまで来られたんだと思う。

しかし、俺は命を削る本気の戦いに挑んだことがない。ここまでの敵に、手を抜いていた里葉を除いてまだ出会ったことがなかった。

はじめて知る。これが、本当の死線か。

「この妖異は……『貪り食らうもの』と呼ばれるものです。この妖異に肉体を喰われれば、魂をも失うという伝承があります」

殺気とともに魔力を迸らせる奴を見て、彼女は澄ました顔をしている。本当に大物だ。里葉は。

誰にも聞こえないぐらいの小さな声で、願いを呟いた彼女の体が透き通るように形を失っていく。

消えゆく彼女のその姿は、俺の勝利を願うように。


透明化を使い気配を消すということは、俺に任せるということなのだろう。言葉がなくてもわかる。

彼女は、俺に証明してみせろと言っているのだ。越えなければいけない壁となるこいつを相手に、お前は本当に戦えるのかって。

上等だ。やってやる。俺はただ鈍感に死線に挑む男じゃない。自らの意志を以て、立ち向かうんだ。

「里葉。貪り食らうのは奴じゃない……俺だ」

竜喰を構える。今までにない上物を前に、竜喰の青の血脈から放たれる煌めきが強くなった気がする。その輝きに重なるように、黒漆の魔力が朧げに揺蕩った。

「ヒロ」

「なんだ？」

透き通るように世界へ融け入る彼女が、最後に微笑む。厳しさだけを前面に押し出していた戦場の中。

「頑張って？」

……最後に、彼女が茶目っ気を見せた。女の子に応援されて、頑張らない男はいないとわかっているのかもしれない。

ニヤッと笑みを返して、竜喰を振り抜く。確かな足取りで意気揚々と、恐れに立ち向かう勇気とともに、奴に斬りかかった。


響き渡る叫号。意志を乗せ瞬く鋒《きつさき》。

赫い空の下。ひとりの青年と一匹の妖異は相対し、命の奪い合い、いや喰らい合いをしている。

跳躍し飛びかかる巨躯の怪物。振るわれた前足を彼が間一髪避けてみせる。狙いを外し、地に叩きつけられたそれによって爆発するような土煙が舞った。攻撃の余波で飛んでくる岩石を彼は刀で捌き、喰らって、移動を開始する。

C級ダンジョン……枝の渦の主。伝承種。文字どおり、伝承として各地に残るほどの妖異……この国では有名ではないが、遠くの国では知られた怪物だろう。

少し、心配だ。彼の『ダンジョンシーカーズ』上でのレベルは、現在四十後半。魔力の強度を表したそれは、伝承種を相手にするには足りなすぎる。同等以上の殴り合いをするには、あと数十レベルは欲しい。直撃をもらえば、簡単に吹き飛ぶ。それを埋め合わせられるのは、魔力《レベル》に寄らぬ技のみ。

『ガァアオオおおオオおおオオオオオォッッッ!!!!』

「破《ハ》ァアアッッ!!」

今までの敵のようにはいかない。魔剣の強さに任せて我武者羅《がむしゃら》に振り回しても、簡単に回避される。大型の妖異である伝承種は、その分攻撃を当てやすいようにも感じるがそうではない。強い魔力を持つ敵は、見た目に似合わぬほどの素早い動きを取る。

広々とした平原にて。駆け抜け動きを変える彼に『貪り食らうもの』は惑わされない。ヒロは彼と同じ速度で並走する奴を相手に苦戦しているようだった。

その時。後ろ足から迸るような魔力が放たれるのと共に、奴が一気に距離を詰めようと跳躍した。スライディングするように飛び込んだ奴は大きく鰐の口を開けていて、両脇から彼に噛みつこうとする。対して彼は、跳躍し奴の挟撃を回避した。その手はまずい。

逃げ先を読み、誘い込んでいた奴の追撃が迫った。

爪牙の残像を残す前足は、彼目がけて。

振るわれる一撃とともに吹き荒れる烈風。私の髪の毛がそれに煽られて揺れた。

……介入する？　今一撃を放てば彼を助けられるし、奴を簡単に討ち取れる。ヒロには知ってほしかっただけだ。そこまで急ぐ必要なんてない。次からだって――

いやまだだ。彼なら、きっと。

私に勝った彼なら。

迫り来る前足。身動きの取れない宙で、彼は体を捻りすれすれのところで回避した。体に一撃を貫うどころか、魔力障壁を削られてすらいない。なんという神業。

『ガァッガアガがアアアあぁあああああ!!!!』

痛みを堪える奴の叫び声を聞いて、更に瞠目する。

吹き出る黒色の血液。滴り落ちるそれが、奴の前足を濡らしていた。あの回避したタイミングに、すれ違いざまに奴の前足へ一太刀入れている!

妖異殺しでもない。対妖異を専門とする軍人でもない。予め招待されていた、有望なプレイヤーでもない。

彼の経歴を漁ったが、母親が死去しているというのと海外に赴任している父親が行方不明同然の状態にあるということ以外は、何もない、普通の高校生だった。

ただの一般人であれば、こんなことは絶対にできない。間違いなく天賦の才を持っている。

着地ししゃがみこむような形になった彼は、再び跳躍。奴の鼻先に必殺の魔力が込められた、強力な一閃を叩き込んだ。甲高い破砕音とともに、その一撃で『貪り食らうもの』の魔力障壁が完全に割れる。

『ガバッァああああアマガあああああッッ!!!!』

「お前、恐れたな! この俺を!」

戦闘の高揚からか前と同じように、ハイテンションになった彼。勢いづいた彼はホルスターからスマホを取り出し、画面をタップして鞘を顕現させた。流れるようにスマホを仕舞った後、彼が鞘に刀を納め呟く。

来る。あの奥義が。

「『秘剣』」

『ダンジョンシーカーズ』の支援を借りて、必殺の一撃を放つ彼。魔力を込めるあまり震える右腕が、神速を以て解き放たれた。

伝承種である『貪り食らうもの』が驚愕し、後ずさりをする。眼光とともに殺気を放っていたその瞳が、今恐怖に染まった。

おそらくあの妖異は気づいたのだ。自らが完全に喰われる側に回ったことを。

あの伝承種が恐怖し死を確信するほどのもの。そこまでの殺気は今の彼には出せないはず。

奴が恐れているモノ。やはり、あの魔剣は生きて――

世界に色を残す深き濃青。残像となった刀身の軌跡から、大蛇の如き一撃が迫る。突き進むその一撃には、芽生えたように前足が生えていた。

花開く奇跡。あの夜とは比べものにならないほど大きくなったそれは、奴の頭部を覆い隠すように包み込んだ。

肉と骨がぐちゃぐちゃに潰される音が響き、濃青に『貪り食らうもの』が飲み込まれていく。咀嚼音のようにすら聞こえるそれ。

刀が妖異を、貪り喰らっている。やはりこれが、この刀の根源となる空想か。

……死体より零れ落ちた爪牙が、灰となり消えていく。奴は完全に息絶えた。ヒロの魔力強度が、上昇していっているのを感じる。

ヒロはおそらく、私に証明しようとしたのだ。C級ダンジョンのボスを、相手にできる技があると。本来ならば『秘剣』を即座に放ち、勝負がついていたのに。

恍惚とした表情で戦場の中心に佇む彼。その姿は初めて彼のダンジョン攻略を見た時と変わらないし、このような強敵を相手にしてなお、緊張感がない。

少し、心配だ。

彼はこのままだときっと戦いにのめり込んでいく。彼を止められる存在はいないようだし、踏みとどまる理由もない。戦士としての彼を止められるのは、きっと、自分だけ。

お姉様が私を助けようとしてくれたみたいに、私も彼を助けなきゃ。

透明化を維持したまま彼に近づいて右肩を掴む。びくんと飛びのくように驚いた彼を逃さないように、力を込めた。

「うおっ!?!?」

「お疲れ様です。ヒロ」

しかし、私の懸念を今言う必要はない。ただ今は、妖異を打ち滅ぼした彼に祝福を。

竜喰をスマホに収容し、振り返った彼がこちらを見る。少し背伸びをして、彼の肩のあたりに顔を突き出した。

「すっごく、良かったですよ。今から報酬部屋に行って脱出しましょうか」

「お、おう。そうだな」

体を伸ばし、纏っていた魔力を霧散させた彼が、地面から浮かび上がった魔法陣のほうへ向かう。彼とふたり並んで、歩いていった。その上に立って、光に包まれる視界の中。彼の横顔が、目に映っていた。


C級ダンジョンを攻略した俺と里葉は魔法陣の上に乗り、報酬部屋に突入した。俺たちが訪れたのは、ショッピングモールのテナントのように、開けた店舗。

アホみたいに高い棚の中積み上げられた大量の衣服。たぶんここ、服屋かな。しかし手にとって確かめた感じ、そこまで良い商品を取り扱っていると思えない。服のサイズもなんだかおかしいし、変に穴がついているものもあったりで、ますますよくわからない。

『ダンジョンシーカーズ』を開き確認してみれば、制限時間は十分となり伸びていた。それと、報酬部屋自体がかなりデカくなっている気がする。何か因果関係があるのかもしれない。

「うーん。あまり大したものはなさそうだな」

「そうですね。しかし、何かに使えるかもしれません。運営の想定を超えた市場の動きもあり得ますし、とりあえず収容したら？」

「そうだな」

畳まれ積み上げられている服を、片っ端からスマホにぶち込んでいく。巻き込まれてくる、という性質上、やはりダンジョンの等級が上がれば報酬部屋の中身も良くなる、というわけではないらしい。

スマホにアイテムを詰め込んだ後、ショートカットキーを押して私服に着替えた。

「じゃあ、脱出しましょうか。手、繋いでください」

「……ああ」

彼女の差し出された左手を右手で握る。出た先はあの高架歩道だ。まだまだ人通りがあるだろうし、いきなり現れたら騒ぎになる。これは、透明化を使うためだ。

白光に包まれる。


飛び出た高架歩道の上。ポケットの中に入れたスマホが震えるのを感じてニヤリと笑っていると、俺たちのすぐ目の前に、ちょっと急ぎ足のサラリーマンが近づいてきていた。やばいぶつかる。

咄嗟に彼女を抱き寄せて、おっさんを回避した。キョロキョロと辺りを見回し、他にぶつかりそうな人がいないか確認する。

「あ……すみません。まさか目の前に中年男性が現れるとは……」

「大丈夫だ。里葉。この能力の特性はもうわかっている」

「い、いや……あの……そろそろ離していただけると」

ちらりと、彼女のほうを見る。自分でやっといてなんだがめちゃめちゃ近い。

身長が俺と少しだけしか変わらない彼女が、こちらを上目遣いで見ている。まつ毛なっが。憂いの残る目が可愛い。

あの日家に運んだ時と同じように、甘い匂いが少しした。

おずおずと伺うようにこちらを見る彼女の表情は、すごく——

突き放すようにして彼女と距離を取ろうとする。その場から飛び退くくらいの勢いだったのに、手を握ったままにされて離れることができない。紐が伸び切った時みたいにして、反動で元の位置に戻った。

「私から手を離したら透明化が切れます。いや、やろうと思えばできるんですけど、疲れるので。まだ」

「あ、ああ。ごめん」

「いえ、大丈夫です……助かりました」

彼女が俺のほうを見て、最後に言う。

「適当なところで透明化を解除して、休憩しましょうか」

人通りの少ない場所へと向かおうと、手を繋いだまま、彼女とふたり道を歩いた。

仙台駅前。人目のない場所で透明化を解いた俺たちは、ゆっくりと繋いだ手を離した。休憩する、と彼女は言ってはいたけれど、夜ご飯を食べるのには時間がまだ早いし彼女に聞く。

「里葉はどこか行きたいところとかあるか？」

「えっ？　あ……どうしましょう。実は私、全然そういうのわからなくて……」

困った様子の彼女が口元に手を当てる。うーんと真面目に悩む姿を見て、不思議に思った。

彼女は東京から来ているし、もっと慣れているのだろうと思っていたんだけど。

……里葉は少し前から思っていたけど、街中での歩き方が危なっかしいように見える。まだ感覚的なものでしかないけれど、この子はどこか、自分がどこに向かって歩いているのかよくわかってないタイプかもしれない。

「……じゃあとりあえず、近くの喫茶店でも入るか」

「喫茶店」

スマホを開き、マップで近くにあるカフェを探す。美味しそうなスイーツを提供しているところがあるようで、女子的には嬉しいかもしれない。

「ちょうど近くに評判の良いところがあるみたいだから、そこ行こう」

「は、はい」

歩く速度が妙に遅くなった彼女に歩調を合わせて、目的地へ向かった。


カランカランとドアベルが鳴り、店内に入る。俺の背を盾にしながら、おずおずと里葉が顔を出して、同じく入店した。物静かなカフェの中。間接照明が配され、落ち着いた雰囲気の店内で、店員さんに案内され席に着く。ちょこんと座っている彼女はどこか、居心地が悪そうできょろきょろと辺りを見回していた。

「ん？　どうしたんだ？　里葉」

「あ、いや、いえ……」

「メニューあるぞ。俺が払うから好きなの頼んでくれ」

「え、ええ……」

恐る恐る小さなメニューを開いた彼女の目が、少し大きくなった気がする。なんかさっきから、動きが面白い。

「あの……ヒロ。横文字が多すぎて何もわかりません」

……横文字て。もしかして彼女、まったくこういうところに来たことがないのだろうか。

あんなに勇ましく戦場を往く彼女が、ただの喫茶店に死ぬほどビビっている。何か、耳をペタンとさせながら、恐る恐る辺りの様子を伺っている、引っ越しした直後の猫みたいだ。

話を聞けば洋菓子の大半がわからないっぽい。あの、ケーキでさえも。和菓子ならわかりますよと必死に主張していたけど、そういう問題でもない。

「飲み物は無難に、紅茶とかコーヒーでいいんじゃないか？　スイーツは、もうフィーリングで選んで良いと思うぞ」

「あっ珈琲ならわかりますよ？　お姉さまがこれ抜きじゃ生きていけないって言っていました。あ、あと、ふぃーりんぐって何ですか？」

「……いや、好きに選んでいいんじゃないかってこと」

俺はコーヒーとショートケーキを頼むことにする。ショートケーキが嫌いな人なんてあまり見たことがないし、里葉にあげることもできるだろうからな。一方里葉は、顔を顰めさせながらメニューをチェックしている。めっちゃ綺麗な声でタルト……プリン……とか呟かれても困る。

その時。彼女が俺に見せるように、ひとつのスイーツを指差した。

「ヒロ。この、くりーむぶりゅれなるものはなんでしょう。新手の妖異種のような名前をしています」

「……あー、えーっと」

里葉の不意打ちに言葉を返せない。クリームブリュレって、何か焼きプリンみたいな見た目した奴だよな……それがモンスターて……

やばいじわじわくる。新種の妖異。クリームブリュレ。なんか強そう。実際絶妙にいそうなのがじわじわくる。

「き、気になるなら、頼んでみたらどうだ？」

「ちょっと高いですけど……」

「『ダンジョンシーカーズ』でお金も入ってるから、気にしないでくれ。そもそも、里葉は俺に協力してくれているんだし」

「……わ、わかりました！　じゃあこれにします！」

頼むものも決まったということで、店員さんに声をかけて注文をした。彼女と先ほどの戦いについて話をすることしばらく。店員さんが頼んだ飲み物とスイーツを持ってきた。

彼女の前には紅茶とクリームブリュレが、俺の前にはコーヒーとケーキがある。

「これが……くりーむぶりゅれ……」

表面の焦がされたカラメルを、里葉がスプーンでつんつんと突いている。木の枝で昆虫突いている子どもみたいだな……ダメだ笑うな。

スプーンを手にした彼女が、白いお皿の中にあるクリームブリュレにとうとう手をつける。パリッと焼けた表面を割って、スプーンですくってゆっくりと口元に運んだ彼女が、意を決してパクリ。

瞬間。彼女の青色の瞳が、キラキラと輝いた。

「ヒロ。これ、すっごく美味しいです。なんかトロッとして甘くて、でも食感があって……こんなに美味しいもの、初めて食べます。美味です」

「お、おうそうか。それはよかった」

大人びた美人という印象とは真反対の動きで、パクパクと口に運んでいく里葉。フォークでショートケーキを切り取り、とりあえず俺も一口食べる。ここのケーキ、すごく美味しいな。

「で、里葉。今後はどうする？　C級を攻略できることはこれではっきりしたと思うが」

紅茶に口をつけた彼女が、こくこくと飲んでいる。甘いくりーむぶりゅれに緩んでいた頬が、シリアスな話になった途端一気に引き締まった。

「ええ。確かに。しかしながら、B級に挑むのは私と同じくらい強くなってからでないと厳しいと思います。それか、私と完璧に連携できるようになるか。そこで、地道にC級とD級の制圧を続けましょう」

……キリッとした顔つきで、俺に道を示す里葉。彼女の口元には、クリームがついている。

「……そうだな。今は自分の力量を高める段階にあると思う」

「そうですね。あ、そういえばダンジョンを攻略した後『ダンジョンシーカーズ』を確認しましたか？」

「あ、そういやしてないな……今見てしまおう。あと里葉。口元にクリームがついてる」

「え」

顔を紅潮させ、恥ずかしそうにした彼女があわあわとナプキンで口を拭う。

……可愛いな。

それをあえて見なかったことにして、『ダンジョンシーカーズ』を開いた。

プレイヤー：倉瀬広龍
LV．52
習得スキル『武士の本懐』『直感』『被覆障壁』『魔力操作』『翻る叛旗』『一騎駆』『魔剣術：壱』
称号『命知らず』『下剋上』『天賦の戦才』『秘剣使い』『城攻め巧者』『隻騎の兵』『恐れなき勇士』

レベルもかなり上がったし、称号がいくつか増えている。

称号『城攻め巧者』
いくつもの城を〝完璧〟に陥落させたものに与えられる。攻城戦の際身体能力を強化し、経験値取得量を上昇。
称号『隻騎の兵』
単騎での戦闘に熟達したものに与えられる。単独行動の際身体能力を強化し、経験値取得量を上昇。
称号『恐れなき勇士』
恐怖を自ら克服し、戦いに臨むものに与えられる。

クリームブリュレを食べスプーンを咥えたままの里葉が、スマホ画面を覗き見て言う。

「なんか……やたら和風ですよね。横文字が少なくて私には優しいですけど」

「それはずっと前から思っている……独特なフォローの仕方だな」

そういうふうにできていないはずなんですけどね、と里葉が呟く。そういうふうにとは言っているけれど、一般的な他のプレイヤーのステータス画面ってどんな感じになっているのだろうか。

レベルの上昇に伴って、スキル習得のためのSPもかなり増えた。これを使えばまた自身の能力をアップデートすることができる。里葉に相談しながら決めよう。

「なあ。里葉。参考程度でいいんだが、俺はどういうスキルを取っていけばいいと思う？」

「……ヒロ。まず、貴方はこの『ダンジョンシーカーズ』がいかにして貴方を強化しているかわかりますか？」

「いや知らない。そこあたりの話はまた今度って言って、解散したからな。あの日」

彼女がかちゃりとスプーンを動かして、クリームブリュレを食べる。一欠片も残さんと言わんばかりに、めちゃくちゃ丁寧に、味わって食べていた。俺はもうケーキを食べ終わっているというのに。

「端的に説明すると、パソコンにプログラムを入れるみたいな感じで、能力を行使できるように『ダンジョンシーカーズ』が使用者の魂に術式を書き込んでいるんですよ」

「なるほど？」

「私たちが魔力を行使しているのは魂からなんですけど……そうだ。ヒロ。ひとつの球体を想像してください」

彼女がスプーンを白い皿の上に置き、人差し指を立てる。

「ＤＳは魔力といった特殊能力を司る『魂』という球体の表面に術式を書き込んで、能力を与えているんです。書き込める量に限界はありますが、その球体というのはレベルが上がるにつれて段々と大きくなっていきます。すると書き込める面積が増えて、また能力を得られると」

「……その面積を表したのが、ＳＰってことか？」

「そうです。で、ここからが問題なんですけど、その書き込む術式って、結構被る部分が多いんですよ。そこで被る部分を圧縮すれば効率化することができます。これが、『ダンジョンシーカーズ』でいう最適化や発展です」

彼女が名残惜しそうに、空になった器をさげた。そんなに、美味しかったのだろうか。お土産で一個、買おうかな。

「すなわち何が言いたいのかというと、中途半端にいろいろ書き込むのをやめて、同じ系統のもので固めたほうが良いということです。そうすれば術式の効率化を通して、ただ書き込むだけだったら得られない実力を得られる」

少し休みを入れた彼女が紅茶を飲む。

里葉が『ダンジョンシーカーズ』の仕組みの説明を終えた。いやそりゃおかしいしヤバいとは思っていたけど、このアプリに俺の魂とかいうものを握られてるのか……？

「魂に書き込むとかなんとかって、陰謀論もびっくりの話だな」

「『妖異殺し』からしたら普通なんですけどね。数百年前から『術式屋』はいますし、実際私もビッシリ書き込まれています。『ダンジョンシーカーズ』は革命的な技術ですが、あくまで魂に術式を書き込むアプリですので、魂そのものの破壊とかはできません」

「……へえ」

「他にも細かい話はたくさんあるんですけど……とりあえず、ヒロはごりごり和風あたっくで良いと思います。魂と術式の相性もありますし、もうそっちに振り切っているので」

「わかった」

彼女のアドバイスを踏まえながら、習得可能スキル欄を開きチェックしていく。やはり彼女の言うとおり、和風あたっくで良いだろう。和風あたっく。和風あたっくってなんだ？

「それと言い忘れていましたが、術式の『進化』のためにしばらく節約していたほうが良いと思います。スキルを最適化し更に加筆して、自分だけの術式とする『進化』は非常に強力です。魂の面積を凄く食べちゃいますけど、スキルを三つ四つ取るよりも、こちらのほうが良い」

「里葉の透明化も、同じようなものなのか？」

「そうですね。故に私と完全に同じ能力を持っている妖異殺しは存在しません。こういった唯一無二の能力。『ダンジョンシーカーズ』で言うユニークスキルを持つ人間を、高位の妖異殺しとして扱うのです。まあ、玉石混交《ぎょくせきこんこう》ですけど」

ふうと一息ついた彼女が、一仕事終えたような素振りを見せる。本来は得ることができなかったはずの情報を、彼女のおかげで入手することができていた。

「ありがとう里葉。征くべき道が見えた気がする」

「では、ヒロ。今何か取得してしまいますか？」

「そうだな……今の話を踏まえた上でいくと……これだな」

前々から考えていたスキルのリストに加え、今取得できるようになったものを見て考える。和風、和風かぁ……。

『落城の計』
必要SP　15pt
攻城戦における戦況の把握を容易にする。防衛機構の存在を看破し、弱点を見出すことが可能となる。

先ほどの『城攻め巧者』から習得可能になった『落城の計』というスキルを習得した。パッと見た感じ、今後のダンジョン攻略で腐らない、汎用性のあるスキルだと思う。

さらに、『最適化』可能……というか『進化』可能スキルを発見する。

「なあ。里葉。進化可能スキル、あるぞ」

「えっ……本当ですか？」

画面に表示された式を見て、そのコストの重さにひどく驚いた。

『命知らず』＋『恐れなき勇士』＋『隻騎の兵』＝『？？？』

必要ＳＰ　１００ｐｔ

「えげつないな……」

まさかの三桁。称号三つ飛ぶし。しかし、これの１．５倍のコストがかかった『秘剣』ってやっぱりイカれてたんだな……おかしい。

だが、やらない理由はない。かなり驚いた表情をしている里葉を置き去りにして、進化ボタンを押す。『本当に進化しますか？』という確認メッセージが出てきたが、爆速でＹＥＳをタップした。

最適化となんら変わらない、地味な演出が流れている。しかし、前の時とは比べ物にならないほどに、かなりドキドキして、ワクワクしていた。

☆『不撓不屈の勇姿』
命知らずだった男は、敵を知り数多の戦を経てなお死地に臨む戦士となった。
常時発動《パッシブ》
どんな危地であろうとも決して挫けない不屈の精神を持つ。ありとあらゆる恐怖に対して、能動的に立ち向かう意志を補助。
能動発動《アクティブ》
身体の限界を越える。

迷うことなくスキルを進化させた俺を見て、彼女が呆れがちにため息をついた。

「まさか目の前で高位の妖異殺しの境地に至られるとは思いませんでした。で、でも、それはあくまでも〝特異術式《ユニークスキル》〟です。私が持つものは、それより一段階更に上の〝決戦術式〟ですから。私のほうが強いですよ」

まだ私のほうが、と腕を組んで、優位を示そうとする彼女。ちょっと対抗意識を見せたその反応からして、結構すごいことっぽい。

「お、おう……しかし……これは強いのか？」

彼女のほうにスマホを差し出して画面を見せる。記された文面を見て、かなり険しい顔になった里葉がゆっくりと語り始めた。

「強いか弱いかで言ったら、たぶん微妙です。身体の限界を越えるなんて、反動がどうなるかもわからない」

「そうだよな……」

「しかし、この境地に今の段階で至ったことは素直に喜ぶべきですよ？　もしかしたら、この能力と別の能力が相乗効果を生んでえげつない戦闘理論ができるかもしれませんし」

励ますようにフォローした彼女が、気遣うように俺を見ている。確かに、里葉が持ってるっぽい能力に比べたらめっちゃ弱いよな……まあ、いいだろ。まだ実際に確認したわけでもないし、潰しは効く。

俺も彼女もスイーツを食べ終え、そろそろ退店しようという時間だ。

「まあ、このスキルのことはともかく、ありがとう里葉。これで征くべき道が見えた気がする」

「ではヒロ。今後はまた私と一緒に渦の攻略に乗り出すということで、よろしくお願いしますね」

「ああ。じゃあ、今から行くか。C級」

「えっ？」

本気ですか？　とやたら聞いてくる彼女と一緒に、お会計をして喫茶店を出た。


外に出てみれば、オレンジ色の空が見える。どこか渋って歩く速度が遅くなった彼女を連れて、彼女を引っ張りながらダンジョンへ向かった。まだまだ体の調子は良いし、仙台駅前にもうひとつあったC級ダンジョンに突入したい。

混雑する駅前にて。

「ヒロ。ダメです。C級ダンジョンは一日一個！　だめ！　だめって言ってるじゃないですか！」

一日二回も突入するなんてあり得ないと主張する里葉が、俺を止めようとしていた。俺は割と軽い調子で話しているが、それに反して彼女は深刻そうである。

「いいじゃないか里葉。ほらここだよここ。ここ攻略すれば、ちょうどいい時間になる。その後、ふたりでご飯食べよう」

「いやっ……渦は、そういう時間潰しのために突入する場所じゃないですから！」

人気の少ないビルの狭間。俺が発見したＣ級ダンジョンの目の前。共にダンジョンへ潜ろうと里葉を必死に説得した。しかしそんな俺を、彼女が咎めるようにする。

「ダメです。ヒロ。今日はもうおしまいです」

「何故だ里葉。俺はまだまだやれる」

「また今度にしましょう？　ヒロ。貴方は今日初めてＣ級に突入したんです。これ以上の攻略は、私は断固拒否します」

「里葉。もしかして、俺がしくじって死ぬと思っているのか？　俺はこのダンジョンを相手に後れを取るつもりはないし、体も動く。まだ戦えるぞ？」

口を閉じ黙り込む彼女。ゆっくりと言葉を紡ぐようにして、彼女が説明を始めた。

「ヒロ。確かに今貴方は戦える状態にあるのだと思います。今日貴方の戦いぶりを目の前で見てみて、私は確信しました。貴方は、向いている。だから、本当に攻略できてしまうのだと思う」

「なら、いいじゃないか」


一拍置いた彼女は、凛として。

駅前の騒音と煩い電光を背負い、清廉なる空間を生み出す。

彼女は、意志を見せた。

「ヒロ。そこまで戦場に生きてしまえば、貴方は必ず戦いに呑まれます。貴方は……力を持つものの覚悟を問う道徳律を学んだ妖異殺しでもなければ、これほどまでに戦い続けなければいけない理由があるわけでもない。ヒロ。戦うために戦う、貴方の状態は危険です。私は貴方を……斬りたくない」

「里葉。どうして俺を斬るとかそういう話になるんだ」

手を背中で組み、俯いた彼女が言う。彼女は何かを思い、それを俺に重ね合わせるように。

「何度も渦に潜って偏ってしまえば、きっと貴方が壊れちゃうから」

わから、ない。

俺は自らの意志を以て、戦おうとしているのに。

先程までの軽い、暖かな雰囲気は風と共に去り、重苦しさだけが残る。俺の意志を、願いを、ここで見せなければならない。

「里葉。俺には……この世界しかないんだ。俺はダンジョンに一刻も早く潜りたいし、いつでも潜っていたい」

その宣言を聞いた彼女は、目を少し大きくさせた後、悲しそうにそっぽをむく。

「……もう、勝手にしてください。別にずっとじゃないんですよ？　また明日一緒に潜ることだってできるし、今すぐである必要は、ないじゃないですか」

横目に俺を見る彼女が、スタスタと駅前のほうへ向かって歩いていく。声をかけても、手を伸ばしても彼女が止まる気配はない。何処かに行ってしまう。

スマホ。『ダンジョンシーカーズ』のカメラ画面。その操作をして、ダンジョンに突入することにした。

戦わなければ、生きている感覚なんてしないんだよ。もう、壊れているんだろうな。


白光に包まれ、目を開けた先。

戦闘装備一式でやってきた場所は、燦々と太陽もどきが輝く浜辺だった。

あったかいなあとか、綺麗だなぁとか、無理やり呑気に考えていたらものすごい量の足音が聞こえてくる。

浜辺全てを埋め尽くす勢いで、このダンジョンのモンスターである紫色の蟹が迫ってきていた。ネズミぐらいの大きさの奴から、俺と同じくらいのサイズの奴まで。鋏を動かし、威嚇しながら蟹の大軍勢が近づいてくる。蟻の次は蟹か。

息を吸って、体を黒漆の魔力で満たす。

戦うことを考えれば、頭を覆っていた靄は弾けて飛んだ。

奴らを相手に、竜喰を振るい突撃する。

やっぱり、楽しい。

知らない場所。知らない敵を相手に、力を振るうこの感覚。初めてダンジョンに入った時と変わらない高揚。この一年間感じられなかった、生きた感情。切り飛ばし。蹴飛ばし。踏み潰し。

バッキバキに蟹を粉砕して、宙を舞う蟹味噌が灰になった。これ、美味かったりするのかな。


第一階層。浜辺を駆け抜け、蟹を一匹残らず蹂躙し訪れた場所。知らん国の世界遺産ですって言われたら信じそうな、やたら豪華な半球体の砂の城を前にする。

『落城の計』のおかげで、この防衛施設の仕組みが少し理解できる。早速、効果が感じられて嬉しい。

階段を登り砂岩の扉を開いて、第二階層の攻略を開始した。


城の通路の中。砂の彫刻が立ち並ぶ廊下にて。砂の天井から何の前触れもなく降り注いでくるナイフを回避する。さらにナイフと同じように、砂壁から飛び出てきた、トビウオのような見た目をしたモンスターを殺して回った。

城の形を成すこの砂は寄りかかれるほどに丈夫だけど、魔力を満たした手を突っ込んでみたら、水のように通り抜けることができる。妖異は体に魔力を満たし、この性質を利用して砂の城を泳いでいるんだろう。城を行き来する魚の妖異が壁から天井から床からと、次々襲いかかってきた。今のところ後方からやってくる敵はいないが、常に警戒を忘れてはならない。

敵を殺し、砂の中から蟻一匹通さんと飛び出てくる罠を乗り越えて、ボス部屋と報酬部屋のある砂の城の頂上を目指して昇っていった。

砂の城をひとり行く。

目の前には、見たこともない文様の意匠を施された美術品がある。これはアイテム扱いになっているみたいで、収容可能みたいだ。

……里葉と来れていたら、この不思議な裏世界の建築物や物品を見て、ふたりで語り合ったりすることもできたのだろうか。

彼女の言い分も、少しはわかる。けれど俺は、ダンジョンに行くくらいしかやることもないし、やりたいこともない。

俺は彼女の物語を知らないし、彼女は俺の物語を知らない。彼女の姿が頭に浮かぶ。仏頂面の彼女だが、実は真顔のままで結構感情を表に出していることに気づいていた。さっき、別れた時の彼女が見せていた感情は、今まで一度も見たことのないもの。そう、思わせてはいけなかったもの。

……砂の壁に砂の天井を行く魚を斬り殺し、ただただ無心で敵を蹂躙し頂上を目指す。

もう見慣れてしまった砂の階段を行き、階層ごとに強くなっていく敵を鎧袖一触に叩き潰して、とうとう最上階に辿り着いた。

階段を上った先。第五階層。ボス部屋。

長い、砂岩の道の先。意匠を施された砂の玉座に座る奴は、この世界の国王と言わんばかりで。

玉座からゆっくりと立ち上がり、殺気を魔力とともに向ける奴と相対する。

二足歩行。人型のナマコみてえな見た目したバケモンが、全身を蟹の甲羅で覆っていた。加工されナマコ用の防具になったそれは、かなりの防御力を持っていそうだ。

兜を被っている顔のあたりがナマコの口になっていて、怖かったりはしないんだけど、シンプルにキモい。

しかし、間違いなく今日戦った『貪り喰らうもの』ぐらいには強いだろう。肌を突き刺す感覚を思い出し比べれば、それがわかる。この恐怖に立ち向かうだけの意志が、俺にはある。

今は全てを忘れて、また戦いに興じよう。

刀を構え、立ち向かう直前。


一閃。突如としてナマコの首が斬り飛ばされた。力を失い、ぐらりと奴が崩れ落ちる。

は？　俺のナマコボスが……

灰となり爆発する音に紛れて、コツ、コツ、と砂岩の上を歩く音が聞こえた。


「ふふふ。ヒロ。愚かですね。実に愚かです。愚かぁあああああ!!」

透明化を使っていたのであろう彼女が、色を取り戻すように形を見せていく。彼女は西洋の剣を手にしていて、その刀身には奴の残滓である灰が乗せられていた。

「ぼす取られて悔しいですよね！　ヒロ！　戦えなくて残念ですね！　い、いえーい！」

里葉の顔は怒りで歪んでいて、ちょっとテンションがおかしくなっている。

「これも私を置いて勝手にダンジョンへ突入したからです！　ひ、ひどいじゃないですか！」

「……里葉」

彼女、俺が突入した後間違いなく透明化を使って後をつけていた。今回も、まったく気づくことができなかった。

「ぼすと戦えなくて怒ったって、ヒロが悪いんですよ！　ええヒロがね!!　まさか私を追いかけるまでもなく、そのまま突入するとは思いませんでした！　突入する姿見て、ぞって顔しましたよ私！　わ、私はヒロのことを心配してたんですからね？　普通追いかけるでしょうッ！」

ぴくぴくと、怒りに震える頬。私怒ってますというのを全力でアピールする動き、表情で、彼女が語る。

ここまで感情を露《あらわ》にする彼女を初めて見る。冷静沈着という第一印象からかけ離れた動きを取る姿を見て、その中にある真意が見えた気がした。

「ええヒロ！　何か申し開きはありますか？　なんだったらお望みどおり戦ってもいいんですよ？　私。今だったら、完膚なきまでに叩きのめしてくれます。本気で。数秒でぼっこぼこにしてくれます」

手にした槍を回転させ、魔力を逆らせる彼女。

放たれる闘志は今まで相対した中でも最上級。しかし彼女は、俺の――

無理やり戦って忘れようとしていたけれど、いざ敵を失えば。

「……ごめん」

「え？」

「……本当に、置いてってごめんな。里葉。傷ついた、だろうし。それと、何かあったら危ないって、心配だからって着いてきてくれたんだろ？」

思えば、魚どもの背後を突く攻撃が少なかったような気がする。たぶん、彼女が間引いてくれていたんだろう。

話し合いをすべきだった。今後一緒にやってくわけだし、彼女には彼女なりの理由が間違いなくあって、俺にも俺なりの理由が……願いがあった。

「え……いや……その……」

「……本当に悪かった。里葉。そして、ありがとう。とりあえず、さ。一回外に出よう」

想定していたのと違う……と呟いた彼女が槍を正八面体に戻し、解せないという表情で裾にそれを仕舞う。

「絶対に前までだったら私の誘いを口実に斬りかかっていたはず……先程までの調子だったら戦えれば良いという感じだったのに何故……彼は〝いくさびと〟。本当に戦うことしか考えていないはずなのに……いったい何が」

小さな声でブツブツと言っていたが、よく聞こえない。とにかく彼女に先程の非礼を謝って、なんというか、うまくできたらいいな。

落ち込むという感情に、すごく久しぶりに触れた気がした。

思考を止め、一度深呼吸をした里葉が俺の顔を見据えて言う。

「…………私も、話も聞かずに悪かったです。ヒロ。ごめんなさい」

ぺこりと頭を下げた彼女が、じっと俺の目を見る。

「じゃあ、ふたりでルールを作りましょう。そうじゃなきゃ、ヒロはたぶん死ぬまでダンジョンに潜り続けます」

彼女が言葉を残した後。さっと目を伏せて、なぜか躊躇いがちに、ゆっくりと言葉を紡ぐように小さな声で言う。

「それと、これは私が命令を受けているからではなくて、本当に貴方が心配だから言っているんです。それに……同じようになる人間を、私は見たくない」

消え入るような声で、最後に言葉を残した。

ビジネスライクに行くのならば運営が期待するとおり、俺をただ強くすればいい。しかしそうはせず、俺とコミュニケーションを取ろうとして、俺を導こうとする彼女に、胸が温かい気持ちで満たされる。

雨宮里葉という女性は、情の深い人なんだな。

「里葉。ありがとう」

少しだけ、恥ずかしそうにそっぽむいた彼女が、俺を置いて報酬部屋のほうへ向かう。それを追いかけて、適当にアイテムを回収した後。ふたりで夜ご飯を食べにレストランを探した。駅前には、すぐ近くに商業施設がある。そのテナントにある、立ち寄った定食屋の中で、ふたり食事をしながら話し合って、ルールを決めた。

雨宮里葉とのお約束
・C級以上のダンジョンに、里葉抜きで潜らない。回数は応相談。
・ひとりでD級以下に潜る時はどんなに行っても一日五個まで。
・ひとりでダンジョンに突入する時は、必ず里葉に場所と時間を連絡すること。

「原則、これで行きます」

懐から取り出された万年筆。それがくるくると、彼女の細い指の上で踊る。

硬筆検定一級なんですかってていうくらいの美文字で異常にわかりやすく書かれたメモを、里葉に手渡された。俺の意見も加えながら作ったので、妥協できる内容にはなっている。

お互い、わからないことは多い。

きっと妖異殺しとしての彼女は、俺の知らないことをたくさん知っているんだろう。もしかしたら、俺と同じような人を過去に見たことがあるのかもしれない。


食事を済ませ、店を出た先。

陽も落ちた夜。駅前の電光を一身に背負った彼女が、こちらを見る。

「ヒロ？　いっぱい戦う分だけ、いっぱいゆっくりしましょう。私も付き合いますから」

「それは……なんでだ？」

そのまま立ち去りそうになっていた彼女が、俺の元へ。スタスタと歩いてきた彼女は後ろで両手を組んで、前のめりの姿勢で俺を見ている。

「人間の本能を強く刺激する戦いとの均衡を成り立たせるのは、平穏の時のみだからです」

「それと――――」

「貴方がなぜそこまでして戦うのか。話したい時でいいので、いつか教えてください。ヒロ」

彼女の瞳が俺の顔を、俺の本質を見ていた。

妖異殺し。雨宮里葉とともに、ダンジョンを攻略する生活が始まる。

第四章　冬空、凍雨の雫

東京。何の変哲もない、寂れた雑居ビル。その中で『ダンジョンシーカーズ』運営は、プレイヤーのデータを回収し、来たる正式リリースの日のための準備を続けている。

各地方の責任者のみが集う会議室の中。プレイヤー全体の傾向に関する報告を終えた後。長机に集まり椅子に座る八人が、会話を始める。

「では国のほうは、重世界に対する国防力を備えたという認識でよいのか？　空閑《くが》さん」

腕を組んだ白髪の老人が、長机の短辺に当たる場所にいる最高責任者の男——空閑に確認をする。

眼鏡をかけ、薄笑いを浮かべた彼は返答した。

「ええ。こちらの世界であれば銃火器も使えますし、上層部は既に対妖異戦の戦術を練っている……国が重術の扱いを理解した日には、妖異殺しと表側の力関係が逆転するでしょう」

「……今の発言はこの場のみのものとしたほうが良い。保守派の……いや、殆どの妖異殺しが色めき立つぞ。時期尚早がすぎる」

「そうですね。まったく。数百年も前のことを何時まで恐れているのか……故にこのＤＳに、民間を大きく関わらせているというのに……」

ごほん、と一息ついた彼が一度眼鏡をかけ直して、全員を見据える。

「春の訪れとともに来る正式リリースの日が、刻一刻と迫ってきています。各地方に限定した、ダンジョンシーカーズのデータをこの場で報告していただきたい」

彼のその言葉を合図として、各地方の最高責任者が発表の準備を始める。最もプロジェクターに近い位置に座っていた九州地方担当者から話が始まり、会議は進んでいく。皆それぞれプレイヤーの傾向。治安。ランカーの紹介を終え、発表を終えた。

「では、東北地方担当　雨宮」

「はい」

ガチガチに緊張している、東北地方担当者の雨宮怜がおぼつかない足取りでプロジェクターのほうへ向かう。マイクの音量を調節し、準備を整えた彼女が挨拶をした後、説明を始めた。

プレゼンが進むにつれ、だんだんと緊張が解けていった彼女の語り口は、澱みない。

「リリースからしばらく経ち、東北地方の『ダンジョンシーカーズ』の傾向がわかりました。こちらのグラフをご覧ください。えー、一目見てわかります通り、非常に平均レベルが高いです。しかしながら、突出した高レベルプレイヤーが少なく東京と真逆の結果となりました」

彼女のプレゼンが続いていく。多角的な内容をわかりやすくまとめたそれに、空閑がふむ、と唸った。

そして最後の項目である、トッププロスペクトとなるランカーのスライドへ入る。

「ランカーが少ない東北地方ですが……ひとりだけ、全国に通用する人材がいます」

続いて表示されたスライドには、ダンジョンシーカーズトッププロスペクトと目される、倉瀬広龍の顔写真がある。加えて、取得したスキル、戦闘の傾向が記されていた。

それを見て、中国地方担当のものが口を開く。

「あの暴れ狂った殺人鬼を討ち取った魔剣使いか。随分と若い。それに、この短期間での渦の突入回数が信じられん。常人であれば、間違いなく発狂するぞ」

渦というのは、裏世界側の拠点である。表世界である地球と似通った環境を引くこともあるが、地球では絶対に見られない不気味な場所へひとり飛ばされることのほうが多い。その上、生理的嫌悪を呼び起こす妖異に取り囲まれるのだ。手練れの妖異殺しであっても渦は非常に緊張する場所で、強く疲弊する。

遅れてDSを始めたのにもかかわらず、信じられないペースで渦に突入し、他のプレイヤーとの差を一気に詰め、追い抜いた彼に末恐ろしさを男は感じていた。

何かを懸念する男を、空閑がなだめる。

「まあまあ。従来のやり方では埋もれていた人材を見つけ出すのも、DSの目的であったではありませんか。プロスペクトの中のプロスペクト。ベータ版DS上位十五名の彼らは、それに応えるプレイヤーたちでしょう」

「むぅ……」

やり取りを続ける彼らに、怜が一言加える。

「僭越ながら、いらぬ心配かと。彼には私の妹である妖異殺し。雨宮里葉が付いており、彼女の管理下で彼は活動しています」

「ふむ。あの妖異殺しの……最新の業務報告は、どうなっているのかね。見てみたい」

「え、あ、少々お待ちください……」

ＰＣに手をつけ操作を始めた怜が里葉からの報告書を開こうとする。

プレゼンの画面から、彼女がデスクトップに戻った時。開いたままだったトーク画面をプロジェクターに誤って映す。そこには、二件のメッセージが表示されていた。

『お姉様。最近いかがお過ごしですか？　こっちは最近、私があまり外に出たことがないことにうすうす気づいたヒロがいろんなところへ連れてってくれるんです。優しくないですか？　優しいですよね。私今、すっごく楽しいです』

『今日は回転寿司という不思議なお店に行きました。文字通り、おすしが回転してたんですよ。姉様。流しそうめんのようにおすしだけとって食べるのかと思いましたが、それ見てお茶吹き出したヒロに止められたんです。回転寿司って、お皿ごと取らなきゃいけないみたいです。あと、蛇口があったので手を洗おうと思ったら今度はヒロに物凄い勢いで手を摑まれて、止められました。あれ、お茶用のお湯が出てくるみたいで、あつあつで危ないって。でも、その時の必死なヒロの顔が面白くて、笑っちゃいました。回転寿司の写真いくつか送りますね。あ、二枚目はワサビをつけすぎて顔を真っ赤にするヒロの写真なんですけど――』

爆速で閉じられるウィンドウ。流れるようなマウス捌きで、素早く開かれる業務報告。

「失礼いたしました」

「…………管理下とは？」

「管理下です」

やり取りを聞き、ケラケラと乾いた声で笑った空閑が言う。

「ハハハ。いいじゃないですか。かの姫君にはいろいろと同情すべき点が多い」

張りつけたような笑みを浮かべる空閑が言い放つ。

「あれの進む道は、余りにも憐れだ。最後の自由だと思えば、許す気にもなれるでしょう」

彼の一言を聞いた怜が思わずマウスを強く握った。彼女は本来、先頭に立つような人間ではない。

それでも、やらなければならないことがある。

「しかしそれ故に、この雨宮家当主代行である怜は非常に協力的なのですが……どうしたものか」

何かを検討する素振りを見せた空閑に対し、妖異殺し出身である中部地方担当者が断言する。

「娘ひとりのために遠大なる計画を妨げるわけにはいかん。今、白川を刺激し、相手取る必要なし」

「そうですね。今の状況では貴方たち雨宮を手助けすることはありません。雨宮怜。貴方個人ならば今すぐにでも手厚く迎えますが……」

沈黙。ポーカーフェイスを貫いた彼女が、深々と礼をする。

「……はい。ありがたい話ですが、ご遠慮させていただきます」

「そうですか。で、保守派の、それも過激な連中の動きはどうです？　かの姫君を北に残したままなのは、襲撃を警戒しているからでしょう？」

空閑の言葉に対して一切の疑念のない、ただただ当たり前だというような声色で怜が返答する。

「はい。彼女ならば、如何なる敵が来ようと討ち滅ぼせましょう」

「そうですね。無用な心配でした」

雨宮怜は最後の発表者として、プレゼンを終えた。雑用の者がプロジェクターの電源を切る。

「では、皆さん。正式リリースが近づくとともに、追い込まれた保守派の悪あがきも警戒されます。各々、気を緩めぬように」

「了解した」

「では、解散とさせていただきます」

会議は終了し、皆が部屋から去っていく。何か後片付けをするわけでもないのに、椅子に座りこんだ雨宮怜は、沈黙を貫いたままひとり部屋に残り続ける。

小間使いの部下も去り、暗くなった部屋の中で。

震える怜は、八つ当たりをするように強く壁を叩いた。

†

仙台市。遊びに出かける場所なんてない郊外を、里葉とふたりで歩いていた。地元の人間以外で訪れる人なんてほとんどおらず、珍しいんだろう。奇異な視線を近隣住民から浴びながら、ふたり帰る準備をする。

初めてC級ダンジョンに潜った日から、早二週間。毎日、等級にかかわらずダンジョン攻略を続けた。

こうして数をこなしてみてわかったが、やっぱりレアアイテムはなかなか出ない。里葉とダンジョンに潜ったりひとりでＤ級ダンジョンに潜ったりで、報酬部屋に何度も突入したけど、マジで出ねぇ。

いや、ひとつは出たんだけど……俺が使うようなものじゃないというか、なんというか。スマホの中にこっそり収容しっぱなしのそれを思って、ひとり考える。バレないように、彼女の横顔を盗み見た。いつ、渡せばいいのか。


ふたりで歩く住宅街の道。まだまだ残る冬の冷気に、体がぶるっと震える。

「特に冷え込むな……今日は」

ペットボトルのお茶を飲んでいる里葉が、こちらをちらりと見た。

「ヒロ。さっき自販機で、あたたかいお茶を買ったんですよ。飲みます？」

「ああ。ありがとう里葉。貰う……」

蓋を手にしたまま、彼女が俺にお茶を手渡す。

握っただけで温かいとわかる二八〇ミリリットルのお茶を、ゆっくりと飲んだ。あったけぇ。里葉にペットボトルを返して、また礼を述べる。

「……いいんです。大丈夫ですよ」

彼女とふたり。並んで歩くことしばらく。駅前へ向かうためのバス停に辿り着いた。

次のバスが来るまで結構な時間がある。小さな待合所の中で、ふたり並んでベンチに腰かけた。冬風を遮ってくれるだけでも、すごくありがたい。

「ヒロも、本当に強くなりましたよねー……」

しみじみと、この二週間のことを振り返った里葉が口にする。彼女の言葉を聞きながら『ダンジョンシーカーズ』を開いた俺は、改めてステータス画面に目を通した。

プレイヤー：倉瀬広龍
LV．71
習得スキル☆『不撓不屈の勇姿』『武士の本懐』『直感』『被覆障壁』『翻る叛旗』『一騎駆』『落城の計』『魔剣流：肆』
称号『天賦の戦才』『秘剣使い』『魔剣使い』『城攻め巧者』『DS：ランカー』

C級ダンジョンをいくつも攻略したおかげで、かなりレベルが上昇している。主にポイントは、『魔剣術』と『魔力操作』を統合して出来上がった『魔剣流』というスキルの〝発展〟に費やした。後はまた進化スキルが出てきた時のことを考えて、100ptほど温存している。

レベルもなかなか上がらなくなってきた。しかしその分、着実にレベルに依らない実力をつけることができていると思う。

「なあ……里葉。そろそろ、B級に挑めそうか？」

「まだです。ヒロ。入念な準備を重ねたい」

アウターのポケットに手を突っ込んで、ベンチに座る彼女が語る。B級ダンジョン。あの里葉でも、ひとりでは潜りたくないと言うような場所。

俺たちは正式リリース前までの目標として、B級ダンジョンの攻略を挙げた。

彼女とのルールを守りながら――1回だけD級ダンジョンに潜った回数をオーバーして、冷たい目で見られスイーツを奢る羽目になったけど――ずっとこの二週間。実力をつけてきた。やはり何か不慮の事態があったとしても、雨宮里葉という強者のバックアップがあるのが大きい。ゲームでいう、パワーレベリングのような状態までは行っていないけれど、近いものだとは思う。ここまで効率良く、指導されながら渦に潜れているのは、マジで俺だけだと思う。

時が経てば経つほど、里葉の戦闘力の高さ、そして頭の良さに驚かされる。俺の戦場での動きを冷静に観察する彼女は、そこで感じたことを丁寧に言語化してコーチングのようなことをしてくれているのだ。戦闘への造詣が余りにも深すぎる。

ベンチに座ったまま、うんうんと考え込んでいる彼女。傾いてく頭の動きがなんか可愛い。

「準備に関してだが、もう学校に行く必要もなくなるから一気に進むと思う」

「あー。確かヒロの学校は明後日に卒業式があるんでしたっけ。じゃあその日は、オフにしないとですね」

黒目を上のほうに動かして、俺のスケジュールを思い出す彼女。しかし、俺は首を振って否定する。

「いや、いい。里葉。卒業式の日は、朝からダンジョンへ行こう」

「えっ……？ どうしてですか？ てっきり、行くものだと思っていたんですけど」

不思議そうな顔をして彼女が振り向いた。目をぱっちりと大きく開いて、驚いているように見える。

どう、理由を説明すればいいのか。どうすれば、彼女に納得してもらえるのだろう。

「……卒業式、なんて、行かなくていい」


周りの生徒の姿を、親の姿を見たくない。

……生真面目な里葉は約束事をきちんと守る。待ち合わせをすれば時間どおりに必ずやってきて、連絡をすれば数分数秒ですぐに返信を返す。そんな彼女はきっと俺に行けって、諭すだろう。

本当に、行きたくない。そう考えて、思わず顔を背けた。目を瞑った。

吹き荒れる、冬風の音が辺りを満たす。外にいれば、凍え死んでしまいそうなそれを、待合所の壁が遮って防いだ。

言葉を返さない彼女は俺のことを見つめていて、永遠にも感じられる沈黙が俺と彼女の間にある。

その時。ポケットからおもむろに手を出した里葉が、俺の右頬を優しく撫でるように触って、自分のほうに向けるようにした。驚きからか、その指先の温かさからかはわからない。

ただ、歪んでいた顔が弛緩して、無意識のうちに歯を食いしばっていたことに気づいた。

「……ヒロ。随分とひどい顔をしていますね。何か、嫌なことがあったんですか？」

悪感情なんて彼女に向けてどうする。しかしその言葉は、唾棄するように。

「嫌といえば、嫌だな」

俺をじっと見つめた彼女は再びポケットに両手を仕舞って、目を瞑り俯いた。

「……そう、なんですね。実は私、一度も学校に行ったことないんです。想像でしかわからないから、てっきり卒業式ってのは感動的なものばかりだと思っていました」

彼女の言葉を聞いて、息を呑む。

学校に、行ったことがない？　義務教育を文字どおり受けて、いや受けられていないのか……？

「……出席しなくても、後から卒業証書を貰えばいいんだ。あれって、必ずしも出る必要はない」

目を開いた里葉は、明るい声を意識したようにして言う。

「そうですか。じゃあ、その日はふたりで出かけましょう。ヒロは、何がしたいですか？」

「そう、だな」

ニコッと笑って俺を優しく見つめる彼女。ここ二週間の間、休憩が必要だという里葉の意志を尊重するため、ダンジョンだけでなくいろいろな場所にふたりで行った。服屋に行ったり、本屋に行ったり、またスイーツを食べてみたり……まるで初めて見るというようなリアクションを毎回取る彼女との日々は、すごく充実していたと思う。

初めて会った時では考えられないぐらいに、随分と里葉の表情が増えた気がした。

道理に反している。しかし理由も何も聞かず、ただ俺を赦してくれた彼女に深い感謝の念を抱く。

どこかに行きたいとか、何かがしたいとか、きっとそんなんじゃない。

「里葉とのいつもどおりが、いいかな」

言葉を聞き俯いた彼女の表情は、横髪に紛れて見えない。そのまま、心地よい沈黙に身を任せて、帰宅し別れた。

この出来事から、二日後。

快晴。旅立ちの日を迎える学生たちを祝福するような、晴れ渡った空。暖かな日差しが春の片鱗を見せる。

今日は放課後来ていた時とは違い、昼前から行動することになったのでたっぷり時間があった。

仙台駅。ステンドグラス前。平日の昼前だからだろうか。人も少ない待ち合わせ場所のそこで、彼女の姿を発見する。

日光を受けて輝くステンドグラスの前で、手に結構大きめなエコバッグをぶら下げている里葉と会った。今日は彼女と、彼女が見つけ出したというC級ダンジョンの攻略へ向かう予定だ。

「おはよう里葉。この時間に会うのは、なんか変な感じがするな」

「ふふっ。そうですね。いつもはもっと後ですから。それじゃあ、行きましょうか」

背を向け、出入り口のほうへ向かう彼女を追いかける。

「平日に午前からダンジョンに向かえるなんて、贅沢な気分だな」

「……だめ。先にゆっくりしてからですよ？　場所知ってるのは私ですからね！」

手に腰を当ててなぜか胸を張った彼女。ダンジョンの場所を俺は知らないし、他に何か予め決めた、予定があるわけでもない。今日は、彼女が主導権を握る一日になりそうだった。

駅構内を出て、彼女と駅周辺を歩いていく。休日ならばもっと賑やかだけど、今日は平日なので、騒がしいという感じはしない。地図も見ず、迷いなき足取りで進む彼女についていって、市役所に近い、ケヤキの並木道を通って歩いていった。

歴史ある、静謐な雰囲気を感じる大通りで、彼女が空を見上げている。

季節が違えば青々とした葉がついているけれど、今それはない。寂れたような、まるで骸骨のようにすら見える木々。

ひとり佇む中央。微風が彼女の髪の毛を小さく揺らす。


金青の後ろ髪が、枝垂《しだ》れ柳のようだった。


「ここ、十二月だったらイルミネーションで綺麗なんだけどな」

「いるみねーしょんとは、なんですか?」

首を傾げた里葉が俺のほうを見る。純粋な疑問から放たれた声に、返答を返す。

「……あー、小さな電球がたくさんついてて、キラキラと光っている綺麗なやつだ」

彼女の想像の埒外にあるのだろう。いるみねーしょんが何なのか、少しだけでも思い浮べようとした彼女が残念そうな顔をした。それも、かなり。

「へぇ……残念です。一度でも、見てみたかったな……」

「今年の十二月に、また来ればいい。そうすれば見れるさ」

「………そうで、すね」

ふらりふらりと歩く彼女が、通りにベンチがあることに気づく。先程まで纏っていた陰鬱な雰囲気を吹き飛ばして、彼女がふっふっふと笑った。

「ヒロ。じゃあ先に腹ごしらえをしてしまいましょう。こちら。じゃーん」

彼女が手に持っていた袋を掲げてみせて、中身を取り出す。ベンチに座った彼女が右手でたんたんと横を叩いて、座るよう伝えてきた。

彼女の隣に腰かけて、渡されたそれを手に取る。ベンチが結構小さくて、ぎゅうぎゅうだ。

「サクッと今朝、さんどうぃっちを作ってきました。こういうのは初めて作るんですけど」

「あ、ありがとう里葉。昼はどうしようとか考えていたけど、まさか作ってきてくれたなんて」

手間をかけさせて申し訳ないなあという気持ちを抱きながらも、彼女が作ってきたというサンドウィッチを有り難くいただくことにする。迷うことなくまず一口。

ソースが多めに入れられたハムサンド。それを中和するトマトとレタス。シャキシャキしてるそれはなんか、お店で買うもの以上に美味しい。あっという間に食べ終えて、今度は彼女からたまごサンドを貰う。塩胡椒がよく効いてて、濃いめの味つけだけどすごく美味しかった。

「ヒロは、言っても高校生ですからね。こういう味付けのほうが好みでしょう。あ、もう高校生じゃなくなるんでしたね」

一心不乱に食べる俺の顔を覗き込むように、顎に両手をつけた彼女がふふっと笑う。その後、彼女がエコバッグの中から水筒を渡してきた。

「はい。飲み物です。ヒロの好きなコーヒーですよ」

「ああ。ありがとう里葉。めちゃめちゃ美味しい」

「……良かった。喜んでくれて」

同じくサンドウィッチを取り出した里葉がもぐもぐと食べる。

寂れた並木道にふたり。車通りもあるし、ピクニックというにはちょっと違うような気がするが、心休まる時間だった。

サンドウィッチをふたりで全部食べ終えた後、コーヒーを飲みながら、ゆったりする。つい二週間前までだったら、こんな時間一刻も惜しいとダンジョンに向かっていたような気がするが、今はこの時間がどうにも大切なものであるように思えてならなかった。

蓋がコップになる水筒でコーヒーを注ぎ、熱々のそれをふーふーと冷ましている里葉。彼女はどうやら、猫舌っぽい。二週間前だったら考えられない、と先ほど思っていたが、それは彼女も同じだろう。

「ん？　そんなにじっと見つめてどうしたんですか？　ヒロ？」

「いや……里葉との付き合いも、そこそこ長くなったなって。いや、期間でいったらそうでもないんだろうけど、ほぼ毎日会ってるしな」

「そうですねー……最初に斬り合った身としては、今の状況が信じられません」

「ははは、そうだな」

手に持っていた水筒の蓋を閉じて、背もたれに寄りかかっていた体を一度起こす。二週間前。彼女を傷つけてしまったあの時から、いろいろ考えた。そして今俺と時間を過ごしてくれている彼女には、話さなければならないと思う。

「なあ。里葉。あの、俺が勝手に君を置いて、ひとりでC級ダンジョンに潜った時のこと。覚えているか？」

「……！　ええ」

「あの時さ。里葉はなんで俺が戦い続けるのか、聞いてくれたろ？」

彼女が息を呑む。真剣な顔つきをした彼女は、あの日と同じ凛とした姿で。

「おれは、さ。まだ自分でも整理して、これが俺の戦う理由だッ！　って、断言できるようなものがないんだ。だけど、自分なりにこれが関係しているんじゃないか、と思うことを君に話したい」

ものすごく、緊張する。今まで寄り添ってくれる人はいなかった。ここまでの自分に触れてくれる人もいなかった。


ただ彼女には、触れてほしい。知ってほしい。そんな願いがなぜか、抑えきれないくらいに湧き出てきてしまったんだって。彼女は、聞いてくれるだろうか。


俯きながら見上げた先。

どこまでも美しい彼女は、こちらを慮り見ている。

「ヒロ。もちろんです。ゆっくりでいいですし、もし途中で嫌になってしまったらやめてしまっても構わない。私でよければ、聞かせてください」

生唾を飲み込む。嬉しいという感情より先にどのような反応が来るのか、それだけが怖かった。

冬の終わりが近い、ケヤキの並木道。樹形をはっきりとさせるように、葉のついていないそれは一種の寂しさを覚えさせる。俺がここまでに至った道を、彼女に話さねばならない。うまく彼女に語れるか不安に思いながらも、口を開いた。

「里葉。俺の生い立ちというか……家族の話をしたい」

彼女が神妙な顔つきで頷く。

自分が覚えている一番古い光景は、父親が国を去る時。母親と手を繋いだまま、頭を包み込んでしまうくらい大きな手に撫でられたのを覚えている。

「俺の親父は……俺の物心がついてからすぐに、海外に飛んでしまったんだ。それから一度も、言葉を交わしたことがない」

「は……？　それはつまり、国に帰ってくるどころか電話すらしていないと？」

「そうだ。一度たりとも。ましてや、結局親父がどこにいるのかもわからない。ただただ毎月、生活費が振り込まれるだけ。だから俺には、父親との思い出なんてない。持っているのは、自分の父親らしい男の写った古い写真だけだ」

付け加えた言葉を聞いて、里葉が絶句する。

「それで俺は、ずっと母さんとふたり暮らしをしていたんだ。小学生の時も。中学生の時も。ずっとなんで親父が帰って来ないのか、それに対してなんで俺の母さんは何もしないのかって怒り狂ったんだよ」

指先が冷えて、手を組む。語る言葉が白息となって、空を泳いだ。

「そうするといつも母さんは少し申し訳なさそうな顔をして、そういう人と私は結婚したから、って言ってさ。俺にとっては、どういう人かもわからないのに。そういう人って……どういうクズなんだよ」

「………」

「……母さんは、何で親父がずっと外にいるのか理由を知ってたみたいだ。それで母さんは納得していたようで、俺に話そうとしてくれたことがある。だけど俺は、それを知ることを拒否した。知りたくもなかった。どんな理由でも、受け入れられないって……わかっていた」

一度深呼吸をする。彼女の前で、取り乱したくはない。

「同級生の、幸せそうな家族を見るたびにさ。辛かったんだよ。嫉妬とか親父に対する憎悪とか、なんで自分はいるのかとか、いろいろぐちゃぐちゃになって」

「……だから今日は、行きたくなかったんですね」

「………ああ。俺はいつもそんなんで、母さんに何回も言ったんだ。俺には何で親父がいないんだとか、母さんは幸せなのかーって。理由は、聞かないくせしてよ」

右手で前髪を掻き上げ、額を摑む。

「そうしたらいつも母さんは俺に……親父がいないことを寂しそうな顔で謝った後、『確かに不自由はあるし私も会いたいと思うけれど、人生には小さな幸せがあればいいから』って言って。誰もが驚くような出来事とか、人生の彩りとか、そんなものは必要ないんだって言ってたんだ」

考える。言葉が、喉に突っかかって出て来ない。そんな俺の様子を見て、横に座る彼女が俺の背に触れた。

「だから……親父も母さんも否定するために、優れた人間になって言い返してやろうと子ども心に誓ってさ。学校の活動に限らずいろんなことを全力で頑張ってみたけど、うまくいかなかったよ。世の中『本気でやれば何でもできる』なんてことはやっぱりなくて。楽しむ余裕もなく自分が苦しむ中、俺よりも持っているやつがどんどんうまくなっていく。その光景を見て、自分を呪ったよ。凡庸で凡愚。母さんを否定して、自分だけの道を歩むことはできないのかもしれないって」

生唾を飲み込む。

「それで、悩んで悩んで考え込んでいたある日。母さんときちんと話し合ったんだ。それで母さんは言ったんだ。誰もが輝かしい人間になる必要はなくて、皆が皆なりの努力をし、一歩一歩進んで楽しく生けていければいいんだと。そうやって真面目に何時間も話して、母さんの言っていることをやっと理解しよう、寄り添おうと思ったんだ。あの日、前向きになれたのを覚えている」

里葉がほんの、ほんの少しだけ息を荒げる。その先を察しのいい彼女はわかってしまったんだろう。

「それから一週間経ったころ……忘れられない。家に帰ってきたら、台所の前で母さんが倒れてたんだ。救急車も呼んで、訳もわからず呼びかけてたけど……」

「じゃあ、ヒロのお母様は……」

「脳卒中による突然死。俺の祖母もそれで倒れちゃったから、遺伝もあるんだろうな」

頭を抱える。体が震え始めて止まらない。触れていた彼女の手が、俺の背を摩る。

「それで俺は……ひとりになって、母さんの言ってた小さな幸せもなくなっちゃってさ。そこでずっと壊れかかってた何かが、きっと完全に壊れた」

俺の視界に映っているのは、歩道の模様と震える自分の指先だけ。彼女の姿は見えないし、彼女がどんな表情をしているのかもわからない。

「学校では友達もいたし、そこそこ楽しく暮らしてたんだけど……その日から、何も楽しくなくなった。挙げ句の果てに、俺のことを少し嫌ってたやつがさ。俺の母さんのことで……煽ってきたんだよ」

「ひどい……」

「それで何かが切れて、そいつをボコボコにぶん殴った。情状酌量の余地があったからかわからないけど、学校から食らったのは停学処分だけだった。それでも、それからは周りに誰もいなくなったよ」

俺の背を触る、彼女の手の温度が伝っていく。

「それからしばらく経って……やっぱり時間が経てば、少しは整理がつくものでさ。なんとか立ち直ってから、自分から何か楽しくできないかっていろいろ試したんだ。心が死んでしまったかのように、何も感じられなくなってしまったから」

息を吸う。

「音楽、映画、読書、運動、ゲーム、スポーツ、山登り、散歩、料理、勉強、片っ端から調べて、試せるものは全部試した。それでも、何ひとつ熱中できなかった。毎回どこかで必ず冷めて。そして次に期待できなくなっていく」

俯いていた顔を上げて、冬空を見る。クソ。曇りじゃねえか。

「そうやって全てを諦めて、死ぬ勇気も湧かず、周りの人に自分はひとりでもやっていけてますなんて顔しながら、ただただ無為に生きていた時。『ダンジョンシーカーズ』に出会ったんだよ。初めてダンジョンに潜った時は、しばらく忘れていた胸の高鳴りを思い出した。これなら上へ行ける。楽しくできるかもしれないって」

「昔から何も知らない場所を、探検をすることが好きだったのかもしれない、と思う。正直な話、なんで俺は戦いが好きなのかとかはわからない。もしかしたら、互いの命を削る感覚が、好きなのかもしれないな。俺は壊れているから、そうでもしなきゃ生きていることを感じられないんだろ」

「ダンジョン攻略というもの自体が……俺の人生を彩り別の段階へ連れて行ってくれる、最後の砦みたいなものなんだ」


彼女のほうを見る。なんか口に出してみて、すっきりした感じがあった。

「これで答えになったか――って、里葉?」

淡々と語り続ける中。今初めて、彼女の様子がおかしいことに気づいた。

隣に座る彼女は少し俯いていて、前髪が目元にかかっている。その綺麗な宝石の瞳が少し潤んでいることに気づいた。

「ヒロは……何も悪くないです。強がらなくて、いいんです。ヒロは、がんばりました」

立ち上がり、ベンチに座る俺の前に来た彼女が一度しゃがみ込む。

真正面。目と目を合わせた彼女の両手が、俺の冷え切った手を包んだ。

しょうもない男のプライドだとか何だとかで虚勢を張ったとて、簡単に見破られるものなんだろう。

「いや……俺が悪いんだ。もっともっと早く、母さんと話をして自分に父親がいないことを、受け入れていればさ。どうやって頑張っても変わらないようなことで頑固になって、そうやって時間ばっかりが経って、母さんがさ」

「ヒロ。後悔することはたくさんあるんだと思います。それが必要じゃないものだなんて、私には言えない。わからない。だけどヒロが今、寂しいことだけはわかります」

目を逸らして俯いた彼女。ぐちゃぐちゃになった頭で、一瞬見えた彼女の表情は今まで会った中で最も暗いものであったことに気づいた。

「私にはヒロの、どうしようもない絶望。さびしい、気持ちがわかる」

両手を包んでいた温もりが突如として消える。彼女が、俺を真正面から抱きしめた。

「……里葉？」

「私が、ひとりぼっちで寂しかった時は、お姉さまがこうやって抱きしめてくれました。どんなに辛くても、どうしようもない時でも、こうすれば一度落ち着くし幸せな気持ちになれるんです。私にはお姉さまがいたけど、きっとヒロには、もうそういう人がいないから」

「里葉。周りに……勘違いされるぞ。やめた、ほうがいい」

消え入るような声で呟く。それを彼女は、真正面から否定した。

「じゃあ全力で透明化使います。これで、だれも見てないです。えへへ。もっともっと、ぎゅってしていいんですよ？　ヒロはなにもわるくありません。がんばりました」

「さ、里葉」

先ほどまで早かった心臓の鼓動が、別の意味で速くなる。ダンジョンに潜りボスと戦った時ですらここまで大きな鼓動の音は聞こえて来ない。

「勘違いしないでください。私も確かに、すっごく恥ずかしいんですよ？　でもそれ以上にヒロが、かわいそうで、さびしそうで。俺は大丈夫だって言いながら、すごく、辛そうな顔をしています」

囁かれる声。右手で俺の後頭部を撫でる彼女の表情は見えない。俺の肩に顎を乗せていて、両腕を回しているから。

それぐらい深々と、俺を抱きしめている。

無垢な、純粋な、穢れなき好意。ただただ相手を慮るためだけの純真な行動。

初めて出会った時から、その有様は確信していた。

だからこそ俺は彼女を丁重に扱ったんだろうし、戦闘中思わず叫んでしまったんだと思う。

ここ二週間の間。人がいなかったからだとか、いろいろ理由をつけて考えていた感情の萌芽を、きっとこのままだと抑え切れなくなる。彼女は命令のため。仕事のため。俺みたいな人間が、迷惑をかけてはならない。そうやってきたのに、絶対にどこかのタイミングで、抑え切れなくなると確信していた。

包み込む彼女の優しさに、涙が、頬を伝っている。

「ねえ……ヒロ。今は、楽しいですか？」

一度体を離した彼女が俺の両肩を摑んで、真正面からニコッと見つめる。

真冬。装飾もなければ青々とした葉もない、枯れきったケヤキの並木道。

ただ冷たい空気だけが包み込んでいて、一年という時間の中。この場所で最もつまらない時間。それはまるで俺の人生そのもの。しかし、今目の前には里葉がいる。この空間に彼女がいる。

今はただ、自分にできるだけの笑顔を。

「今はすごく楽しくて、この時間が続いてほしいと、そう……願うかもしれない」

諦めたような笑みを浮かべた彼女が、最後に呟く。

「……私も、そうかもしれません」

体を離して、飛び跳ねるように立ち上がった彼女。両手を背中で組んで道の先を向く。

「ヒロ。聞かせてくれてありがとうございました。でも、まだまだ一日はこれからですよ。じゃあ、行きましょう！」

片手を上げておーと叫んだ彼女を見て、笑みがこぼれた。

†

古き霊地。静寂のみが支配する場の中、ししおどしの音色が響く。

そこは、山奥に隠された古い瓦屋根の屋敷だった。その一室。畳の上で胡坐をかいて座った男たちは、物々しい雰囲気で集っている。円を作る彼らは和装に身を包み、その中でも特に老いた男が拳で床を強く叩いた。

「……あの成り上がり者が作り上げたあの忌々しき絡繰《からくり》が、世に放たれる時が近づいてきておる。妖異殺しの業を漏らすどころか、時の権力者が我らが術に触れるという。それだけは、許してはならん！」

鋭い剣幕。主導し宣言した老人に続き、周りの妖異殺しが強く同意する。魔力に感情が乗って、熱気が部屋を包んでいた。

「然り！　然り！　千年の時を超え積み上げられてきた我らが誇り。我らが使命。それを何故忘れるか！」

「誇りなき成り上がり者。逆徒の空閑めが！　我らが犯した過ちを繰り返せば、あの戦乱の世が再び訪れるというのに！　妖異殺しの技だけは、民草がためにも何者にも渡してはならん！」

応える大音声。老若男女関係なしに、老人の宣言に彼らは賛同する。烈々と応える彼らに感涙した老人が、両手を鷹揚に広げ、天を仰ぎ再び宣言をした。

「同志諸君よ。これは妖異殺しの誇りをかけた正義の戦である。あの絡繰によって不相応な実力を得た誇りなき不届きものども。その上位十五名を討ち取るのだ！　さすれば、空閑も理解せん！」

応える鬨《とき》の声。その宣言に合わせて、彼らの同志である妖異殺したちが日本各地で行動を開始する。

高層ビルが空を遮る。横断歩道を一斉に渡り、忙しなく道を行く人々。

通りを逸れ路地裏へ足を運んだその女性は、キャップの鍔《つば》を握り深く被り直した後、スマホの画面をタップした。

人目を掻い潜り、彼女は突如として消失した。女性が路地裏へ向かうのをじっと見つめ、群衆に扮装していた男たちが一斉に女性が消えた場所へ向かう。

ダンジョンシーカーズの人口が最も多い東京。プレイヤー同士のリソースの奪い合い。熾烈な競争が毎夜行われるこの町では、プレイヤーのレベル差が余りにも酷い。しかしこの土壌こそが、怪物を生む。

清流に大魚は生まれず。いつの時代だって、荒れ狂った濁流から強者というのは生まれるのだ。

濁流《とうきよう》から生まれた大魚。その中で最強の一角と目される、ひとりで新宿のダンジョンを全て踏破した女性は私服のままで、今ダンジョンに突入した。

彼女が突入している渦の前。目立たぬよう注意しながらも、人混みを抜け路地裏で立ち並んだ五名の妖異殺しが囁き合う。襲撃を行うにあたって、彼らは最後の話し合いをしていた。

「『新宿の楠』なるものの技、忘れておらぬな」

そう言ったリーダー格の男が懐より一枚の紙を取り出す。そこに書かれていた情報は——

プレイヤー：楠晴海
LV．82
☆特異術式『死の珊瑚礁《ホワイトシンドローム》』

「無論。れべるが82に、不届きなことに特異術式を持っておる。その面妖な名のみしか明らかになっておらぬがな」

舌打ちをした男が、無意識のうちに足を小刻みに揺らす。特異術式というのは本来、簡単に手に入るものではない。無窮の研鑽の果てに得られるものであったからこそ、それを手にした妖異殺しは高位のものとして尊ばれる。

その過程を無視しただ無機質に能力を与える絡繰を、彼らは好まなかった。

「仕方あるまい。余りにも防備が固く、これ以上の情報が抜けなかった」

「皆の衆。行くぞ」

それぞれ武器を手にした男たちが彼女の後を追うように、渦へ突入した。


C級ダンジョン。たった数分でボスの攻略を終えた彼女がその存在に気づく。

魚のイラストが描かれた白のレディースキャップ。キャップの後ろから飛び出る長い黒髪は腰元にまで伸びていて、Tシャツに派手なアウターを着ていた。穿いているジーンズも含めて、ダンジョン攻略には少々動きづらそうにも見える。

鳴り響く鉄の音。それを聞いて、彼女は姿を現した彼らのほうを向く。

肩を出すように浅く着たアウターのポケットへ、彼女は両手を突っ込んでいた。彼女は武器を持っていない。

凛々しい顔つきをした彼女は、取り囲んでくる五人の妖異殺しと相対した。

「貴方たち……ハイエナプレイヤー？　私が誰かわかっていないようだけど……好きにしなさい。

残った安物のアイテムなんて、私には要らないわ」

「……『新宿の楠』だな。その首、妖異殺しがために頂戴する」

「うん？」

薙刀を握る男。刀を引き抜いた者。それぞれが、武器を構え魔力を逆らせる。通常のプレイヤーであれば、間違いなくその行動に驚き動揺しただろう。彼女も目を見開き驚いているが、その理由は違う。

彼女はトップランカー。彼女が驚いたのは、彼らが彼女に剣を向けたからではない。彼女はプロスペクト。常に運営は彼女の動向を監視しているし、敵対行動を取るプレイヤーが近くにいれば今までどおり早期の対応があるはず。

武器を手に取り明らかな攻撃行動を取っているのにもかかわらず、なんの動きもなかった。それに彼女は驚いたのである。

「……貴方たち、プレイヤーじゃないの」

「プレイヤーだと……？　あのような絡繰、使うはずもないッ！　我らは誇り高き妖異殺し！」

顎に手を当てた楠。今相対している男たちが『妖異殺し』というものを名乗ったことの意味について、彼女は思索を始めていた。

「…………へえ。まあ、そういう人たちがいるんだろうなとは思っていたけど」

知性溢れる佇まいをしていた彼女が表情を一変させる。

「向けた鋒の覚悟、できてるんでしょうね」

キャップの鍔を摑んで、後ろ被りにした姿は意識を切り替えるように。

瞬間。大海原のように満たされる魔力を、妖異殺しの男たちは幻視した。レベル82というのは、妖異殺しを以てしてもなかなか辿り着ける領域ではない。

ポケットから乱暴に右手を出した彼女から、荒波の如き魔力が波立つ。それを見て斬りかかった男の薙刀を、彼女は刀身ごと素手で摑んだ。

妖異殺しの男が瞠目する。その刃は抜群の切れ味を持っていたし、加えて必殺の魔力が込められている。しかしそれが、難なくと片手で受け止められてしまった。刃を戻そうにも、魔力によって強化された楠の怪力に囚われ、薙刀を引き戻すことができない。

彼女が刀身に向け、侵略するように魔力を込めた時。

それが、真っ白に染まった。

「——!?」

薙刀を伝って進む白い線が、鍛錬の果てについた傷だらけの手へ伝う。その危険性に一目見て気づいた男は、薙刀を手放した。その隙を逃さんと言わんばかりに、楠が追撃の一手を放とうとする。カバーに入る老人が、その横に割って入るようにして楠を斬り殺さんと鋭く刀を振るった。彼女は追撃を諦め、一歩下がり姿勢を低くして回避する。

舞う土煙。このやり取りで、彼女たちは互いの実力を理解した。

「へえ。やるじゃない」

「皆の衆。警戒せよ。この女、なかなかやりおる」

五対一。妖異殺しとトップランカー。

揺らめくように空間を染め上げていく魔力。それが勢いを増して、戦いの火蓋が切られた。

荒い女性の息が聞こえるボス部屋の中。爆発や斬撃の痕が床や壁のあちこちに残っていて、その戦いの激しさを物語っている。部屋の中央にいる彼女たちを取り囲むように、積もった灰の山がそこには四つあった。

右手で掴まれた首。持ち上げられた体。両手はだらんとしていて、涎を垂らす老人の体がだんだんと白に染まっていく。体の感覚が失われていく恐怖に彼の目は血走っていた。

「ぐか、がは、があごぽ」

言葉にもならぬ呻き声を残し、全身が真っ白になった男が灰燼となって爆発する。その場に倒れこむように尻餅をついた彼女はこめかみから血を流し、体のあちこちに深い傷がついていた。

「ハァハァ……普通に強いし、何なのよこいつら。チッ……とんだマイナスだわ」

太ももに巻いた、透明のカバーがついたホルダーケースを彼女が弄って、スマホからアイテムを顕現させる。それは、赤色の液体が入ったアンプル瓶のような小瓶。

その先を親指でへし折り、中に入っていた液体を飲む。すると体のあちこちについていた傷が、みるみるうちに塞がっていった。

「運営のクソが……説明、あるんでしょうね」

よろよろと立ち上がり、血が流れる二の腕を掴んで足を引きずりながら、報酬部屋へ向かった彼女がダンジョンを後にした。

†

あの話をしてから一度落ち着こうと、またコーヒーを飲んだ後。俺たちはケヤキの並木道を出て、C級ダンジョンに向かっている。人々が行き交う歩道を抜け、彼女の先導の元、道を進む。

「……」

里葉が突如として立ち止まり、後ろをチラリと見た。冷たい視線をどこかへ向けている。

「どうしたんだ？　里葉」

「……いえ、何でもありません。ヒロ。伝え忘れていたC級の場所に関しての話ですが、結構遠くて、ばすに乗らなきゃダメみたいです」

「あ、了解」

彼女とふたり。駅前のバス停に向かう。ふたり並んで着席して、ダンジョンがあるという場所へ向かった。終点に限りなく近い場所なようで、時間がかかる。

流れゆく地元の景色。揺れるバスの中。運転手のおじいさんの声が、朧げに聞こえた。

落ち着いた、なぜか安心できる空間。

乗車してから、すでに結構な時間が経っていた。気づけばうたた寝をしていたようで、彼女の肩に寄りかかっている。彼女の匂い。寄りかかった肩には、少しでも長く触れていたいと願う、温かさがあった。

「す、すまん。里葉」

バスの窓から差し込む夕日に、彼女の青い後ろ髪が映える。

「……今日はやめにしますか？　もう、そろそろですけど」

「いや、前だったら絶対にこんなことなかったんだけどな……大丈夫だ。すまん。ありがとう」

「大丈夫ですよ。次は、ヒロが肩を貸してくださいね？」

「……ああ」

お金を払って、ふたりでバスを降りる。

バス停から降りた先。道から離れて少し歩いていけば、一面の田んぼがあった。薄い雪に覆われたそれを見て、里葉が感嘆の息を漏らす。

「ヒロ。あそこの田んぼのど真ん中です。農家さんの土地なので、透明化を使ってこっそり行きましょう」

「そうだな。手、繋ごう」

肌寒い冬が残る日。透明化のためだけど、彼女と手を繋いで温かさを分け合った。雪がほんの少し積もった田んぼ道。ザクザクと鳴る、薄雪を踏みしめる音。

彼女とふたり立った、その中央。ダンジョンの渦がある場所で、彼女が言った。

「ヒロ。今まで私はC級ダンジョンの攻略に、必ず同行してきました。それが、ルールだったからです」

「そうだな」

「しかしながら、ヒロは常に『何かあった時は私がいるから問題ない』という状態で、攻略を続けてきたということになります」

手を離そうとして、俺の人差し指だけを摑んだ彼女が言う。彼女は零すように口にした。

「ヒロ。今からひとりだけで、ダンジョンを攻略してきてください。それに成功したらふたりで、B級に突入しましょう」

心臓が一度強く跳ねる。この提案の意図はすぐにわかった。

彼女はおそらく、俺を試そうとしている。無意識のうちに覚えていた、常に彼女がいるという感覚。それを失くした状態でC級ダンジョンをひとりで攻略してみせろと言っているのだ。

ここのところ、B級ダンジョンに突入することを躊躇って、そもそも口にしないことが多かったが……気が変わったのだろうか。いや、俺もそれだけ実力をつけたということなのだろう。

「わかった。ひとりでやってみせる」

「ヒロ。武運を祈ります。いってらっしゃい?」

「……ああ！　行ってくる！」

ダンジョンシーカーズのカメラモードを起動する。渦にスマホをかざし、何も変わらないはずなのに、無駄に力を込めて突入ボタンを押した。

こちらを見送るようにしていた彼女が、微笑を残し、背を向ける。

冬風に靡くコートの裾。棚引く雲が泳ぐ空。最後になぜか、金青の魔力の片鱗が見えた気がした。

……薄雪の積もる田んぼの中央。広龍を微笑みながら見送った彼女は表情を変え、凛として立つ。

里葉が彼をひとり送り出したのは、決してC級ダンジョンを攻略できるかどうかを確かめるためではない。Ｂ級の許可を出したのも、強い動機を与え、一刻も早く彼を遠ざけるため。

彼女は気づいていた。この渦を中心として、密かに人払いの結界が張られていたことに。

それは、彼女がよく知る妖異殺しの技。

彼女が真剣な表情で、口を開く。


「名を名乗りなさい。痴れ者」


誰もいないはずのそこで、鈴のように響き渡った言葉。

誰からも反応はなく、音のないこの世界で冬の静けさのみが残る。

「……」

里葉がコートの裾からひとつ金の正八面体を取り出して、それを空中で展開した。

金色の槍となったそれが天を駆け抜け、唸り声のような風切り音を鳴らす。それは貫くように田んぼの茂みに突き刺さった。

「次は当てます。出てきなさい」

その時。田んぼの草陰から現れたのは、和装を身に包み武器を手にした男六名。顔を布で覆い、正体を隠す彼らは潜んでいたが、見抜いているという里葉の警告を受けて大人しく出てきたようだ。

臨戦態勢にある彼らは想定外であったのだろう。何かに驚愕し仲間内で囁き合っている。

「……この金色の退魔具。もしや……『想見展延式《そうけんてんえんしき》 青時雨《あおしぐれ》』？　高祖の〝伝承級武装〟が何故ここに」

「待て。同志。あの者の容貌を見よ」

彼らは困惑する。彼らがここに訪れたのは、『ダンジョンシーカーズ』上位プレイヤー、倉瀬広龍を殺害するため。しかしそこで彼らを待っていたのは、只者でないことだけはわかる不思議な少女だけだ。


冬の世界にただひとり君臨する妖異殺し。その姿は、一種の完成された美しさを孕んでいる。

妖異殺しとしての誇りと可憐さを併せ持ったその姿に、六人の中で最も年老いた男が、しゃがれた声で思わず口にした。その特徴的な容姿。彼らを圧倒する覇気を思えば、彼女が誰かわかる。

「金青の後ろ髪に金色の武装……そして澄み渡る青色の瞳……」

彼女の正体に気づいた老人が戦慄する。

信じられないという声色で、彼は呟いた。

「まさか……〝凍雨《いてあめ》の姫君〟？」

「あ、〝雨宮最後の妖異殺し〟が何故ここにいる⁉　あ、あり得ん！」

驚愕し、それぞれ言葉を残す男たち。想定外の事態を前に、苦悶の表情を浮かべながらも彼らは臨戦態勢を解かない。

「……雨宮様。道を、開けていただきたい。我らはその渦に突入した小僧を討ち取らねばならぬ。これは、妖異殺しの誇り故に」

「それを聞いて、私が道を開けると思いましたか」

凍てつくような声色。それは、一度も彼女が彼に向けたことのないものだった。

その一言を聞いて、老いた妖異殺しがゴクリと生唾を飲み込む。数的有利を持ち、かつ彼女よりも年功があるにもかかわらず、明らかに気圧されていた。

「……倉瀬広龍を守り扶《たす》けるのが私の役目。押し通りたくば、まずはこの雨宮里葉を討ち取ってからにしなさい」

瞳に魔力の輝きが灯る。立ち昇るように、金青の輝きがこの世に色を残した。冬空を下地に作り上げられたその色彩は、いかなる妖異殺しにも負けない。

老人の頬に冷や汗が伝う。彼らと彼女の間にある差を理解できるほどには、彼らは手練れだった。

「降伏すれば、手傷は負わせません」

背景にいる黒幕を知るためにそう言葉を残した里葉。しかしその殺気からして、ひとりいればいいとすら思っている。

その圧が、彼らにも伝わっている。彼らが必死に抵抗するように、全力で魔力を発露させた。


相克する魔力の奔流。吹き飛ばされていく冷気。

男六人の魔力を掻き集めても、冬の空を染め上げる金青に勝てない。

棍棒を手にする男が、緊張から息を荒げさせる。滝のように汗を流して、冬空の下に湯気が立ち上っていた。

凍雨の姫君。

高位の妖異殺しの中でも、ふたつ名を与えられるものは中々いない。その中でも特に知られた戦姫の名。

無論、その若さもあろう。その美貌と憐れな運命ゆえに、知られているともいえる。しかしながら、彼女がその名を轟かせられたのは正しくその術のため。

里葉の放つ威容は妖異殺しとして、至高の領域に達していた。

相対する男たち。その中でも状況を冷静に見ていた若い妖異殺しが、老人に向けて言う。

「……撤退を具申します。今の我々の装備では、決して彼女には勝てません」

「却下する。〝凍雨〟の風聞に惑わされるな。このまま雨宮を制圧し、その後小僧を討ち取る」

「し、しかしその風聞が事実であれば我々は――」

その時。田んぼ道の中央に立つ里葉が、裾から金の正八面体を、撒き散らすようにバラバラと落としていった。

冬の陽光を浴び反射する金色。雪に突き刺さり地に散らばるそれは、数え切れないほどで。

冷静に状況を見ていた若い男は、恐怖を抑えようと歯を食いしばる。

地から飛び立つように、冬空に浮かび上がる百の武装を見た。

「まずい……」

意のままに形状を変え、空を自在とする金色の武装たち。


そこには、剣があった。

槍があった。大鎚があった。棍棒があった。ランスがあった。ハルバードがあった。大鎌が、戟が、偃月刀があった。


古今東西ありとあらゆる武装に変じた〝青時雨〟が、空を行き彼らに鋒を向ける。

今なお臨戦態勢を解かぬ男六人を見て、里葉が口を開いた。彼女に躊躇いはない。


金青の魔力は、爆発するように。

「……『透き通るように消えてしまえば』」

彼女の根源となる、願いを込めたその言霊。


空に浮かぶ金色の武装たちが、ぽつぽつと消えていく。

文字どおり透き通るように消えていって、誰も認識できなくなった。男たちが辺りを見回し、全力で消えた武装の在り処を探すが、気づけば彼女の姿すら見当たらない。

〝凍雨の姫君〟と呼ばれた妖異殺しの伝聞は事実だったのかと、今更焦り出した老人が叫ぶ。

「み、皆の衆！　全方位からの攻撃に備えよ！　いかなる術式であろうと、何らかの兆候はかならずふがぁああッ!!」

強烈な衝撃を受けたかのように、突如として老人が横殴りに吹き飛んだ。受け身も取れず体を田んぼに打ちつけた彼は、予期せぬ激痛から苦悶の声を上げる。

何が起きているか理解できない。なんの予兆もない。

老人の隣にいた男が、里葉の姿を探しながら叫ぶ。目を剝いて必死に探しても見つからない。居場所がわからない。

「い、いったい何が起きてッ！　がぁああくぁあああッ!!」

叫び取り乱していた男は削り取るように背を斬り裂かれ、血を吹き出し倒れた。雪白に染まっていた田園に赤い斑点が飛び散る。男は体を斬り裂かれて初めて、背後に何かがいたことに気づいた。

何も見えない。何も聞こえない。何も感じない。察することなどはできない。

この世界が、彼女が許さない――

またひとり。何かに後頭部を突如として殴打され、脳震盪を起こし妖異殺しが倒れた。

〝凍雨〟の恐怖に苛まれたふたりの男が、背を向け逃げ出す。駆け抜けた先。粉砕されるように真正面から吹き飛ばされた彼らは、完全に制圧された。残るはひとりのみ。

裾の長い、着物のようなコート。手にするは金色の槍。

再び姿を現した里葉は空に浮かび、男たちを見下している。

凍りついたような表情。その瞳には色がない。

「チィッ！　堕ちろォッ!!　凍雨姫《イテアメヒメ》ぇえええええええええッッ!!!!」

若い妖異殺しの男が、火事場の馬鹿力で手にしていた刀を投擲する。魔力が込められたそれは、空を突き進んだ。

コン、と響く軽い音。

彼女の目の前。必殺の威力が込められたはずのそれは空中にて何かに弾かれ、田んぼに落ちていった。

刀を投擲した男が、呻き声を漏らす。

「降伏なさい。これ以上の交戦は無意味です」

「……くそがッ！」

里葉の声を聞いてもなお諦めず、素手で格闘の構えを取る若い妖異殺し。大きくため息をついた彼女が、鷹揚に右手を伸ばす。その姿はまるで、何かを放とうとしているようだった。

その刹那。一度、彼女がゆっくりと腕を下ろす。それは、近づいてきた存在に気づいたため。

彼と里葉の間に割って入るように、田んぼを這いつくばり老人がやってきた。雪と土が付着した顔。どうやら、初撃を貰ってなお気を失っていなかったらしい。

鬼気迫る大音声。感情任せの、怒りの叫び。

「雨宮ぁあああああああああ!!!!　そもそも貴様らが落ちぶれていなければ、『ダンジョンシーカーズ』なるものも必要なかったのだッァ!!」

目を真っ赤に充血させ、老人は怒り狂い、唾を撒き散らし空に向かって叫ぶ。若い男は里葉を前にしていることも忘れ、その姿に唖然としていた。

「廉直なる高祖の名を辱めるだけでなく……妖異殺しの誇りも忘れェッ!!」

「……黙りなさい」

「雨宮里葉ァ!!　貴様の、雨宮の行く先は知っている。ハハハハ!!　なんと憐れな。せいぜい媚を売り寵愛を受ければよかろう。雨宮の姫君ィッッ!!」

「……黙れと、いっているって、きこえないのか」

空中にて翻り、姿を消す彼女。

凍てつくような殺気が、世界を包む。それはまるで、世界そのものが温度を失ったかのよう。

瞬間。老人が再び叫んだ。

「妖異殺しの誇りの下ぉおおおおおお!!!!　自決せよォッ!!　我らが正体、明かす訳にはいかぬッ!!」

老人の真横に現れる里葉。彼女が魔力の刃を灯した槍を振るい、それが彼の首を断つ直前。

何かをトリガーとした六人の体が灰となりて、爆発四散した。苦悶の声すら上がらず、彼らはこの世を去る。

「……そんな」

雪と灰の残滓が残る、田んぼの中央。

倉瀬広龍の殺害を目的とし、妖異殺したちが襲撃を仕掛けてきたということの意味は大きい。彼女がずっと調査を続けているあの水晶と合わせて、考えなければいけないことが山ほどある。


それでも、彼女は。

ただ孤独に。

どうしようもない絶望を胸に抱いて、寒空の下。冷たい、凍った感情の涙を流した。

嗚咽が響く。流れ落ちる涙が、白雪を濡らした。


C級ダンジョンの攻略を単独で終え田んぼに帰ってきた俺は、しゃがみこんで蹲《うずくま》る里葉の姿を見つけた。その後ろ姿はどうにも寂しくて、彼女がひどく落ち込んでいることが一目見てわかった。

何が起きているのかはわからない。ただ全てを投げ出して、目を閉じ耳を塞いで隠れてしまいたいという子どものような姿を前に、いてもたってもいられなくなった。

俺が近づいていることにも気づかない彼女に、後ろから俺の上着をかける。とにかく、心配だ。もしかしたら、さっきの彼女もこんな気持ちになったのかもしれない。彼女がしてくれたことを……俺はできないけれど。

「……里葉。無事、帰ってきたぞ。どうしたんだ？」

「あ……ヒロ。なんでも、ありません」

「……それは無理があるだろう」

「いえ、渦の前でひとり待っていたら寒かったので、しゃがみこんでいた、だけですよ？」

「…………待たせて悪かった。俺ひとりでの攻略に成功したぞ。里葉」

「やっぱりヒロは、すごいです、ね」

「……とりあえず、帰ろう」

「はい」

ふらふらと立ち上がった彼女が、こちらを見る。彼女の瞳が、濡れているような気がした。

……帰りのバス。暗くなってきた道を進むそれに、乗車してる客は俺たち以外いない。後部座席。ふたり並んで座る俺たちの雰囲気は、行き道の時とまったく違う。

「ねえ、ひろ」

明るく返事をすることを意識しながら、彼女へ顔を向ける。

「どうしたんだ？　里葉」

呼びかけたのは向こうだというのに、彼女はなかなか言葉を発さない。きゅっとした、今にも泣きそうな顔つきで、彼女がこちらをできるだけ見ないようにって、前のほうを見ている。

「……里葉。夜ご飯は、何を食べたいか？　今日も、お、俺のおごりだ。まだ、里葉が食べたことのないごちそうがたくさんあるぞ。今日は寒かったし、温かいものを食べに行こう。あ、温かいものじゃなくても大丈夫だからな。里葉の行きたいところに俺も行きたい。も、もしかしたら、また回転寿司にちゃれんじするのもいいかもな！　まだ食べていないのもたくさんあるし——」

流れを断ち切って、ポツリと漏らす言葉。

「行きは、わたしがやったから。肩、貸してくれませんか」

「…………いくらでも貸す」

俺の返事を受けて、ぽすっと勢いよく寄りかかった彼女が瞳を閉じる。すぅすぅと息をして、泣き疲れた子どものように彼女が眠りについた。ゆっくりと手を伸ばして、彼女を守るように、思わず頭を撫でる。

いったい何が原因なのか。何があったのか。それはわからない。けれど、雨宮里葉という人の根源に、触れる時が近いのだろうと確信していた。

里葉を……彼女を……ここまで追い込んだ奴は誰だ？　俺か？

彼女に抱いていた好感情が全て転じて、まだ見ぬ敵への悪感情となる。この感覚は、まるで、おれのだいじなひとを侮辱しやがった、アイツを殴ったあの日と同じ――

もしこれが、何者かの手によって行われたものならば。それで里葉が、悲しんでいるのなら。

誰かは知らないが……

許さな《ころす》い。

第五章　白藤の花

彼女がひどく落ち込んでいたあの日から、数日。あの時何があったのか何度も里葉に尋ねたが、とぼけるばかりの彼女は答えを返さなかった。頑ななまでに語らない彼女は、話すことを望んでいないのだろう。そう考えて、一度諦めたが……ずっとそのことが頭に引っかかっている。

慎重に。慎重に。準備を重ねて。そうやっていつもやってきたのに、その日を境に彼女が焦りを見せているような気がした。

静謐なる境内の中。参道。立ち並ぶ石灯篭の先に、お参りをする人が集まる拝殿がある。しかし用があるのは、そこじゃなかった。

俺は今彼女に連れられて、とある神社に訪れている。彼女曰く、B級ダンジョンであるという――大枝の渦が、そこにはあるというのだ。

仙台の広い土地の中でも、五つしかないというダンジョン。それは手水舎の前にあった。

スマホの画面に表示される渦の大きさはC級ダンジョンの何倍も大きく、取り込まれ渦巻く魔力の圧から、その強大さがわかる。

「……里葉。準備はいいのか？」

「ええ。しかし、ここからは本当に話が違います。事前にした話、覚えていますね」

「あ、ああ。しかし、本当にこの渦に潜っても大丈夫なのか？　準備を入念にしたわけでもないし、里葉らしくない」

「いえ、問題ありません。ヒロ。貴方こそ、らしくないですよ」

「……」

いつものように彼女と手を繋ぐ。目を閉じ見開いた先は、異界の中なんだろう。


白光から瞳を開けた先。

無窮の闇のみがこの世界にはあって、握る彼女の体温以外の情報がない。

何も見えない。そんな中で『直感』が、今自分が凄まじい危地にいると知らせてくる。その警告の激しさに、無意識のうちに呼吸を荒くさせた。いったい、何がいるんだ。

そんな状況の中。立ち尽くす彼女に合わせて、一歩の動きも取らないでいる。今、声を発していいのかもわからない。

しばらく経って、動きを見せていなかった彼女が、魔力をほんのすこしだけ発露させて両目にそれを集めていることに気づいた。

同じように、自分が持つ黒漆の魔力を双眼に集めてみる。するとだんだんと視界が開けてきて、場がどうなっているのか見えるようになった。これはどうやら暗闇なのではなく、目眩しをさせる煙幕のようなダンジョンの防衛機構らしい。


なんの装飾もない真っ白な四角形の部屋の中。

水の中を泳ぐように宙を行く、その妖異の姿に声を失う。視界を埋め尽くすほどに進むそいつらを警戒して、俺の『直感』は機能していたことに気づいた。

汚れた薄茶色。うなぎのような、蚯蚓《みみず》のもののようなうねうねとした細長い体つき。顔らしい顔はなく、代わりに円形の吸盤のような口がある。彼女の能力で俺たちの存在に気づかないそいつが、俺と彼女の間を横切った。


視界に映る、奴の口。荊棘《いばら》のような舌を中央に、円を描くようにして歯がびっしりと何重にも並んでいる。生理的嫌悪を呼び起こすその見た目に、戦うことが好きな自分が初めて相手にしたくないと思った。

「ヒロ。驚かずに聞いてください。この妖異の名は、渦鰻《うずうなぎ》」

白い部屋の壁際。そこには迷い込んだのだろうか、座り込むようにする鬼の妖異の死体……がある。そこには百を超える数の渦鰻が張りついていて、ヤスリで体を削り取るような、そんな不気味な音が部屋の中に鳴り響いていた。

「この渦鰻は侵入者の体に張りつき、肉を削り取ってくる妖異です。空を自由に行き来し、その小さな体躯では考えられぬほどに、一匹一匹は強靭です」

彼女の話を聞きながら、近くを通る奴らを凝視する。これが、B級ダンジョン。もし自分ひとりで突入していたら、幾千といるこの妖異を即座に相手しなければいけなかったというのか。

「加えて、この渦饅は毒を持っており、魔力の鎧を突破され一度でも吸いつかれれば、だんだんと体が動かなくなっていって、体が完全に麻痺します。ヒロ。ここは交戦を避け移動しましょう。生物に触れられたり私の集中が乱れたらこの透明化は解けてしまうので、奴らの位置を決して見誤らないでください」

彼女が一歩一歩を刻み、ゆっくりと進んでいく。DSの情報によれば、このダンジョンは全部で八階層。今までで最長であり、生半可な覚悟では突入できない場所だ。

DSと同じように、彼女はいざという時、緊急脱出をして表世界に戻ることができる。しかし、このように敵が幾千といれば、その余裕、隙もないだろう。脱出をするには、一定時間その場から動かないことを求められるからだ。

彼女と手を繋ぎながら突き進んで、やっとの思いで抜け出した白い部屋。

その先の部屋は何も変わらない、渦饅が蠢く部屋だった。今度は視界を遮る遮蔽物もあって、いつどこから奴らが飛び出してくるかわからない。俺は今里葉の透明化があるおかげでなんとか交戦を避け進むことができているが、こんな場所。どうやったら彼女抜きで攻略なんてできるんだ？

想像を絶する死地。しかしここはB級ダンジョン。

最上位となるA級ダンジョンは、何でできているのだろうかと単純に疑問に思った。

突き進む部屋の中。いったいいくつの、白い部屋を通ったのかはもうわからない。無意識レベルで渦饅の位置を把握し、左足にぶつかりそうになっていたそれを避ける。

彼女が少し俺のほうに寄りかかって、顔の目の前を通る渦鰻を避けたことに気づいた。ふたりで手を繋いだまま避けなければならないので、少し難しい。

ひとりでは潜りたくない、と彼女が言った理由がわかった気がする。これは比べ物にならない。余りにも精神を削る。現に彼女は俺と出会ってから初めて、汗をかいていた。

しかし、彼女ならば問題ないだろう。そう結論づけ、自身が失敗を犯さぬよう、集中しようとした時。

渦鰻の尾が、彼女の体に掠った。

「——しまっ⁉」

驚愕の声。一斉に俺たちのほうを向く、部屋中の渦鰻。即座に竜喰を手元に顕現させ、戦闘の準備をする。なりふり構ってなんていられない。

「里葉！　君は防御に徹しろ！　俺がやるッ！」

彼女の失敗を咎めたり、里葉ほどの手練れがなぜミスを犯してしまったのかを聞く時間はない。今はただ、この事態に対応する必要がある。

全身に展開される黒漆の魔力。強く飛び立つように地を蹴り上げて、竜喰を構えた。暴走するように震える刀身を、右に薙ぎ払って。

魔力の斬撃が、部屋全体を埋め尽くす。込めた魔力量が多かったからだろうか。その斬撃は鋭い刀のような形をしておらず、何かの前足のような形をしていた。斬り裂くというよりかは叩きつけるように、部屋中の渦鰻を吹き飛ばす。

「ヒロ！　もう一度手を！」

魔力の奔流が部屋に吹き荒れたとき。彼女の右手が俺の左手を摑んで、再び透明化を展開する。

その瞬間。


前の部屋から。先ほど通り抜けた、後ろの部屋から。道を埋め尽くすように雪崩れ込む、大量の渦鰻の姿を見た。獲物を探すように蠢く奴らは、血肉に飢えている。

これは、ヤバイ。


今ぶっ殺した渦鰻の数と俺の消費した魔力を考慮すれば、簡単にわかる。

正攻法で挑めば死が待っていると、ありとあらゆるスキルが教えていたような気がした。

「ご、ごめんなさいヒロ。一度通り過ぎた渦鰻に対して、油断してしまいました」

「……里葉。本当にらしくないな。どこか君は、精彩を欠いているように思う」

「いえ、私はやれます……もう時間もないから。急がないと」

握った彼女の手を使って、彼女を引き寄せる。やはり、ふたりでそれぞれ動くというのは少し危険だ。

彼女の腰の上に右手を伸ばして、しゃがみこみ足元に左手を差し込む。

「……ヒロ？　きゃっ！」

力の籠もっていない抵抗をした彼女を持ち上げて、お姫様抱っこの形にした。人を抱えるのって結構な重労働だけど、魔力で強化された身体能力を以てすれば、羽のように軽く感じる。

「里葉。君は透明化に集中していてくれ。回避に術の維持とこれは君の負担が大きすぎる。分担しよう」

彼女が俺よりも強いからといって、頼りすぎていた。それに、俺はまったく感じていないが連日のダンジョン攻略で疲労が溜まっていたのかもしれない。

……この前の何かから、精神的にも落ち込んでいるようだったし。

このダンジョンを出たら、彼女のために時間を使おう。それに、あれを渡したら元気を出してくれるかもしれない。

「……俺が君を守る」

「えっ⁉ で、でっでででもヒロ。こ、こんな人なんか持ち上げてうずうなぎを避けるなんて、あわ、あわあわわわわわわわあわあああわ」

かなりテンパり気味の彼女が、両手で口元を隠して不思議な動きをしている。やはり、調子が悪いのかもしれない。一度脱出するのも手だが、あれは魔力が激しく動く。必ずあの渦鰻どもに気づかれるし、今ここでは絶対にできない。

「行くぞ里葉。激しい動きをするから、両手を首のほうに回してほしい」

「…………は、はぃ」

彼女がしっかりと両腕を回したことを確認した後。強く地を蹴り、部屋の中を突き進む。

ここは移動速度を上げて一気に行くべきだ。ゆっくり慎重に行こうとすればするほど、逆に失敗する気がする。

跳躍。側宙からバク宙をして、空を飛ぶように。視界の端に映った渦鰻を、体を捻って避ける。このままだと彼女の裾が当たりそうだ。すれすれで避けようと、強く体を抱き寄せる。

「ぁ――」

集中しろ。

揺れ動き、目まぐるしく変わる視界の中。口を少しだけ開けて、じっと俺の顔を見ている里葉の姿だけが変わらなかった。まだまだ、渦鰻の道は続いている。実際に刀を握って戦っているわけではない。しかし視界を行く一匹一匹の渦鰻の位置を把握し、奴らの動き、進行方向、それを瞬時に読み取って回避するこの道は、戦いのひとつであるといえるような気がした。

突入した時に比べ、明らかに自身の空間把握能力が向上していることがわかる。目だけに頼るな。耳だけに頼るな。全て使え。『直感』を信じ、自分と彼女の命を懸け跳躍する。

視界の端。俺の腕の中でうずくまる彼女が、少し動いたことに気づいた。どうやら、俺の面頬をなぞっている。

「どうした？　里葉」

「え、いや、あわ、その、この面頬ヒロがカッコいいなって」

……面頬ヒロって何？

「……何を言っているかはよくわからないが、このまま頼んだ。たぶん、そろそろこの階層は抜けられると思う」

『落城の計』から推察されるこのダンジョン全体の構造を意識して彼女に言う。腕の中にいる里葉が、なんかぽやぽやしてるみたいでちょっと心配だ。

跳躍。新体操のように空中で回転して、両足を地につけ再び空を飛ぶ。三角飛びの要領で足を壁につけ、渦鰻の群れと群れの狭間を行き、今度は次の階層への階段が続く出口へ飛び込んだ。

階段を下りて向かう第二階層。何も変わらない白の部屋の空間で、また渦鰻がいるのではないかと思い少しドキッとする。第二階層の部屋の構造と見た目は第一階層と基本的に同じものの、どうやら奴らはいないようで、一息ついた。

「……」

お姫様抱っこをしていた里葉をゆっくりと下ろす。周りに敵影がないことを確認し、彼女が透明化を解いた。

「里葉。酔ったりとかしてないか？」

「だ、大丈夫です。ありがとうございました。ヒロ」

一度腕を伸ばし、正八面体を槍に変えた彼女が言う。ちょっと頬を赤くさせている姿を見て、暑かったのかな、とか思ったりした。俺、激しい動きしてたし。体が温まって汗ばんでいたかもしれない。もしそれが原因なら最悪である。

「しかし里葉……大丈夫か？　一度脱出するのも手だと思うけど」

「いいえ。ヒロ。心配しないでください」

その時。迫り来る敵の存在に遅れて気づく。

細長い触手を大量にぶら下げ雨傘のように角張った骨格を持つ海月《くらげ》のような妖異が、宙を敷き詰めやってきた。

近づく海月の軍勢。竜喰を顕現させ即座に構え、応戦しようとした時。

その海月が、何の前兆もなく突如として撃ち落とされた。灰となり爆発し、灰燼が白の空間に降り注いでいく。

「これ以上、ヒロに守られるわけにもいかないので」

凛として独り立つ。

己は助けられるだけの存在ではないと、言外に主張する彼女の佇まいに思わず見惚れた。

「ハハハ……里葉。君は本当に、俺にとって最高の女性《ひと》だ」

「えっ」

揺らめく剣の切っ先。宙に大量展開される、金色の武装。

お互い本気で肩を並べて戦うのは初めてかもしれない。ひとりでダンジョンに潜り妖異を倒していくのも楽しいが、これはこれでまた別の楽しさがある。

「行くぞ里葉。遅れるなよ」

「私を舐めないでください。それはこちらの台詞です」

混ざり合う黒漆と金青。ここからは、ふたりの時間だ。

振るう竜喰。吹き荒れる死灰の竜巻。

数なんてわからない無限の軍勢。今までのダンジョンで相手をしてきた有象無象とは違う。ダンジョンという軍事拠点を防衛することを考慮した明らかな主力。明確な目的を持ってやってくる裏世界の軍隊。

彼女曰く、兵器群に近いという妖異は、それぞれの理念がはっきりしている。奴ら一匹一匹を見てみれば、表世界側の兵器に通ずるものがあった。

空を埋め尽くす巨大な海月の軍団。気球のように空を浮かびゆったりと進んでいくそいつらは、空から紫電の爆撃を放ってくる。ステップを刻んで、閃光を描いたその軌跡を回避した。焼け焦げた跡が白の床につく。

敵がいるのは空だけじゃない。

威嚇する声を上げながらバラバラに散開し、俺の命を狙う齧歯類《げっしるい》の大群。奴らが今列をなし俺の元へ殺到する。

更に、後方にて守られ座り込む、でっぷりと太った小屋よりも大きいネズミが汚い口をおもむろに開けた。鋭い牙を起点として魔力が集中し、そこで必殺の弾丸が生成されていく。

揺れる残光。放たれる魔弾。飛来するそれは、大気を切り裂き――今！

竜喰を振るい、魔力の弾丸を弾いて食らう。続けて飛来してきた魔力の砲弾を回避し、着弾地点から立ち昇る魔力煙が宙に揺蕩った。やたら食べたがる竜喰を黙らせ、一部を狙って弾き飛ばし海月を墜落させる。

砲撃に対応する俺の隙を突こうと、噛みつこうと飛びかかる大型犬くらいの大きさのネズミ。お前らに与える隙などあるか。魔力の斬撃を以て鎧袖一触に吹き飛ばす。

戦車に歩兵。そして気球。実際には全然違うだろうが、そんな奴らと戦っているような気分だった。

竜喰と共に突き進む征途。果てしない軍勢を相手に、ネズミを斬り裂き続ける。

「ハハハハッ!!!!　かかってこい！　このドブネズミどもがァッ!!」

後方。前進する俺の背後を守り、敵を薙ぎ払っていた里葉が、突如として俺の隣にやってきた。

灰に塗れた槍を持ち、屈み込むような姿勢を彼女は取っていた。

「ヒロ。このままじゃジリ貧です。一気に決めます」

「わかった」

「私が空を堕とす。貴方は陸を」

槍を一度手放し右手を動かした彼女の動作に合わせて、あちこちで敵を蹂躙していた金色の武装が彼女の背後に集う。さらに彼女は床へ正八面体を落として、空へ浮かべる金色の数を増やした。

形を変える金色の武装たち。それは全て槍となって、寸分の狂いもなく整列する。

「『透き通るように 消えてしまえば』」

鋒を震えさせせる金色の槍たち。

彼女の構えを見て、海月たちは散開し回避運動を取る。射出地点は丸見えだし、奴らにとって避けることは難しくない。しかし、暴走する力を抑え込むように震える金色の槍は、透き通るように見えなくなっていく。

消えてなくなってしまった金色の槍に、唖然としていた時。

突如として海月の群れが烈風に切り裂かれ、その全てが墜落した。

（嘘だろ⁉　槍の動きも音も気配も、何もわからなかった！　彼女の能力は、武器にも適用することができるのか⁉）

口には出さぬものの、内心途轍もない衝撃を受ける。彼女の技はまるで雨のように、来るとわかっていても避けられない、見えない一撃のようだった。

……彼女に負けていられない！　彼女は俺に陸を託した！

ホルスターより取り出したスマートフォン。鞘を素早く顕現させ、竜喰をそれに収める。

『秘剣』はこの状況ではあまり役に立たない。なぜならあれは一匹を食い殺すことに特化しているため、大群を相手にする今では隙を晒すだけだからだ。

全力で竜喰に黒漆を込める。そもそもを考えれば、『秘剣』も剣に込められた魔力によって成し得ている奇跡だ。同じように魔力を込めれば、この状況に適した技を放つこともできるはず。

鳴らす鯉口の音。左手で握った鞘と右手で握る柄。魔剣流の知識を活かし、自分の考える戦闘理論の下。

　刀を引き抜く――――!!

「『太刀影』ぇッ！」

　横一文字に軌跡を残す、濃青の輝き。

　世界を真っぷたつに切り裂いたようなそれは残光を残した後、鼠の体を纏めて斬り落とした。

　左から右へと、灰燼となり爆発する音が続いた。めちゃくちゃ、気持ちいい。

　少しの疲労感はあるが、まとめて敵を潰すことができた。里葉は元々そうっぽかったけど、俺のワンマンアーミーぶりもひどくなってきた気がする。

「……なんかヒロは、プレイヤーというよりも妖異殺しに近くなってきていますね」

「そりゃ、教えてる人が妖異殺しなんだから寄るだろう」

「しかし、とんでもない戦果です。本来であれば、妖異殺しも徒党を組んで大枝の渦に攻め込んですよ？」

　はあと呆れがちなため息をついた里葉を見て、なぜか少し元気が出た気がする。彼女にらしさが戻ってきたような気がした。

　零すように彼女が呟く。

「でもこれなら……本当に……大樹そのものを……」

「油断するな。里葉。まだここは二階層だぞ。俺たちでも危ないのが出てくるかもしれない」

　考え事を始めた里葉相手に、思ってもないことを口にしてみた。

「ふふ。私たちなら大丈夫ですよ。きっと。ヒロの具体的な戦闘理論、やりたいことが、私にはもうかんぺきにわかりました。もう少し、見ていたいですけど」

彼女の言葉を聞き、首を傾げる。ちょっとどういうことかよくわかっていない。

しかし……まあ……まだまだこの手で斬り裂けるモンスターがいることが、こんなにも嬉しいとは思わなかった。攻略に成功して、ダンジョンを出た時のことも楽しみで仕方がない。レベルは絶対上がっているだろうし、スキルも得られるはずだ。

「ふふふっ。ヒロ、本当に楽しそうですね。絶対に、ぜったいぜったい、いけないんですけど私も――」

開いた手のひらで、口元を覆う彼女。

「たのしく、なってきちゃいました」

「ハハハ！　良いな！　流れに乗っていこう」

階層の階段。また彼女とふたり、意気揚々と下りていった。


気が狂うほどに長い白の部屋を突き進んでいく。

山を再現した白の部屋。

森を再現した白の部屋。

そうやって部屋の中を突き進んで、変わった階層に合わせて攻めてくる妖異を討ち取っていく。

第一階層は、それを突破できぬものはそもそも攻略する資格がないと言わんばかりの渦鰻で満たされた階層。第二階層では鼠と海月の軍勢と交戦し、見通しの悪い白の森が続く第三階層では、雷撃を放つ鹿の群れと相対した。第四階層。俺たちを迎え撃つように構えられた中華のものに近い城塞では、勘弁してくれと思いつつも、城壁とそれを守るモンスター相手にたったふたりで攻城戦を行った。

あの城壁はどうやら魔力を弾く性質を持っていたらしく、竜喰の斬撃の効果が薄かった。壁の上から見下ろすようにして、魔弾の光線を放つ奴らを落とすのには非常に苦労したし、これがB級ダンジョンかと痛感している。階層ひとつひとつの重さが、C級ダンジョンそのものに匹敵していると感じていた。

ふたり座る城壁の上。見晴らしも良く、美しい風景でもあれば感動的なんだろうけど、ここは生憎白の世界。何もかもが白色の石材のようなツルツルした何かで作られていて、景色に色がない。

『ダンジョンシーカーズ』から取り出したレジャーシートと、突入する前コンビニで買ったおにぎりと飲み物を手にする。

「ヒロ。私たちはこの渦の折り返し地点までくることができました。疲労困憊しているわけでもなく、魔力にも余裕がある。すばらしいです」

ビニール袋の中から、ガサガサとおにぎりを取り出した彼女がそれを開けようとしていた。

「ああ。本当にめちゃくちゃ楽しい」

パッケージに書かれた番号を見ながら、うーんと顔を顰める彼女。そのまま俺に返事をする。

「ヒロ。しかしながら中間地点ということで、おそらくここからまた様相が変わります。油断しないで」

「と、いうと?」

足を崩し座り込んだレジャーシートの上。一度体を起こし四つん這いの形で彼女のほうに寄って、彼女が手に持っているおにぎりを順番どおりに開けてあげる。これ、初見だとマジで開け方わからないんだよな。

おぉ……と感動し俺に感謝の言葉を述べた里葉が、ごほんと咳をした後に続けた。

「ここまで私たちが相手にしてきたのは、軍勢と形容するにふさわしい敵ばかりです。しかし〝渦を守る〟という理念の下設計され、戦略が練られた上級の渦が、一辺倒にそれだけで来ることはない」

「ここからは罠が増えたり、少数精鋭で当たってくるってことか？」

「そうです。前、渦の四つの分類について話をしましたが、基本的な理念は分類と同じようにしつつも、上級の渦では所々で搦《から》め手を加えてくる」

一息つき、両手に持った梅おにぎりをパクリと食べた彼女がもぐもぐしている。

動きがリスみたいで可愛い。あざとい。

「先ほどまでとは違う。故に私は、立ち回りを変えようと思います」

彼女がペットボトルの蓋を開けて、緑茶を飲む。

「ヒロ。私は、貴方が戦場でやりたいことがわかる。だから私は今から、徹底的に合わせようと思います」

「……予めどんな感じか知っておきたいが」

「私はひとりでも強いですけど、真価を発揮するのは援護に回った時なんですよ。まあ、すぐにわかります」

ペットボトルの蓋を開けて、期間限定の抹茶ラテを一服。話を終わらせたと取った里葉がまたもぐもぐし始めて、おにぎりを食べ切った。俺の開け方を見て学習した里葉が、自分でおにぎりを順番どおりに綺麗に開封した。どこか満足げで、子どもっぽくて可愛い。

「あ、ヒロ。その飲み物期間限定のやつですよね。私にもください」

「ああ。いいぞ」

ルールを作ったりする割には、彼女もだいぶダンジョンの中でリラックスしているような気がした。


休憩を終え、第四階層の階段を下りて踏み入れた第五階層。起伏のない真っ平らな白の部屋を行き、その先で。

白の柵が打ち立てられ、見張り台のある砦のような場所を発見する。倉庫のような小屋がいくつかあって、詰め所のようになっていた。

そこを、西洋の騎士のもののような全身鎧を纏った妖異が、砦の中をカツカツと音を立てて歩いている。兜と甲冑の中にあるべき顔や体は見当たらなくて、鎧そのものが歩いているようだった。

(リビングメイルというやつか。もっとずんぐりむっくりした奴を想像していたが、随分とスリムで背が高いな……)

援護に徹する、と言い放った里葉。彼女が俺に伝えたのはいつもどおり戦ってくれればいいということだけ。それはそれで困るんだけど、どうしたものか。

リビングメイルたちは凛然とした姿で整列し道を歩いている。特に先頭を行く、マントを纏い大剣を肩に背負った奴がぶっちぎりで強そうだ。

構え、魔力量からして、おそらく下手な伝承種よりも強い。技を考慮すればもっと上かもしれない。里葉、本当に合わせてくれるのかな……というかどこにいるかもわからないし。つくづく、彼女と戦ったあの時は本当に手加減されてたんだなと思う。それか、何かに動揺してたとか。

まあ、いい。里葉がいないものと考えて、このB級ダンジョンの敵を楽しもう。

構える竜喰。込める魔力。砦の柵ごと吹っ飛ばしてやろうと魔剣を振るった俺に合わせて。

彼女の武装である金色の槍が、突如として空から降り注いだ。それは物見櫓を破壊し、警戒していた白の歩兵を断ち割って、一気に破壊する。

脚部に魔力を込め空へ飛び立つように跳躍。空中で回転し、砦の中央に着地しようとする。俺の動きを見て、着地地点を取り囲もうとする鎧の歩兵の姿を見た。

思わず舌を巻く。飛び込んで一気に勝負を決めようと思ったが、こいつら、想定より対応が早い。

両足で踏みしめるように着地し、ひび割れが走る白の床。間違いなく着地の隙を取られる。実際に空から、奴らが魔法を撃とうと準備しているのが見えていた。

しかし、なぜか俺を取り囲んでいた奴らに動きがない。むしろ奴らは驚愕し、辺りを見回している。

まさか。

遅れて認識する。この砦にいる全ての鎧が俺の姿を見失った。見上げた小屋の屋根上。しゃがみこみ、俺に向けて右手を伸ばす彼女の姿を確認する。

予想どおりならば。

竜喰を下段に構えて再び魔力を込める。カタカタと震え出してなお、それを止めない。魔力の操作に全集中力を費やして、決定的な隙を晒している。しかしながら、その選択は何者にも遮られることなく成功した。

刀を右から左へ薙ぎ払い、体を一回転させ魔力の斬撃を円状に飛ばす。

防御の姿勢を取らぬまま突如として腰元を切り裂かれた白の歩兵の、上半身がずり落ちた。

攻撃して初めて、マント付きのリビングメイルが俺に気づく。そいつは三本しかない指をハンドサインのように動かして、周りの鎧の指揮を執った。

刹那。

奴が指示を出したタイミングで、白の歩兵は空から降り注いだ何かに撃たれ、崩れ落ち灰燼となった。嘘だろう?

これが、妖異殺し。雨宮里葉の真価。

完全な隠蔽効果を持つ透明化。それは自身、味方、武装へ適用できるという。そして彼女自身の武装は、俺の竜喰のような特殊能力を持たぬものの、浮遊し大量展開が可能な変幻自在の金色の業物。

幾ら何でも強すぎる。チートとかってレベルじゃねえぞこれ。

右足で強く地を蹴り上げ疾駆する。剣をとっさに差し込んだマント付きの鎧は、俺の一撃を防いだ。

竜喰でも斬れないとは。随分と堅ぃ！

連撃を放ち一方的に攻めていく。しかし揺るぎない奴の守りは盤石で、押し切ることができない。白の床を滑るように進む右足。そのまま足を開いて股を裂き、滑り込むように奴の視界から消える。

きっと、彼女なら。

すぐそばにいるにもかかわらず、俺を見失ったのであろう奴が少し構えを緩めさせる。体を回転させ、回り込んだ右方。奴の首に竜喰を突き刺した。

しばらくの時間が経って、奴が灰燼となり爆発する。竜喰の刀身を肩に載せ、近くに来ていた彼女のほうを見た。

「ヒロ。今の感じで、このまま行きましょう。貴方がひとり突っ込んで戦って私がそれを援護します。きっと、これが最も良い」

あんな真正面から戦えるのに、里葉の本領は支援なのか……

「……そうだな。今の感じならかなり効率的に攻略ができるかもしれない」

俺が敵の注意を引き暴れまわって、里葉が雑魚を一気に片付ける。少し手こずる強力な敵がいれば、彼女の能力を駆使して、竜喰を持つ俺が奴らを狩る。連携は完璧だ。先ほどの動きといい、息ぴったり。

「よし。里葉。この調子で第五階層を突破し、ボスがいる第八階層まで一気に行くぞ」

「ええ。前衛、よろしくお願いしますね。ヒロ」

「里葉も。援護頼んだ」

面頬に触れ、なんとなく一度、それを付け直す。突き進むダンジョン。彼女と共に行くこの至福の時間が、無限に続いてほしいとすら願っていた。

……里葉とともに、罠だらけの第六層を抜け辿り着いた第七層。このダンジョンのボスがいるであろう第八層の最後の盾となるこの階層の防備は、アホみたいに堅かった。

白い草が生え風に靡く白亜の平地。そこでただ愚直に、剣を振るう。

「ハァハァハァ……!!」

B級ダンジョン。第六階層は、裏世界産の想像もつかないような罠で埋め尽くされていた。降り注ぐ毒雨。滑り落ち登ることができない蟻地獄のようなものに、足を踏み入れた途端、一斉に壁から生えてくる魔弾を放つ杖。俺のハリウッドニンジャ装備が異様に映える、スパイ映画のようなアクロバティックな動きを連発しなければならなかった。

特に網目の小さい魔力のレーザートラップが通りを埋め尽くした時は、流石に冷や汗をかいた。透明化を解いた里葉を抱き寄せ、普通に竜喰で凌いだけど。

そんなモンスターを相手にする以上に、バカみてえに神経を削る第六階層を抜けた後、訪れたこの第七階層。

地平線を埋め尽くすモンスターの群れ。整列し陣形を組んで並び立つ敵軍。再現された白の平原を、ダンジョンの中の夕焼けが照らしていた。

斥候のモンスターを斬り殺し奴らを見渡す丘の上。白の岩に右足を乗せ、刀を水平に構える。

魂に刻まれた術式たち。『武士の本懐』、『翻る叛旗』や『一騎駆』が知らせてくる。

目下。数千に届くのではないかという妖異の軍勢。

この地こそが、お前の魂が震える舞台《ばしょ》だと。お前の魂は余りにも、近すぎるって。お前は何故、あの時代に生まれなかったのか。いや、今お前が生まれた時代こそ、その時を再び迎えようとしているのかって――

どこが敵の穴かを必死に考え『直感』的に好機を見出した後、考えることをやめる。そんな俺の横に、ずっと俺のことを隠れて援護していた彼女がやってきた。

「……どうした。里葉。俺は往くぞ。俺は戦場《いくさば》にて咲き誇る花となる」

「……ヒロ。高ぶりすぎです。ここまでの階層で、あなたはかなりの妖異を潰してきました。それにここからの戦、一息つく間もないでしょう。八階層に足を踏み入れれば、即座にこの渦の主と交戦になる。今、『ダンジョンシーカーズ』でヒロを強化すべきです」

「……おお、そうか。そのとおりだな。里葉。ありがとう」

荒々しい手つきでホルスターからスマホを取り出す。それを操作してステータス画面を開いた。

プレイヤー：倉瀬広龍
LV．76
習得スキル☆『不撓不屈の勇姿』『武士の本懐』『直感』『被覆障壁』『翻る叛旗』『一騎駆『落城の

計』『魔剣流：肆』
称号『天賦の戦才』『秘剣使い』『魔剣使い』『城攻め巧者』『月の剣』『好一対』『DS：ランカー』
レベルは……B級に突入してから5も上がっている。加えて新たにふたつ称号を獲得し、最適化がいくつか可能になっている。まずは、称号のほうを見よう。
称号『月の剣』
三日月のように満ちていく大器。それは揺るぎなき大望となり、人々を照らす。
……『天賦の戦才《いくさびと》』並みに、意味不明な称号がまた増えた。特に効果があるわけでもなく、困りものである。まあ、スルーしとこう。スルー。
称号『好一対』
平穏の時を仲睦まじく過ごし、戦地では背中を預け行く一心同体のふたり。ふたりでいないことのほうが違和感を覚えるほど似合いの男女。〝彼女〟を連れ、戦地へ向かう際身体能力を強化。
スルーできないやつきた。
「へあ……？」

「何かあったのですか？　ヒロ。私にも見せてください」

画面を覗き込む彼女。文言を読んでいくにつれ、今までで見たことがないレベルで目がまん丸になった里葉の顔が、りんごみたいに真っ赤っかになっていく。今にも火を噴きだしそうだ。

「あ……いや……その……ヒロ……た、たましいにわ、わわわわたしががが、いや、え、どうやって……」

「…………他のスキル、最適化できるみたいだ」

「あっ、あそうですね。よ、よよよ妖異の軍勢が目の前にいるんですよ。い、いいいいそがないと」

「……落ち着け。里葉」

ステータス画面。今はとにかく考えることをやめて、最適化の項目を開く。そこに表示されていたのはひとつの項。

『？？？』

なんだこれ……

「里葉。なんか、なんの素材も利用せず最適化しようとしているものがあるんだが」

一度深呼吸をして、お仕事モードに入った里葉が言う。

「あ、それはたぶんヒロが術式の支援なしにできたことを術式に書き起こし、効率化させスキルとするものですよ。やったほうが得です」

「わかった」

『最適化しますか？』というメッセージを承認し、すでに何度か見たことのある演出を見る。そこで飛び出てきたのは――

『空間識』
空間における物体の位置・動向・大きさ・形状の把握を容易にする。

スキルを習得した途端、世界が変わったかのような錯覚を覚える。今握る刀の在り方が変わったような気がするし、今横に立っている彼女の位置が克明に理解できる。これが、効率化ということか。目の前から聞こえるのは、モンスターどもが歩く地鳴り。整列し俺のいる元まで突き進んでくるやつらは、明らかに軍隊として統率されていた。

横陣を広げる彼ら。右方には石の巨人を備えた堅牢な守りに、左翼には攻撃力の高そうな妖異を集めている。最も陣容が分厚い中央には、雑魚ではあるがゴブリンやオークといった魔物が所狭しと並んでいた。

加えて、航空戦力であろう。極彩色の怪鳥が空を支配している。また、本陣にいる妖異は明らかに様相が違うように見えるし、ボス部屋へ行く階段を守っているやつらは別格なんだろう。

丘の上。奴らの姿を見て突破口を探る。目を細め考え込んでいたその時。

左翼から、ケンタウロスの軍隊が速度を上げ突撃を開始した。まったく。俺と里葉を相手に、軍と軍の戦い方を始めようとしてやがる。

「里葉。敵の本陣のような場所。あそこに、次の階層が続く階段があるんだな」

「……間違いなくそうです。あれが、彼らにとっての最終防衛線。あの群れ……いや、軍を抜いて行くのは相当厳しいですよ。ここは余りにも広すぎるし、目立った地形もない。ここまでで少々消耗しすぎました。透明化を試そうにも、おそらく途中で切れます」

……俺の戦才は、この規模の戦いにも通ずるのか？

否。通してみせる。いやしかし……里葉という、戦略を戦術で破壊できてしまう最強の存在がいる時点で作戦もクソもないか。

「里葉。話がある」

†

丘の上。白の世界の中。裾からポロポロと落とした金の正八面体の盾が、合わさって方舟となる。その上にふたりで乗り、空を飛んだ。

「……途中まではできますが、本当に行けるんですか？　これ」

「大丈夫だ。俺たちの目的は、次の階層へ行くこと。あの軍勢を全て相手にする必要はない」

「ヒロなら、真正面から突撃すると思いました」

「君を連れてそんなことはしないさ」

「……それ、私がいなかったら行くってことですよね。流石に死にますよ。ヒロには、やっぱり私が必要です」

「……」

敵の軍勢の真上。バサバサと翼を叩き、滞空する怪鳥。奴らに向け、展開されていた彼女の槍が照準を合わせる。

「じゃあ、始めます」

彼女が透明化を解き、怪鳥に向け金色の槍を放った。瞬間。俺は彼女を抱きかかえ、剣を掴み黒漆の魔力を動かす。

さまざまな能力を持ち、名刀、妖刀とされる魔剣。しかしそれらには、里葉曰く、ひとつの共通する能力があるらしい。

それは、魔力を通した斬撃の実体化。剣の属性に依存するそれは暴風を巻き起こし、雷電を操り、吹雪を訪れさせるなど。魔剣の魔力を、力を引き出すことができるという。

では、この『竜喰』の能力は何だろうか。それはただ、シンプルに喰らっていくだけ。

敵の本陣の真上。金の方舟を飛び降りて、空から降りていく俺と里葉。ありったけの魔力を竜喰にぶち込む。

好きなだけ、喰らえ。

剣の鋒から現れ出た濃青の魔力は形を変え、金砕棒のように太い筒となる。揺らめく濃青の質感が、何かの体毛のようだった。

「やっぱり……これは……」

呟く里葉の声を無視して、空より突きを放つ。実体化された濃青は勢いよく着地して敵本陣を踏み潰した。

あの魔力に触れたもの全てが、喰われてしまっている。灰塵も消え真っ平らな白の中。階段を発見した。

「ヒロ……えげつないですねー……」

この距離まで敵に気づかれることなく接近できる能力を有している里葉のほうがえげつないと思う。

彼女の盾を使い空で減速する。急襲を受けたことに気づいた妖異の軍勢を置き去りにして、階段に着地した。目指すは次の階層。このダンジョンを、俺たちは攻略する。


突き進む階段。下り立った第八階層。

ドロッと体に纏わりついてくる、大気中の濃い魔力。戦いに備え、目配せをした里葉が透明化を使い消失した。

彼女に言われなくたって、わかっていた。途轍もない妖異が現れるのだろうということは。

常に光源があり明るかった白の部屋は今、暗くて狭い、湿地のような場所になっている。汚れきった白の部屋には俺の体ほどの大きさがある落ち葉に、朽ちた木、石が山積みになっていた。

ずっと、妖異が優位になるように地形や施設を再現し続けていた白の環境が今初めて、妖異によって染め上げられている。


俺の目の前。朽ちた大木を登り、やってくる無数の足音。

赫灼の長髪。整った儚い顔立ち。どこからどう見ても人間の少女のように見えるその妖異は、甲殻の鎧に包まれた上半身だけを朽ちた木の上で見せている。肌色を少し晒し、妖艶な雰囲気すら醸し出していた。


奴が、生理的嫌悪を覚えさせる無数の足音を再び鳴らした時。

その下半身を晒して、体を爆発するように膨張させた。

『がちゃげろががが、がけきしゃあしゃしゃさあしゃ』

その醜怪さに、息を呑む。甲殻が全身に纏われ、光沢を見せるそれは、禍害そのもの。

五メートルを超える巨人のものとなった上半身。そして露《あらわ》になった奴の下半身は、百足《むかで》のものだった。

奴の登場に合わせて、小さな百足が木々の隙間から這い出るように湧き出てくる。

幾千という百足の群れ。さざめく足音が部屋に響き、地を埋め尽くすその群れが俺の下まで到達した。

俺の真下を歩いていた一匹が今、俺の足に這い上り始めた。普段だったらこいつを振り落とすように足を動かすんだろうけど――


俺を見据える赫灼の双眼。それは魔力の煌めきを残して。

今、そんな隙を晒したら間違いなく喰われる。直感的にそれを確信した俺は微動だにせず、奴と相対した。

ぶつかり合う視線と視線。奴の行動の起こりを見逃してはならない。

体を登っていく無数の百足。今一匹が、面頬の上を登り切って頬を歩いた。動いては、ならない。

『がキャッキャキキきキキ』

奴はこちらを上から眺めている。そんな奴が、鷹揚に両手を動かした。

魔力の輝きが灯り、赫灼が何かを形作っていく。幾何学模様を描き、生み出されたのは複数の棘を備えた鉄球を穂先に持つ槌……モーニングスターを奴が両手で構えた。


そう来なくては。

立ち昇る黒漆の魔力。それは彼奴の体に纏わりつくように。

不撓不屈の精神を以て。いかに醜悪な敵であろうと俺は立ち向かう。


手にした竜喰で霞の構えを取る。脚部に魔力を集中させ、血湧き肉躍る戦に身を投じようとした刹那――

奴が、見えない槍の雨を右方から浴びた。

ぶつかり合う赫灼の魔力障壁と金色の槍。顔を両手で守り、その特徴的な外骨格を盾として攻撃を防いだものの、百足の足を少しだけ吹き飛ばされた奴が空に浮かぶ里葉に気づいた。

『キャシャぁあああああッッ!!!!』

見上げ威嚇するように叫ぶ渦の主。

槍の暴雨に晒されてなお、何か手傷を負っているようには見えない。

なんという。彼女のこの奇襲で殺すことができなかった妖異は今までいなかったのに。

振るわれる爪牙。放たれる赫灼の魔弾。迫るそれを空中で回避し、屈み込むような姿勢で俺の横へ降り立った里葉が口を開く。

「ヒロ。この妖異は新種です。このような容姿の妖異を、私は見たことがない」

傍に舞い戻ってきた槍たちを備えて、彼女が言った。

「伝承種上位〝百足姫《むかでひめ》〟とでも言いましょうか。今まで相手にした伝承種よりも一枚も二枚も上手です。注意してください」

「ああ。里葉。今までどおり援護を」

頷きを返し、金青を残して消失する里葉。

歩き出した俺を目で捉えた〝百足姫〟が、その大槌を薙ぎ払うように振るう。先に取りつけられた鉄球は、俺の体よりも大きい。竜喰を差し込み、まずは受けた。剣と槌がぶつかり合う甲高い音が響き、魔力が波立つ。

奴の攻撃を受けたタイミングで、即座に跳躍し左方へ引いた。奴の力に乗せられて、想定していたよりもかなりの距離を移動してしまった。

じんじんと痛む両手。これは、重すぎる。受けた力を外へ逃がさないと、腕が吹き飛んでしまいそうだ。

しかし、重いからと言って速度を伴っていないわけではないらしい。

視界に映るモーニングスターの軌跡。残像を残すほど速く振り放たれたそれは、まるでその場に四本の鉄球があるようで。

右、左、右、上。

左手で刀身を支え、上から振るわれた一撃を受け止める。それをなんとか弾き返して仕切り直した。

『ががぎゃがっがしゃあが』

姿勢を低くさせる百足姫。駆け抜けるように突如として動き出した奴は壁を登り天井を這って、あちこちへ動いていく。それを追いかけるように金色の槍が弾幕を形成するが、蛇行し回避運動を取る奴を捉えきれていない。

「野郎……」

奴の見た目に似合わない、軽い着地音が鳴る。

天井から突如として着地した奴が回転し、毒付きの尾で薙ぎ払おうとする。百足の二本の尻尾から飛び散った毒が一滴、触れるだけで俺の魔力障壁を溶かしていった。上等。真正面から迎え撃つ。

力強く地を蹴り、尾が迫る前に竜喰を振るった。奴は咄嗟に軌道を変え回避しようとするも、毒付きの尾のひとつを竜喰が完全に捉えた。

斬り飛ばし喰らう百足の尾。こんなゲテモノ食って嬉しいのかは知らんが、歓喜している竜喰。

かつてない敵との死闘が、今、始まった。

奴の尾を切り飛ばしダメージを与えてからしばらく。ずっと、有効打を打てず、斬り結び、互角の状況が続いている。

振るわれる鉄球の槌。あの重い一撃をこれ以上受けるのは得策ではないと、体を捻り回避を試みたが槌が起こす烈風に晒された。

魔力障壁がその勢いを殺しきれず、こめかみに切り傷を負った。流れる俺の血が頬を伝って、面頬を赤色に濡らす。より速く魔力障壁を再展開しようと、黒漆の魔力を高めた。

ある程度強い妖異になると、皆『魔力障壁』を持っている。俺たちの体を守るそれは名前だけを聞くと一枚の壁を想像してしまうが、実際はオーラのように纏うものだ。揺らめくようなそれにこう形容するのは不自然であるが、障壁が耐えきれない一撃を貰えば文字どおり完全にそれが割れ、生身となってしまう。

『がきゃががっがしゃああああああ!!!!』

「くっ――――!!」

這い出る百足姫。右足で力強く地を蹴り、回避するとともにすれ違いざまに振るう竜喰。それが奴の障壁を削って、赫灼の破片が煌めきを残し舞い散った。

態勢を立て直し、反転。再び向かい合って、突撃する。槌を使っている奴と剣を使う俺では、俺のほうが速い。

しかし奴の手元を見た時、思わず瞠目した。

奴はモーニングスターを手離し、俺の首目がけて右手を振るっている――――!

「……チィッ!」

真っ直ぐに放たれる鋭い爪。すでに振り上げた刀。その一閃を、防ぐ手はない！

身体中の魔力を掻き集め、攻撃に備えた時。何かが奴の右手を阻んだ。

甲高い音を鳴らしてそれが、宙に弾き飛ばされていく。間一髪。横へ跳躍して右手の一閃を回避した。

吹き飛ばされたそれを、視界の隅に捉える。俺を守り抜け出す隙を作ったそれは、金色の盾。里葉は、俺が不意打ちを喰らうことを見越してこの盾を配していたのか!?

空に立つ彼女の姿を見る。流石の里葉でもこの妖異の相手は神経を削るのか、少し汗をかいて息を荒げさせていた。俺がじっと見ていることに気づいた里葉が、えっへんと笑う。

「……助かった里葉！　惚れ惚れするような戦術眼！　というか本当に可愛いぞ里葉！」

「えっ!?　ど、どういうことですか!?　それ関係ありますか!?」

俺の返答に対し、驚きの声をあげて聞き返した彼女。今は会話をしている場合ではない。

一度距離を取るため、後方に跳躍する。

彼女とふたり連携を取り、全力で攻めているが余りにも奴が硬すぎる。〝百足姫〟はただ力任せに鉄球の槌を振るう単純な奴だが、彼女とふたり猛攻を仕掛けてもまったく効き目がない。火力が足りない。『秘剣』を使おうにも、連戦続きの今では完璧な一撃を振るえるかわからないし、そもそも奴が撃つ隙をくれない。

『がきゃさしゃあああああァッッ!!!!』

この状況に際し、里葉も決め手を欠いているようだった。笑みを浮かべたものの、宙に浮かぶ彼女はだらだらと汗を流していて、血の跡が衣服についている。表情を少し歪ませながら槍を構えたその姿を見て、ひどく動揺した。

守りの堅い奴とは明らかに相性が悪いし、疲弊している――

最悪の想定をしろ。それは俺がしくじり倒れて、彼女が独りで戦う光景。


それだけは、許してはならない！


彼女の足りない部分は、俺が埋める。

「里葉！　良い機会だ！　あれを使うッ！」

刀を一度振るい、鋒を下に向ける。今まで、一度も使うことのなかった俺だけの術式《スキル》。身体中の魔力を循環させ、一種の瞑想状態に入り彼女の返答も聞かず呟いた。


「――今ここに『不撓不屈の勇姿』を」


発露する黒漆の輝き。俺の特異術式《ユニークスキル》を発動する。

瞬間。爆発する魔力の奔流。枷を取り外したかのように、軽い体。疲れ切って深く眠った次の朝、目覚めた時に感じるような全能感が俺の体を包んでいる。

まずは軽く跳躍。空を突き進む速度は、普段の何倍もの速度。

瞬間。脚部にかかる重圧。このスキルは肉体の限界を超えるだけのもので、それに伴う激痛、怪我を治してくれるわけじゃない。しかし、そんな本能的に感じてしまう痛みの恐怖にさえも、彼女のための勇姿なら、立ち向かうことができるんだって確信していた。

勝負はこの刹那。

飛来する俺の姿を見た〝百足姫〟が、瞠目し迎撃のモーニングスターを放つ。

「竜喰」

視界の中。ぶれたように見えた刀身が鉄球の核を喰らい、それをバラバラに破砕させた。

唖然とする奴の背後に着地する。奴の姿を横目に見て、鼻で笑った。

体を捻り右腕を伸ばして、俺を迎撃しようとする奴の動きは余りにも鈍重。

奴の肩の上に取りついて、駆けた俺は。

奴の顔目がけ、竜喰を本気で強く振るった。

顔を削り取るように発動した竜喰の『暴食』は、奴の脳髄にまで及んでいる。

即死した奴の体が灰燼となり爆発するのに合わせて、能力の行使を切った。

空中。今度は金縛りにあったかのように体が動かせなくなって、そのまま地に落ちていく。

宙を駆け抜ける彼女が、両腕で俺を受け止めた。

「何をいきなり無茶しているんですか！　今すぐ治癒の術を使います。まったく本当に……！」

「あり、がとう里葉。カハッ、ゴホゲホッ！　ハ、ハハ。さっきとは立場が真逆だな」

「……そんな軽口を叩く余裕があるなら、大丈夫ですね」

彼女の金青の輝きが全身を包んでいく。傷口を塞ぎ俺の魔力の循環を促すその動きは、なんか優しくマッサージを受けているようで、お風呂に入った時みたいで、すごく落ち着いた。

「……すまない、里葉。少し、だけ、寝かせてくれ」

「え？　ちょ、ヒロ⁉」

消え行く意識。朧げになっていく視界の中。気を失いそうになっている俺を見て、あわあわする里葉の顔が見える。やべー。やっぱめちゃくちゃはちゃめちゃ可愛い。むちゃくちゃ可愛い。もうオチる直前だから、理性も語彙力も全部飛んで本能的な思考になっている。


ガタガタ理由をつけているバカな頭が今、素直になった。

彼女と出会ってから、ふたりで過ごした時間のどれもが楽しくて。

頭に浮かべる光景。あの並木道。

彼女がくれた暖かさに、もう嘘をつけない。あんなふうに受け入れられて、惚れない奴がいるのか。

なんて愛おしい。雨宮里葉という女の子のことが、俺は好きだ。

人生で、初めて抱く感情。辛いけど心地よいそれは、とても不思議で。

馬鹿みたいに全身が痛くて、その確信を抱いたまま世界が遠のいていく。

かのじょなら、またなんとかしてくれる。だいじょうぶ、だろ。

そう思って、瞳を閉じた。

†

朽ちた木に石。水滴の落ちる音が、不思議とよく響く。透明化させた盾の上に乗り、空中で彼を抱えたままの私はため息をついた。『不撓不屈の勇姿』という特異術式を使用し気の流れも筋繊維もぐちゃぐちゃにして、百足姫を討ち取った彼が気絶している。私は、どうすればいいのだろう。

渦の管理部屋である主の空間を抜けない限り、崩壊が始まることはない。彼が目覚めるまでここにいることはできる。

ヒロはいつも、報酬部屋に行く時は楽しげにしていたし私が勝手に行ったら悲しむかな。

〝百足姫〟が消えるとともに、全ての生命が消え去った私と彼だけの空間の中。大枝の渦を攻略してみせた彼の頭を撫でた。

本当にすごい。ここまでの実力を備えれば妖異殺しに舐められることはないし、尊重もされると思う。

そうなれば、彼ひとりでも。

(どうして、なんだろう)

最初はただの仕事だった。だから私も一線を引こうとしたし、彼もそれに乗っかって私を利用しようとしているような感じだったと思う。だけどふたりで時間を過ごすうちに、だんだんと心の距離が近づいていって。

　彼といると楽しい。すっごく、すっごくすっごく楽しい。

　彼は私を振り回しているように思うしそれは反省してほしいけれど、私自身振り回されることを楽しんでいるような気もする。

（こんなに楽しいと思ったのは……子どもの時以来かな）

　無垢に思い出す景色。それを遮って頭の中をずっとちらつく、どうしようもない現実。そうだ。私は彼と過ごす間、それを忘れることができていたんだろう。

　白の床に降りて、彼を寝かせる。何もないところに雑魚寝で、怪我人なのにこの仕打ちはどうかと思った。だけどここには何もないし、私は彼のスマホを操作できないから中から何かを取り出せる訳でもない。

「あ……そうだ」

　正座をした後、寝かせた彼の頭を太ももに乗せる。泥と汗まみれの顔。乾いた血がこびりつく頬。砂塵にくすんだ黒髪を見て、不思議な気持ちになる。

　最初は歪な笑みを浮かべる人だった。戦場の中で生きてみせて、死んでしまえって。

　だけど、ふたりで過ごすうちにその表情は増えていった。

　私のことを慮る色が出たり。楽しい嬉しいという朗らかな色を見せたり。私が少し怒れば、反省してしゅんとした顔をする。

　……これは、私の魔力を使って彼を癒すためだから。近くにいないと。

「ふふっ……寝顔かわいい。ひろ」

「本当に……こんな時間が、ずっと続けばいいのに」

漏らした自分の独り言が、思っていた以上に暗いものだったことに気づいた。彼と別れる、いや、私が築き上げてきたもの全てと別れる日のことを思えば、胸がツンと痛くなる。

胸が、痛い？

(『里葉！　ごめん……ごめんね。絶対にお姉ちゃんが……あなたを助けてみせるから。里葉。里葉ぁ……』)

あの言葉をかけられた時も、何も期待なんてしていなかった。生まれてこの方、諦観の上をずっと生きてきた自覚がある。その中で楽しみを見出したり温かな気持ちになったりしたことはあったが、結局それは一瞬の出来事だった。

苦しくはなかった。もう苦しいと思うことができないほどに諦めていたし、隠れて逃げてばかりだったから。

辛くはなかった。もうどうにでもなれって。自分の心を殺してしまった。意思のない人形になった。

だけどその心が今、欲望を取り戻そうとしている。私が感じている今この瞬間を、ずっとに変えたいって。

安らかな表情をした彼の顔を見つめる。わからない。怖い。なんなんだろう。この感情の芽生えは。

でもそれを、許してはならない。だって、私を覆してしまえる人なんていない。

そんな物語のような幻想なんて、存在しない。救いなんて、この世界にはない。

胸を両手で押さえる。この痛みは、この欲求は、どうすればいいんだろう。

(私には……そんなことはできない。私はいなくなっちゃうんだから。中途半端に終わって、彼に迷惑がかかる)

頭を振って芽生えた想いを何とか振り払う。きっと、これ以上彼といちゃいけない。私はまた、我慢、すればいい。

小さく呼吸をして、安らかな表情で眠る彼の姿を見る。

でも……楽しかったな。


……ゆっくりと瞼を開ける。目覚めた朧げな視界の中、彼女の姿が見えた。

「起きましたか？　ヒロ？」

寝ぼけたままの頭で、何も考えずに思ったことを口に出す。

「ほんとうにいつもきれいだな……」

微笑を浮かべて、小さな声で彼女が呟いた。

「……今、いろいろ考えたばかりだから。そういう、決意を揺らがせるような不意打ちはやめてほしいです」

体に力を込める。全身が破壊的に重いがこんなのはどうってことない。ゆっくりと体を起こして今、初めて彼女が俺に膝枕をしていてくれたことに気づく。

「……すまん。ありがとう。迷惑かけた」

「迷惑なんかじゃないです。ヒロ。じゃあ、ふたりで報酬部屋行きましょうか」

「ああ」

立ち上がろうとしてふらついた時、咄嗟に寄り添って俺を支えた彼女の横顔を見る。胸の鼓動がまるで戦っている時のように早くなって、やっぱり、俺は本当に認めてしまったんだな、と思う。しかしそれは今、言葉にすべきものじゃない。


報酬部屋。普段だったら血眼になって収容可能なアイテムを探すが、今日だけは話が違った。

空を融かす昼夜のグラデーション。太陽はまだ昇らず、薄明の時を迎えている。

今俺たちが立っているのは、水晶のように透き通った氷河の上。差し込む光を拡散し、幻想的な空間を作り出すそれに目を細めた。今の格好で氷河に訪れたら間違いなく凍死してしまいそうだが、涼やかな風が吹くだけのここでその心配はない。

「なんだか……叙情的ですね」

「……ああ。アイテムも大事だけど、こういう普通は体験できない瞬間にこそ、価値を感じる」

それも、彼女といれば。

「そう、ですね」

緩い風が吹く。それは、金青の後ろ髪を小さく揺らしていた。彼女は横髪を耳にかけて、昇る日のほうを見ている。

その横顔に見惚れている俺に、彼女が気づいた。

「ヒロ。ここ、後どれくらいの時間いられますか?」

「後、十分くらいだ」

金の正八面体を裾から落とし、盾を浮かぶベンチにした彼女が言う。

「じゃあそれまでの間……一緒にいましょう」


B級ダンジョンが崩壊するまでの間、ずっとあの凍土にいた。そうして、表世界側に戻ってくる。

緊張の糸が切れたのだろう。ふたりして倒れこむように、神社のベンチへ座り込んだ。

音のない静かな神社の中。ひとり考え事をしている。映画みたいな夕焼けに晒されて、彼女とふたりいた。

「里葉。流石に明日はオフにしよう」

「そうですねー……ってヒロ。もしかして貴方、明後日ダンジョンに行くつもりですか?」

「いや、そうじゃない。里葉。明後日は、俺と一緒に出かけないか」

「……ダンジョンですか?」

「いや違う。ふたりで、出かけたいなって」

一息ついて、話を続ける。

「ここのところずっとダンジョンに潜り続けているし、少し疲れただろ? 息抜きとお礼に里葉が楽しいと思うようなところへ行きたいなって」

ただいつもどおり出かけるって誘うだけなのに、何故か緊張する。そんな俺の表情を見てから、一度瞼を閉じ何かに葛藤した里葉が、ゆっくりと頷いた。

「……お礼というなら、まあ」

「よし。じゃあ、また連絡する」

ふうと一息ついた彼女が立ち上がって、体を伸ばす。

「それじゃあ、帰りましょうか」

にこりと笑った彼女は、夕日を背負っていた。

B級ダンジョンを踏破してから、二日後。

仙台駅の、いつものように待ち合わせをしたステンドグラスの前で、俺ひとりが早く着く。

雨宮里葉という人のことが好きだと自分で認めてしまったからか、なぜかひどく緊張していた。そして待ち合わせの時間よりも早くついてしまったのだから、我ながら単純だと思う。

俺は、里葉のことが好きだ。

凛としたその姿は人間離れしているほどに美しく、されど彼女の本質は誰よりも暖かくて。

なんだったら、出会った時から一目惚れしていたのかもしれないな、と改めて思う。クソが。ベタ惚れじゃねえか。

……なんだか、むずかゆい気持ちになってきた。これ以上考えるのはやめておこう。かといって、手持ち無沙汰でやることがない。『ダンジョンシーカーズ』を開いて、昨日すでに確認したステータス画面を開いた。

プレイヤー：倉瀬広龍
LV．80
習得スキル『不撓不屈の勇姿』『武士の本懐』『直感』『被覆障壁』『翻る叛旗』『一騎駆』『落城の大計』『空間識』『魔剣流：肆』
称号『天賦の戦才』『城攻め巧者』『月の剣』『好一対』『DS：ランカー』

ボスを倒しB級ダンジョンを攻略したことによってレベルが四つ上昇し、レベルが80になった。加えて『最適化』が利用できるようになり、『落城の計』が上位スキルである『落城の大計』に変更されている。

こう、強くなっていくと、ステータスを眺めているだけでちょっと楽しい。

ステータス画面からアイテム欄に移って、里葉に渡そう渡そうと考えてずっと渡していなかったアイテムを一応確認しておいた。なんか、こんな心理状態になってから渡すのだからバカみたいに緊張する。ゲロ吐く。

そうやっていろいろ考え込んでいると、いつもの格好をした彼女が階段から下りてきた。

里葉がとことこって歩いてる。かわいー。あ、俺の姿を見つけて駆け足になった。めっちゃ可愛い。

「ヒロ。今日は早いんですね。なんか、普段より楽しそうに見えます」

……すぐバレるな。

「ああ。里葉。今日はきちんと、エスコートしようと思う」

「……どこに、行くんですか？」

首をこてんと傾げた里葉が、俺のほうを見ている。美少女というか、綺麗系の顔つきをしているのに仕草がいちいち見た目とは真逆で可愛い。ギャップやばい。クソ。なんか逆に腹が立ってきた。この調子だとまずい。

「……今日行く場所は、水族館だ」


仙台駅から電車に乗り、シャトルバスが出ている駅で降りて、それに乗る。そうして訪れた水族館に、事前に購入していたチケットでスムーズに入館した。平日でまだ春休みにも入っていないからか、かなり空いている。

最初は水族館がなんなのかよくわかっておらず、いつかの喫茶店の時のように、俺の一歩後ろに隠れながらビビっていた里葉だったが、今では目に見えてわかるぐらい楽しそうにしていた。

入ってすぐのところにある大水槽。魚の大群が渦巻く神秘的な光景を前に、口を開けていた姿が印象的だ。

順路に沿って、ぐんぐんと次の水槽へ向かっていく里葉。手招いて俺を呼び、報告するように指を差す。

「ヒロ！　見てくださいヒロ！　あれ！　あのお魚、この前私が叩き斬った奴に似ていますよ」

「……あの先にいるクラゲ、もろこの前里葉が撃ち落とした奴に似てるな」

「わー。ほんとですね。こんな生き物こっちにもいるんですね。初めて見ます」

……楽しみ方が独特だと思うけど。楽しそうで本当に良かった。


軽やかな足取りで進む館内。ヒロに連れられて訪れた水族館という場所は、とても楽しい場所だった。目に入る、見たことも聞いたこともない世界。知りもしなかったお魚さんたちが泳ぐ海の中に加えて、二階にはぺんぎんなる飛べない鳥がいた。

イカの揚げ物が乗ったらーめんを食べた後、デザートのソフトクリームを分けっこしたり、イルカという生き物のショーをふたりで見たりして、今日はすっごく満喫できた。ヒロは私みたいに、ものすごく楽しそう、というわけではなかったけど、なんだか私を見て嬉しそうな顔をしていた気がする。

一昨日、私と彼は大枝の渦を攻略した。B級ダンジョンの攻略が最終目標だ、なんて言っていたけれど、予定よりも早く攻略してしまった。

『ダンジョンシーカーズ』の正式リリース……裏世界と戦い続けた私たちの、そして他国にいる彼らの存在が明らかになる日。それは、四月中旬。

その日は私と彼が別れる日でもあって、本当はその手前で攻略するつもりだった。それを早めにしてしまったんだから、後の時間をどう過ごそうか悩んでいる。

いや、過ごさないほうが良いと言うべきか。

ヒロは妖異殺しの私でもない。雨宮としての私でもない。ありのままの私に目を向けてくれた。それは初めての経験で、誰かにこんな姿を見せるのは、見せられたのは初めてだと思う。意外と私って、明るい性格してたんだな、って。

壮絶な出会いを果たした後、過ごした時間。そのどれもがすごく楽しかったと胸を張れるもので、たった数週間の出来事なのに随分と感傷的な気分になる。

これ以上彼といることが、すごく怖い。彼といたいんだって思っていたって、それは許されない。そこには悲劇が待っている。

思い出すのは、彼の生い立ち。

私なんかが彼を振り回して、彼がこれから歩む〝取り戻すための道〟に水を差すことなんてできない。

それでも……してみたかったな。そういうこと。

「里葉。今日はもうだいたい見て回ったけど……この後はどうしたい？」

歩みを止める。もう、これ以上は彼のためにならない。私は消えてしまうんだから。この時間に、意味はなくなる。

（……今後はダンジョン攻略に関わる付き合いだけに、限定しよう）

大枝の渦の中ひとり出した結論を再確認したけど、また胸がじんと痛かった。このまま、沈黙を保つのは良くない。彼の言葉に返事を返さなきゃって思って、咄嗟に口にする。

「……ヒロ。また、あの大水槽が見たいです」

「わかった。じゃあ、最後に行こうか」

彼に連れられて、もう一度あの場所へ。

揺らぐ魚影。人影のないこの場所を、私と彼で独り占めする。

海をそのまま切り取ったかのような景観。自然光を取り込み、魚たちを照らすその光景は、裏世界で見た千景万色に匹敵する。渦巻く魚の大群を前に、もう一度それをじっと見上げた。

「……なあ。里葉」

振り向いて、上ずった声を出した彼のほうを見る。彼はどうやら緊張しているようで、妖異の軍勢相手に笑っていられるようなヒロが緊張することなんて、なんなのだろうと不思議に思った。

彼が人差し指で頬を搔きながら、口にする。

「その、さ。俺はまだまだダンジョン攻略をするつもりだが、一応、俺たちは最終目標だったB級を攻略してひとつの節目を迎えたわけだろ？」

「そうですね」

「それで、さ。元々里葉は、運営の依頼で俺についていてくれて、正式リリースまでの間俺の攻略を手伝うという話だった」

「……はい」

「だけどさ。そういうビジネスライクな関係以上に……俺は、君と過ごすのが楽しかった。その礼も兼ねて、俺がダンジョンで手に入れたこのアイテムを、プレゼントとして渡したい」

彼がポケットから取り出したのは、小さな青色の箱。胸の鼓動が早くなっていく。

だめだ。そういうのは。もう、やめてよ。

尋常じゃない様子で手渡す彼。恐る恐る、開けてみた。

その中に鎮座していたのは、意匠の施された細い鎖状の何か。輪を形作る白金から垂れるように、連なる花の形をした装飾品が取りつけられている。

「……ブレスレット？」

「そうだ。俺がひとりで攻略していた時に、収容できたものなんだよ。これがその詳細なんだが……」

スマホの画面を指差した彼に寄り添って、その文を見た。

『白藤《しらふじ》のブレスレット』
願いはここに。
種：装飾品
機能：『不壊』

頭の中で需要のあるアイテムたちを思い浮かべながら、考える。裏世界からやってきた装飾品・美術品は富裕層にとても人気があって、正式リリースとなりマーケットが実装されれば、さらにその価値は跳ね上がるだろう。

「……なんというか、戦闘を想定するなら必要のないものですね。でもきっとこれ……ものすごい価値がありますよ?」

「……だからこそ、感謝の気持ちとして受け取ってほしい」

一度目を瞑り、私のほうに向き直ったヒロが言う。

「里葉。このブレスレットは壊れない。一度本気で壊してみようとしたが、本当に壊れなかった。これをその、ふたりで過ごした時間の証とでもしてさ。持っていてほしい。要らなくなったら、売ってくれても構わない」

「そんなことは絶対にしません」

大水槽の前。一息ついて、微笑んだ彼は。

「……ま、これからもよろしくな」

零すように呟いた彼はブレスレットを持って、私の左手を優しく手に取った。

唖然として手を差し出したままの私を置き去りにして、留め具を摘んだ彼は恭《うやうや》しくそれを私の左手首に着ける。

光に照らされながら、キラキラと輝いたその白金の姿に。

歓喜の情を抑えきれない。こんな、夢みたいな話。

私なんかに似合わない。こんな、お姫様みたいなもの。

胸が強く高鳴る。きゅんきゅんしてどきどきして、もう、止まれない。

抑えろって。我慢しろって。そう耳元で囁いてくる絶望を……ぶっとばせ。

とめどない思いが全身に沸き立つ。彼の言うこれからが欲しい。もっと彼といたい。奪われて別れたくなんかないって必死で心が叫ぶ。

両手を胸元に寄せ、彼がくれたブレスレットを右手で摑んだ。

流石に気恥ずかしいのか、目を逸らしているヒロ。その横顔を見て、やっぱり間違いないって確信する。


私は、ヒロのことが大好きだ。


ダンジョンで楽しそうにしている姿を見るのが好きだ。刀を持って恐れず妖異に立ち向かうその勇姿が好きだ。私が外の世界を知らないことをバカにしないで、こんなものがあるよって教えてくれる心遣いが好きだ。

戦う時は殺気立っているのに、私の前では油断して居眠りしちゃったりするのが可愛い。強く生きているように見える彼は実はおっきな傷を抱えていて、そんな弱さがある彼を私が支えたい。戦闘で高揚した時に急に私のことを口説き出すのはドキドキして嬉しくもあるけど、ちょっとやめてほしい。

彼が私のことを、どう思っているのかなんて知らない。

彼が私に向ける好意は、実は戦友に向けたものなんじゃないかって。

知って先に進むのは怖い。

けれど、一緒に過ごす時間が、これからがもっともっと続いてほしいって。それを没収なんかされたくないって。

今の私には、思いを伝えることができない。けれど前に進むために。どうすれば、彼といられるのか。

求めてしまった。その先を。自分の想いに、どうしようもないくらいに気づいてしまったんだ。

すっごく恥ずかしいけれど、自分の心に嘘がつけない。

何も言わない私を前にして、凛と佇む彼の姿を見る。

ああ。ヒロのことが……私は大好き。恥ずかしくて、顔を見れないけど。

ほんとうは今すぐ抱きついて、ぎゅーってしたい。

……ブレスレットを握ったままの彼女は、きゅっとした顔つきでなぜか瞳を潤ませている。一度彼女がごしごしと目元を拭った後、泣き笑いを浮かべたような顔でじっと俺を見つめた。

「……ヒロ。私、とってもうれしいです。なんだかしあわせです。さっき見たくらげさんたちみたいに、ふわふわしています」

一度言葉を溜めた彼女は、視線を外さない。真剣な顔つきで思いを零すその姿が、どこか神々しい。

「……私、すっごく説明しづらいんですけど、いろんなしがらみがあるんです。でも、それを振り払って自分の道に進みたいと思えた」

すぅと息を吸った彼女が、決意を見せる。

「ヒロ。私が私の道を進むそのために、お願いがあります。私とふたりで……」

大水槽前。幻想的な空間の中。人影のない、生命に包まれた場所で。

透き通った思いを、透徹の願いを紡ぐ彼女が、宣言をする。

「仙台のA級ダンジョン。幹の渦を攻略しましょう」

どのような形であれ、きっと終わりが近い。最後の試練ともいえるそれに、武者震いがした。

決着が、そこには待っている。

第六章　不撓不屈の勇姿

仙台駅周辺。借りている部屋の中、ベッドに倒れ込んで天井を見上げながら考え込む。今日行ったあの水族館で、私は決意したんだ。自ら歩むために抗うんだって。そのためには、たくさんの準備がいる。

左手首に着けたブレスレットを、天井にぶら下がった照明に重ねた。

きらきらと光るそれに笑みが抑えきれない。本当はもっと想いに浸って、今日のことを振り返りたい。

でも、やらなきゃいけないことがたくさんある。

私はすぐに起き上がって、作業机へ向かった。タブレット端末を乗せてそれに情報を展開した後、机の上に鎮座させた水晶を見る。仙台にいる間、何もずっとヒロといたわけじゃない。別の仕事も並行していた。

それは、仙台市で起きた『ダンジョンシーカーズ』を利用した殺人事件の調査。私はその原因を究明しなければいけない。しかし、殺人鬼の周辺を私は本気で洗ったが一切の情報を得られなかった。

まるで、隠されているように。

（この水晶……これには重世界間の交信を選別・遮断する術式が組まれていた。『ダンジョンシーカーズ』運営に情報を取られないようにするためだけの魔道具……彼らの目を欺けるほどのものなん

て、まず間違いなく高位の『重術師』が関わっている）

水晶の仕組みを割ったことについてはまだ運営にも、雨宮にも報告は入れていない。適当な進捗を上げて、誤魔化している。

（あの妖異殺しの襲撃……間違いなく重家と運営の間で政争が起きてる。そしてこの水晶はそのために打たれていた一手……）

仙台……東北の担当者は、私の姉である雨宮怜。

私の敵について、半ば確証に近いものを抱く。この水晶の秘密を完全に暴いて、これを上手く使うことができればかなり強力な手札となるだろう。

（……でも、今最も強力な一手となるのはやっぱり幹の渦の攻略だ）

幹の渦の攻略。それは本来、不可能と言っていいほどの難度を誇る。しかし、彼と共にならば。

彼らの意識の埒外にある、幹の渦の攻略に成功すれば多くの妖異殺しが味方についてくれるだろう。

（……私は、ヒロといるために抗うって決めたんだ）

私が全てに精算をつけた時。隣に彼がいてほしい。その想いを堪え切れない。

しかし、幹の渦の攻略が成功するかどうかにかかわらず、一度別れの時は来てしまう。それさえも、ヒロが大好きになっちゃった今の私には耐えられない。

（……攻略に成功したら、好きって伝えよう。拒絶されたら、泣いちゃうかもしれないな。私）

B級ダンジョンを攻略してから、しばらく。彼女と水族館に行って話をしてから、里葉が前向きに何かを目指そうとしているように感じる。先の景色を見る彼女の表情は美しくて、また彼女に魅せられた。

Ａ級ダンジョンの攻略は、そのための一環であるという。〝幹の渦〟を攻略することは妖異殺しにとってこの上ない誉であるようで、その栄誉が必要なんだと言っていた。

最終目標の上方修正。Ａ級ダンジョン攻略を目指して、ただひたすらに俺たちは鍛錬を行っていた。

俺はレベルを上げスキルを得るため。彼女は俺との連携を密にさせるため。ふたりで再び、Ｂ級ダンジョンへ突入した。

彼女とふたり真剣に話し合って、どうやったらもっと効率的に戦えるか。完璧な連携を生み出し、自分たちが勝てないはずの相手に勝つか。議論を重ねた。

水族館に行ってから一週間経った今日。彼女と待ち合わせをして、ふたりでミーティングをする。久々にくりーむぶりゅれが食べたいとねだった里葉を連れて、喫茶店で話をすることになった。

小さく流れるクラシック音楽。落ち着いた雰囲気の店内。

幹の渦とは何なのか。Ａ級ダンジョンとはどういうものなのかということについて、彼女が語った。

「ヒロ。妖異殺しの千年以上の歴史の中でも、幹の渦の攻略に成功したという例は非常に稀です。むしろ、幹の渦に突入すること自体が裏世界を刺激することに繋がるため、禁じられていた時代もあった」

「具体的には、何回くらいなんだ？」

「信憑性のある記録は少ないですが……おそらく、百に満たない」

……千年ということは、だいたい、十年に一回あるかないかか。歴史を積み上げるということはその分強くなるということでもあるし、それでも少ないままなんだから強さの桁が違うということがわかる。

「ヒロ。これは秘中の秘ですので心に留めておいてほしいのですが……攻略に成功した事例の殆どが、妖異殺しの術が天下に漏れた悪夢の時代。戦国の世に行われたものです」

真剣な面持ちで彼女が語る。なんか久々に、意味わからんこと言われた気がする。訳がわからないという顔をした俺を見た里葉が、説明を始めた。

「始まりは、時の権力者に妖異殺しの名家が魅せられたことでした。そこから妖異殺しの術が世に漏れ、私みたいな術式持ちや魔力を使って身体強化ができる人間が蔓延《はびこ》り、欲望のままに武を振るった時代……」

「六十余州に軍《いくさ》止む時なく、民は疲弊し非業に泣く。そしてそれが引き起こされたのは妖異殺しの術が漏れたため。妖異殺しにとってこの時代は大罪の証であり、決して繰り返してはならぬこととされています」

深刻そうな表情で、くりーむぶりゅれをパクリ。シリアスな里葉には悪いけど、冷静に考えておかしいと思う。

「いや、普通に記録とか残ってるし……歴史学者の人とかがどんどん明らかにしていってるだろ？妖異殺しの術とかも、どこかで見つかってないとおかしいはずだ」

「……当時、空想種〝波旬《はじゅん》〟という最恐の妖異を多大なる犠牲と共に討ち取った伝説の妖異殺しが、命と引き換えに概念単位の能力を行使して事実を捻じ曲げました。それでも残ってしまった残滓は、泰平の世の間に幕府と妖異殺しが奔走して徹底的に隠滅している」

「な──」

「まあ、とにかくとんでもない時代があって、そんな時代でしか幹の渦の攻略ができなかった、ということを伝えたかったんです。しかし、攻略した、ということはわかっていますが、どれも滅茶苦茶な話ばかりで実態がわからない」

彼女が一息入れて、紅茶を飲む。

「ヒロ。貴方の魔力強度を上げられるだけ上げるため、全ての大枝を刈るという話をしました。それと同時進行で、幹の渦の偵察を行おうと思います。むしろ今まで一発で攻略してたのがおかしいぐらいなんですけど」

「残るB級は三つだったよな。そいつらを攻略するのと同時に、様子を見にいくと」

「ええ。それに、正式リリースまで時間もない。だから早速、明日A級ダンジョンに突入して情報を収集し策を練りましょう」

彼女の言葉を聞いて、喫茶店の外。窓のほうを見る。春の陽光が降り注いでいて、もう冬は去った。そしてそれが示すのは、里葉と俺の関係の終わり。

出会ってからの間、彼女とは仲良く過ごすことができた。それでも、別れてしまえばもう今のような時間は過ごせないし、連絡をたまに取る戦友、みたいな立ち位置になるだろう。

肘をつき、くりーむぶりゅれを食べる彼女の姿を見る。やっぱり俺は、もっと彼女といたい。これで関係に一段落つけるのは絶対に嫌だ。

……A級ダンジョンの攻略に成功したら、想いを告げよう。

フラれたら、情けないけどたぶん泣く。

†

東雲の空。太陽の光が少しずつ空に差し込んで、徐々に明るくなっていく。

念には念をということで、今日はかなり早めに集合した。彼女といつもどおり待ち合わせをした仙台駅で、バスに乗りその場所へ向かう。

彼女に連れられ訪れた場所は、この仙台という土地の発展を支えた古き城跡。焼失してしまったのでお城はもうないけれど、石垣の横を通り石畳の道を歩いて、樹木が風に揺れる音を聞いた。

どこか落ち着いた、静謐な雰囲気を感じるこの場所で、丘をただ登っていった。途中、振り返って景色を見てみれば、蛇行する川と市街地が見える。それはとても綺麗で壮大だとか、そういうわけではなかったけれど何故か心に残った。

「……ここです。ヒロ」

やっぱり、ここなのか。

彼女が立ち止まったのは、仙台に住んでいる人間なら知らない人はいないだろうという騎馬像の前。

三日月の前立てをつけた兜を被り具足に身を包んで、力強さを感じさせる駿馬に騎乗している。

高所から、この仙台を見渡すようにしている像の背に。

スマホをかざしてみたら、途方もない大きさの渦があった。空そのものを包み込んでしまいそうな、真っ黒な渦。これが、全てのダンジョンに繋がるものだというのか。

目の前にしてみて、改めて彼女が語った言葉の意味を実感する。これは本当に、早々落とせるものではない。第三者の冷めた視線を送る心の中の自分が、この渦を攻略することは奇跡に等しいと断言していた。

「ヒロ。圧倒されるのはわかりますが、今日攻略するわけではありませんから」

「わかっている。じゃあ、行こうか。里葉」

ふたり同時に突入するため、彼女と手を繋ぐ。毅然とした態度を取る彼女の手がどこか冷たくて、震えていることに気づいた。その震えを抑え込むように、強く握り直す。彼女が同じくらい強く俺の手を握り返して、ふたり目を合わせて笑った。きっと、大丈夫。


水滴の落ちる、ぴちょんという軽い音が響く。

見上げても、どこまであるのかわからない天井。鍾乳石が連なるそこに、生命の気配はない。

透きとおり光り輝いているように見える地底湖の中、俺たちは点在するようにある島の上に立っていた。

A級ダンジョン。幹の渦。そこは青の光が差し込む、見たこともない洞窟の中だった。

自分が小人になってしまったんじゃないかと思うぐらい広い空間で、あまりにも濃密すぎる魔力を感じ取って息を呑む。存在を確かめ合うように、手を握り合った。その後、名残惜しさを感じながらも手を放して、周囲を警戒する。

ショートカットキーを使い即座に武装して態勢を整えた。今の所近くに敵はいないというのに、握った竜喰が今まで感じたことがないほどに高揚し暴れ狂おうとしている。

「これは……」

状況が理解できない、里葉の困惑する声が響く。彼女が知っている幹の渦攻略記録の共通点として、それは数十という階層で構成されていることと、そしてそこには数え切れないほどの妖異がおり、突入した途端すぐさま襲いかかってくるというものがあった。

なのにここには、何の気配も感じない。B級ダンジョンには必ず渦鰻の群れがいたし、他の低級のダンジョンでも、俺たちの突入に気づいた妖異がすぐにやってくる。

しかし、渦鰻や妖異がここには一匹もいない。

「……」

腰のホルスターからスマートフォンを取り出し『ダンジョンシーカーズ』を開く。俺が確認しようとしているのは、もちろんダンジョンの情報。スマホをいじる俺を横目に、隣にいる里葉が金青の揺らめきを見せた。

「……嘘！」

彼女が、思わずという様子で声に出す。

いの一番に何かを試そうとした彼女は、それに失敗してひどく驚いているようだった。

しかしそんな焦った様子の彼女に、俺は何があったのか聞くことができない。なぜなら、画面に表示された情報が同様に理解できないものだったから。

宮城県仙台市　第一迷宮
クラス：A級
タイプ：？？？型
階層：一／一階層
A級：幹の渦　三二六／三二六

「一階層だけ……？」
更にダンジョンの情報画面の下にある、緊急脱出ボタンが暗くなっていて押すことができない。俺の一階層だけという言葉を聞き、ずっと何かを試そうとしていた彼女はあることに気づいた。

向こう側から、空を薙ぐ音が聞こえてくる。

彼女が今まで聞いたことがないくらいの、必死な声を出す。
「ヒロ！　今すぐ交戦の準備を！　だ、脱出を試みようと穴を開けようとしましたが、それが全て妨害されました！　この渦には重世界の掌握が可能な……〝空想種〟がいる！」

彼女の金青の魔力が、大火のように燃え盛る。しかし、俺よりも強い里葉が出せるその威容でさえも、彼方からやってくるあれに比べたら儚い蝋燭の炎にしか見えない。

鍾乳石の狭間を通り、天然の柱を抜け、そいつは姿を現した。


蛇のように細長い胴体。見上げるようにして視界に映るのは、地を這うための蛇腹。

煌びやかな黒鱗が全身を覆い、艶やかな薄水色の体毛が背に生えている。玉石を掴む三本指の脚が、四本生えているようだった。

勇ましく凛々しい顔には覆うように鬣《たてがみ》と髭が生えていて、鼻はとても小さい。閉じた口から垣間見える鋭い牙は、奴がくぐり抜けたであろう幾度の戦によって磨き上げられていた。

完成された美しさを持つはずのそいつは、何者からか受けたのであろう。左目に大きな裂傷を負っていて。


それは、隻眼の龍。

古来より、最強の生物とされたそれ。


「……空想種〝独眼龍〟」

唖然とする里葉が、最後に呟いた。

†

洞窟の中。暗闇の空を這うように進み、黒目を動かしてこちらを睨む独眼龍。その視線の重圧のあまり、蛇に睨まれた蛙のように体が動かない。

青ざめて声を漏らす彼女が、どうにか言葉を紡いだ。

「……信じられませんが、この幹の渦の分類は、渦の主との決戦型です。く、空想種を操ることなど不可能だというのに、どうやって……」

俺たちの姿を右目で捉えた奴の、天地を切り裂く咆哮が響く。

伝っていく振動。洞窟の壁に亀裂が走る。閉じられた暗闇の空からは、砕け落ちた鍾乳石が雨となって降り注いだ。

「ぁ……」

強者ゆえに理解できてしまう差。奴の重圧に耐え切れず、顔を真っ青にして震える里葉が地に崩れ落ちた。

冷静な思考の中。ただ奴が叫ぶだけで、魔力障壁に罅《ひび》が入ったことに気づく。

体にぶつかる鍾乳石の欠片たち。それを無視して、しゃがみ込んだ。彼女の右手を両手で摑む。俺ひとりでは、間違いなく勝機を見出せない。戦うなら、彼女とじゃなきゃ。

「里葉。いつもどおりで行こう。援護を頼んだ」

「ぇ――」

口を開けたまま、俺を上目遣いで見る彼女が呟く。今にも泣いてしまいそうな彼女を見て、守りたくなった。守ってあげたい。それでも、彼女には立ち上がってもらわなくちゃ。

「ひ、ひろ。じゅ、十中八九、わたしたちはあれに勝てません。し、しんじゃうんです。ひ、ひろは、こわくないんですか？」

片手で二の腕を押さえ、うつむき、ごめんなさいと何度も俺に謝罪する里葉。あんなにも強い彼女がここまで取り乱すんだから、とんでもない敵なんだろう。俺の『直感』もこの場所には危機しかないものだから、もうセンサーとして使い物にならなくなっている。

……俺は良い。だけどもし、ここで彼女を失うようなことになったら。どんな恐怖にでも立ち向かえるって考えていたけど、それだけは怖い。

彼女を勇気づかせるための言葉を、ここで紡ぐ。

「……とてもこわいさ。だけど、立ち上がって戦わなきゃ。勝てない」

俺の顔を見つめる彼女。想いを伝えようと、強く手を握る。

生唾を飲み込んだ里葉が、血色を取り戻し始めた。

金青の魔力を灯し、ふらふらと立ち上がる。まだ涙を目に浮かべたままの彼女は凛然とした表情で。

「迷惑をかけました。ヒロ。援護は任せてください。偵察のつもりでしたが、もう退くことができない。ここで勝たねば、私と貴方の未来はありません」

金の正八面体を全て地に落として、金色を全力で展開し始めた彼女が行く。

俺の両肩を摑んで、顔をずいっと近づけた彼女が言った。

「ねえ……ヒロ。これが終わったら、あなたに話があるんです」

「……奇遇だな。俺もある。だけどそれは、こいつを倒してからだ」

向ける鋒に空を行く金色。

この戦いは、今歓喜に打ち震える竜喰に頼るしかない。迸る濃青の紫電が金青の輝きに乗せられた。

「行こう。里葉。いつものように」

構える剣。地形を即座に確認して、戦いの舞台に都合の良い場所を探す。俺は、負けるつもりなど毛頭ない。

独眼龍の咆哮が再び響く。それに対抗するようにして、後先のことは考えず、全力で黒漆の魔力を放った。

果てのない黒い空を泳ぐ、独眼の黒龍。いったい、どのような攻撃手段を持っているのか。一切の想像がつかない。

しかしここは湖上。足場は少なく、空を飛ぶことのできない俺では回避の選択肢が限られている。今すぐ場所を移さねば。

駆け抜ける洞窟。できるだけ高所に陣取ろうと、跳躍し移動を開始した。道中、空中に里葉が配したであろう金色の盾があって、それを足場に更に大きく跳ぶ。

帯電する雲を背負い、空を蛇行する黒龍。瞼のない、縦に細くなった瞳には捉えきれないほどの魔力が朧げに輝いていて、世界も未来も全てを見通してしまえそうだった。

その瞳がギョロリと動き、俺を見据えた時。

空を浮かぶ独眼龍の顔がこちらを向いた。口を開けて、〝白銀〟の魔力を口部に集める。吸い込まれ球体となった魔力の塊を見て、直感的に確信した。

これからの戦い。受けるという選択肢は絶対に取れない。全て回避しないと、間違いなく死ぬ！

来た！

白波を起こし地底湖の上を走りながら、俺の元へ向かってくる白銀の光線。それは銀雪を撒き散らし、触れたもの全てを凍らせていった。

氷雪の雲霞が消え去った先。透き通った地下水を全て凍らせて、そこに仮初めの凍土が生まれている。一瞬足場にできるかもしれないと考えたが、すぐに考え直した。白銀の魔力を色濃く残し、終霜を撒き散らすその上に立つことなどできない。

迫り来る白銀の光線。それはジグザグに軌道を取り、真っ直ぐにこちらには向かってこない。タイミングを外して対応しづらいように、小賢しく動かしてきやがる。

銀雪の煌めき。タイミングをなんとか読み切って――回避する！

地を削っていく白銀。先程まで俺が立っていた岩場は凍結し、白だけが残るそれを見て、当てられたら即死だなと確信する。横目に見ていたそれから視線を外し、駆け抜ける。奴が大技を外した隙をついて、更に高所へ向かった。

縄張りに入ってきたから相手しているものの、おそらくこの龍は俺たちのことをまだ脅威だと思っていない。その舐め腐った横顔に、一発ぶち込んでやる。

跳躍し、ロッククライミングの要領で取りついた天然の石塔。そこから更に飛び立って、刀を構えた。ありったけの魔力を竜喰に込め、魔力を実体化させる。

この戦いの鍵は、間違いなく竜殺しの武器であるこの竜喰だ。

刀より化身となりて。浮き出る四角い前足。こいつが何なのかはまだよくわかっていないが……


「ぶち込めェッ!!　竜喰ッ！」


振るう刀。それに合わせて放たれる、魔力の拳撃。

それは奴の左頬を横殴りにして、吹き飛ばすように。

直撃を貰った独眼龍が、俺を睨む。射殺すようなその視線に、本能的に体が震えた。

高度を少し下げ、俺を真っ直ぐに見据えた奴が口を開いた。再び収縮を始めた白銀の塊を見て、刀を構えた時。

空中。横並びに、白銀の塊が無数に展開されていくのを見た。その数は降り注ぐ淡雪のように、数えられる量じゃない。宙に浮かぶ白銀のひとつひとつが、先ほどの光線を撃てるほどの魔力を蓄えている。これは絶対に捌き切れない。

空を埋め尽くし降り注ぐ銀雪。

これが、最強の妖異であるという空想種だというのか。だが、俺はひとりじゃない！

突如として飛来した金色に貫かれ、破砕される白銀。展開されていたそれを正確無比に撃ち落とし、両手で数えられるほどの数にした。

一斉に放たれ、突き進む白銀の光線。五本六本と地を凍らせ突き進むそれを、徒歩で避け切れる保証はない。

ならば空を飛べばいい。両腕を伸ばして、彼女を信じた。

誰かが俺の体を抱きしめて、持ち上げる。金色の盾に乗る彼女は、そのまま空を駆け抜けるように。

「ヒロ！　朗報です。私の能力はあの空想種相手でも通用します。実際に奴は、ずっと私の位置を捉えられていません」

「……なら、俺たちの戦い方は通じそうだな」

「ええ。これならば勝機があります」

風を浴びながら、里葉が右腕を伸ばす。彼女のその動きに合わせて、空に待機させていた金色の槍が一斉に奴の体に突き刺さっていった。

それは奴の血肉を削ったものの、時間を巻き戻すようにその傷は一瞬で塞がってしまう。あの槍一本一本には、里葉の必殺の魔力が込められている。今この瞬間に総力を費やす里葉の攻撃を、簡単に癒やしてしまうなんて。

「……これが、龍の生命力」

悔しげな顔をした里葉が、即座に思考を切り替えて俺のほうを見る。

「ヒロ。巨大な妖異を相手にするために考えていた一撃離脱戦法を取りましょう。今から貴方を奴の上にまで運びます。そのまま取りついて攻撃を。危険だと思ったら飛び降りて。そしたら、私が必ず貴方を助ける」

「わかった。じゃあ、いくぞ」

「……武運を」

盾に乗り、訪れた奴の真上。里葉の透明化が切れ、飛び降りた俺に気づいた奴が振り返って空を見る。

奴が、口に残していた白銀を俺に向けた。眩い光が、目に突き刺さるように。

空中。竜喰の魔力を実体化させ、白銀の光線に向ける。竜喰の魔力に弾かれ、幾千本に分かれた白銀の光線が、火花のように飛散して、空に煌いた。

回転し体に勢いをつけて。黒漆の魔力は暗闇に溶け、竜喰はカタカタと震える。

「竜喰ィッ!!」

再び魔力を込め、一閃。反撃の斬撃を放ち奴の鼻を斬り裂いた後、車道のように広い奴の背の上に着地し、駆けた。途中、刀を振るい奴の体に傷をつけることを忘れない。

舞い散る血飛沫。龍の生き血を啜って、歓喜に哭く竜喰。体に張りついて鬱陶《うっとう》しい攻撃を続ける俺を相手に、龍が苛立っているのがわかる。

嵐気を纏い始めた姿を見て、舌を巻く。俺が持っている最強の一手。『秘剣』を放つタイミングを、よく考えなければ。

里葉に視線を送る。この勝負は、彼女の援護にかかっていた。

†

金色の盾の上に座り飛翔する空。龍の背の上を駆け抜け、放たれる白銀を回避しながら、我武者羅に斬っていくヒロの姿を見つめる。いつでも彼に援護ができるよう、金色の刃を追従させていた。

斬り裂かれる皮膚。削り落ちる肉。その痛みに、ほんの少しだけ〝独眼龍〟が身じろぎをした。

ヒロの竜喰によってつけられた傷は、私の攻撃と違って癒える気配がない。

(ヒロのあの剣は……『暴食』という概念級の能力を備えている。そして他にもあった能力が……『遅癒』に『復元呪詛』)

彼に集ろうと飛来する、独眼龍が展開した白銀の刃を金色で撃ち落とす。

その援護を受けて、彼が剣舞を舞うように奴を斬り裂いた。彼を包み込むように、舞い散る龍の生き血。

ほんの少しだけ、白銀の魔力が揺らぐ。彼の刀は今、龍の生命力を喰らっている。空想種の力はあまりにも強大なため目立って効果が出ているわけではないが、明らかに食っていた。あの、龍を。

（雨宮や運営で……あの剣に関するいろいろな話が出ていたが、あれは裏世界伝承の『竜殺し』の武器だろうという結論が出た）

彼がありったけの魔力を込めて、それが再び何かの前足を形作る。叩きつけるように放たれた一撃に、龍が顔を歪めさせた。

（……あれは本当に、竜殺しの武器なの？　今まで一度も苦戦する機会がなかったからわからなかったけど、『遅癒』という能力はあの龍の生命力を抑えつけている）

〝独眼龍〟はヒロのことを警戒しているというよりも、あの刀をひどく恐れているように見える。

現に、白銀の光線のいくつかは直接刀に向けられていた。

裏世界や表世界、重世界にかかわらず、魔剣聖剣の類は存在する。そして彼のあれは、祝福するように使用者を選ぶ善の力を持つものではない。呪いのように使用者を選び、厄災を与える悪性のもの

……そのはずだった。

（竜殺しの魔剣ともなれば……対価を求めて竜を殺す力を与えるというのが基本のはず。聖剣であれば使い手を祝福して竜殺しの英雄を生み出すのだろう。しかしあの剣が持つ能力には、善悪がない

……そもそも悪であれば、あの日ヒロは魔剣を投げ捨てた時に呪い殺されている）

頭に思い浮かぶのは、彼がC級ダンジョンで『貪り食うもの』と戦った時の光景。あの剣が彼の力となり、そして『秘剣』という事象を捻じ曲げるほどの強さを持つ奥義を放つのは、正しく敵を食うため——

ひとつの恐ろしい仮説が、頭を過る。龍の生命力を抑えつけるほどのそれ。あの『遅癒』はもしか

して……

弱らせて、食べるためなのか？

名前とその能力の強さに目を惹かれ、剣そのものの本質を見抜くことができなかった。違和感を覚えてはいたが、簡単に竜殺しの武器だろうと結論を出してしまった。しかしその認識が、崩れ去ろうとしている。

青の洞窟。彼が奴の体に取りつき、全力で龍を攻撃していた。波打つように体をよじらせた独眼龍の姿を見て、思わず生唾を飲み込む。この戦いの鍵は、あの剣とその『秘剣』が握っている。『秘剣』を放つまでに、奴をどれだけ弱らせることができるか。私たちがどれだけ、耐えることができるか。

その勝負だ。

†

揺らぐ青の洞窟。頬を行き、顎へ伝う玉の汗。均衡の上に立つ俺たちの叛逆する刃が、湖の底から浮かび上がる青い光に反射して、輝いた。

黒鱗の上。奴の上を駆け抜けて、タクティカルブーツが摩擦音を鳴らす。体を大きくうねらせた独眼龍にこれ以上取りつくことができず、振り落とされるようにして滑り落ちた。

「竜喰ッ!!」

しかし、タダでは離脱しない。落ちる間際、刀を振るって奴の体に深々と傷をつける。ほんの少しの呻き声が、洞窟の中に響いた。

宙を駆け抜け即座にやってきた里葉の盾の上に乗る。盾の行く先はわからないが、また取りつけるように機動してくれるだろう。

このままなら行ける。

空想種〝独眼龍〟は今まで相手にした敵の中で最も恐ろしい妖異だが、俺たちと相性が良い。体躯の違う俺たちと交戦するにあたって奴の巨躯はかえって邪魔になっているし、対群戦闘に特化したような能力が多いためか俺ひとりを殺すことが未だできていない。

しかしどこか奴は今……俺を殺す方法を探っているようにも見えた。

斬撃を至近距離で飛ばし、奴の体に傷をつける。しかし、斬っても斬っても奴の命を削れているような感覚がない。いったい、何回斬れば奴は地に伏すのか。果てが見えない。魔力量が減るのにつれて、だんだんと胸が痛くなってきた。

……このままだと俺と里葉の魔力が尽き、敗北するのが先になってしまう。

やはり、一気に勝負を決めるしかないのか。

盾の上から跳躍し、再び奴の体に取りつく。今のところ上手くは行っているが、一瞬の油断が命取りになる。気を引き締めろ。付け直す面頬。その支援の元呼吸を整え、再び駆け出した。

戦いというのは上手く行っているように見えても、終わるときは一瞬で終わる。この均衡が、ずっと続くと思ってはいけない。


青の洞窟。進む暗闇の空。

盾の上に乗り空を飛び続ける。奴の背の上を走るヒロを支援しようと、金色をただただ動かした。

右手を伸ばし鋒矢の陣形を敷かせて、編隊を組み一斉に金色の槍を飛ばす。

(右方の援護が足りない。金色をもう三……いや五本。今すぐに回さなきゃ。左から動かして私の近くに待機させている七を動かす)

思考しながら透明化を維持して、空を飛ぶ。

空に浮かび上がる、白銀の塊。刃を形作り彼を狙うそれの露払いは、私の役目。

なんの前兆もなく浮かび上がる白銀の刃に対応するため、即座の判断が求められる。加えて百に近い金色を、魔力を通して手動で動かしているのだから疲労感がすごい。ドクドクと圧迫するような鼓動を鳴らす心臓《こころ》が、ズキズキと痛くなってきた。

妖異殺しが振るう秘術の、根源となる力。魔力。それを限界以上に使えば――魂の在り処《しんぞう》が破裂して死ぬ。

(……一番危険なのはヒロだ。こんな痛み、どうってことない。私が頑張らないと)

ヒロが与える攻撃。それが一番奴に打撃を与えている。彼が攻撃を続けるためには、私の援護が必要だ。

薄氷の上に立っているような状態ではあるが、かなり押している。そこで生まれた決定的な隙を取り『秘剣』を放てば、勝機があるだろう。

今この瞬間のために、あの『竜喰』は彼を選んだのではないかと直感的に思った。あまりにも都合が良すぎる。この戦いは、あの刃なくして成り立つものではない。

全ては、この一戦のために。

（しかし……あまりにも上手く行きすぎている。本当に大丈夫なの……？）

洞窟の壁面すれすれを進み、奴の顔の近くを通る。大きな裂傷が走り、潰れたようになっている左目を見てなんとなく思った。

（……この空想種はおそらく、一度負けたことがある。龍という世界間の頂点に位置する生物が、空想種が、敗北を知って生き残ったのだからその分狡猾になっていると考えるべきだ）

奴の背を駆けていた彼が、飛び降りる動作を見せた。即座に盾を配して彼を乗せる。

（……この動きにも慣れてきたはず。撹乱するためにも、少し戦い方を変えよう）

彼の乗る盾を機動させ爆発する白銀を回避する。私の意図に気づいた彼が魔力の斬撃を飛ばし、空中での射撃戦に臨んだ。

飛翔する空。被弾を全力で減らそうと、ジェットコースターどころか戦闘機顔負けの機動を取る里葉の盾。それになんとかしがみつきながら、竜喰で飛来する白銀の刃を迎撃し、反撃の斬撃を飛ばした。しかしそれは奴の魔力障壁に弾かれ、あまり効果がない。

こちらは白銀に触れるだけで割れそうになるのに。やはりそもそもの魔力強度が違う。

機動する空の上。金色が奴を取り囲み、それが一斉に攻撃を開始する。彼女が今どこにいるかはわからないが、完璧な援護と言って良い。これでもう一度、取りつく隙ができるはず。

進む空。再び奴に取りつくタイミングを伺っていた時――

奴の独眼が、明後日の方向を見ていることに気づいた。ずっと俺を追いかけていた龍の縦目が今、どこかを見つめている。里葉の武装が洞窟の中で、俺を援護するため散らばり切ったこの時。

まさか。見・え・て・い・る・の・か？

「里葉ぁッ！　今すぐ金色を引き戻せ！」

空に浮かんでいた白銀の淡雪たちが、気体となって全て口に吸い込まれていく。収縮し鳴動する白銀の威力は、この世界をも壊してしまえそうな――

今の今までずっと、当たり前に受け取っていた優位が続くと考えてしまった。奴が見えている素振りをしていないのだから。見向きもしないのだから。魔力を向けないのだから。見えていないと勘違いしてしまった。都合の良い事実を、信じたくなってしまったんだ。

白銀の明かりを灯す独眼。笑ったように見えるその目に。

この、野郎。


最初から見えていたというのに、それを見えていないかのように演じやがった！

怜悧狡猾。圧倒的強者であるはずの奴が仕掛けた、その罠。

それだけは、本当にまずい！


形を変え、層状に集結する金色の盾。宙にはもうそんな余裕はないと、透明化を解いた彼女の姿がある。

「────っ！」

ちらりと俺のほうを向いた彼女の口が、ごめんなさい、と言うように動いていた。

彼女だけはって。腰のホルスターを取り外し、それを地底湖へ落とす。


瞬間。

宙を突き進む白銀の光線。浮かび上がっていた淡雪を全て集結して、何百色と折り重なる白色と銀色に、金青の輝きに包まれた金色が今衝突した。一秒もかからず突破された金色に、彼女の顔が明るく照らされる。彼女は諦めた、もう満足だと言うような顔をしていて。

「……里葉っ！」

ありったけの魔力を脚部に込め、盾を粉砕できてしまうほどの力で蹴飛ばした。

時間が伸びたかのような錯覚を覚えて、目の前の景色がゆっくりと動いている。まだ間に合う。手を伸ばせ。しかし、手を打てる選択肢があまりにも少ない。どうすればって考えて、至極単純な結論に辿り着いた。


空の上。彼女に、体当たりをする。俺と入れ替わるようにして、金の盾から落ちた彼女は唖然とした表情を見せた。ああ。良かった。これなら、当たらないはず。

彼女がいた盾の上に乗って、構えた刀。

迫り来る、白銀の前に。

黒漆が白に染め上げられて、魔力障壁の割れる音が聞こえた。視覚が、聴覚が、嗅覚が、触覚が、全て真っ白に支配されて。埋め尽くされた魔力に、そのまま塵となって死ぬのだろうとなんとなく思った。

俺のいくさは、ここで終わるのか？

……沈みゆくように、落ちていく体。自分がされてしまったことの意味に気づいて、思考が、感情が、絶望に染まる。彼の魔剣は必死に白銀を喰らい抵抗しているようだったが、もう如何しようもない。刀はまっぷたつに折れて塵となり、原型を留めているのは彼が握る柄だけになった。

宙で引き戻した盾に着地して、そのまま操作ができなくなって、墜落する。


「ぁ…………」


足を崩して、座り込んだ地底湖の上。空にいる彼の姿は。

……私を真っすぐに見つめてくれた、右目は吹き飛んでなくなっている。

いつも私に微笑みかけてくれた顔は、苦しんだ、歯を食いしばったままのもので固まっていて、ピクリとも動かない。

いつも私の手を取って繋いでくれた右手は、柄に張りついたようにぐしゃぐしゃになっていて、形を成していない。

彼が着ていた戦闘装備はあちこちが破損し癒着して、煤にまみれた体に肌の色は見えなくて。

竜喰のおかげで人の形を留められているが、もう、間違いなく彼は。


涙で彼の姿が見えなくなってきて、もうわからない。

なんで。どうして？

私が欲を出さなければ。彼はこうならずに済んだのに。私は我慢すべきだったんだ。

力を失い、ふらりと落ちるように。受け身も取れず、彼が地に体を打ちつける。

燃えかすのような魔力。柄だけは離さない彼を喰らおうと、龍が顔を寄せてきて。

奴が、口をゆっくりと開けた。

右目はこちらを見ている。これを狙っていたと。宣言するようなその視線に。


「い……いやだ……いやぁあああああああああああああっっ!!!!」


響き渡る叫喚。放つ金色。私を嘲笑った後無視をして、奴は動く。

龍のよだれが、彼の前にポタリと落ちた。


揺らぐ青色の光。

静寂の中。決して大きいわけではないのに、腕を動かして起き上がって、地を踏みしめる音が響き渡る。


「うそ…………」


ぼろぼろの彼が、なんと立ち上がった。

彼を突き動かすのは、最後の活力。人の限界を超えて、命を削っている。

彼がしようとしていることを理解して、ただ叫んだ。彼が私を助けようとしてくれているのはわかる。それでも、それだけはだめだ。耐えきれない。

そんなことになるぐらいなら、私が死ぬ。死んでやる。死んじゃうよ。やめてよ。

「ひ、ひろ……だ、だめ……お願い！」

その刀は、呪いのように。濃青の渦を作り復元された新たな鋒を向けて、彼が呟いた。


「今、こ、こに、『不撓不屈の勇姿』を」

――――魅せ、つけ、ろ。


朧げな視界。目の前には独眼龍の顔。持てる魔力を全て竜喰に注ぎ込んだ。

里葉には、生きていてほしい。彼女は俺を、俺の心を生かしてくれたから。

……本当はふたりで、生きたかったけれど。先に想いを伝えとくべきだった。いや、伝えていたら、
彼女の重荷になってしまうはず。これで、いい。彼女さえ無事なら。

彼女を救うための勇気なら、この先にある死の恐怖にでさえも立ち向かえるって。

沈黙する竜喰。

なあ。おまえにも、味の好みはあるだろう？　また、食わせてやるから。力貸せ。

俺の背中から、ゆっくりと立ち上がるように現れる何かの姿。それを見て、目の前の龍が退く。

……死力を費やした彼の背に浮かび上がる生物。今彼は、彼と同じように龍を見据える生物の姿を見ることができない。刀に閉じ込められていた、いや、封印されていたもの。

まだら模様の灰色。全身は毛に覆われている。

凛とした刀に似合わない。丸々と太った立派な体。首の太さと体の太さが同じように見えて、言ってしまえば鈍臭い。

三角の耳。長い髭。飛び出たように見える口の、すぐ上に乗せられた黒茶色の鼻。

クリクリとした瞳は、無邪気に龍を見つめている。

顎に生える、柔らかな毛は白色。


「にゃぁあああああぁぁぁおっ」


嘘、だろう。

鳴き声に続いて。彼が静かに、呟いた。

「『秘剣　竜喰』」

その言霊に解き放たれて。暴食の化身は口を開き飛びかかる。


〝空想種〟。

それは、全ての妖異の祖先であると言われる重世界に眠るもの。

何千年という途方もない時の狭間に生き、重世界を操り世界間を自由に行き来することが可能な彼ら。

連綿と受け継がれる空想種に関する記憶。空想種は別名『気まぐれなる厄災』とも呼ばれ、人類が対抗できるような類のものではない。英雄と謳われた妖異殺しが、簡単に殺されてしまったという話がいくつもある。

そんな空想種の、重世界にある生態系の中で。

頂点に立ち絶頂を謳歌する龍種に、ただ一種だけの天敵がいた。

龍虎相搏つ。

それは猫のような、虎のような何かだった。

その耳は世界の音を全て聞き取り、その無邪気な瞳は世界を渡ってでも逃げる龍を捉える。

何百年に一回という周期で目覚め、龍を喰らい、すぐに眠りにつくその生物。それ以上の栄養は必要とせず、ふらりと現れては消えてしまう。そんな空想種の中に。


常に食べることしか考えていない、食いしん坊の子猫がいた。


彼は何もかもを食らった。口に入るものならなんでも食べた。そうやって無邪気に暴れた厄災《こねこ》は数千年前、裏世界の住民たちに仕掛けられた罠に嵌まり、誘い込まれた剣に閉じ込められたという。

空想種《ねこ》が放つ濃青の魔力に囚われて、龍が喰われていく。

濃青の魔力の中。泣き叫ぶような龍の籠もった声が、漏れ出ていた。

バキバキと鳴る、喰われていく音。あの龍が一方的に喰われていく光景を尻目に、彼女は必死で駆け出す。

煌めく涙が空に溢れた。

地に倒れ込んでいる広龍に駆け寄り、介抱をする里葉。右手で頭を持ち、抱きつくように左手を回す彼女は呟く。

「い、いや。いやだ。ひ、ひろが、ひろのたましいが、われちゃう」

金青の魔力を必死で動かして、治癒の術を使う里葉。しかしそれは焼け石に水。口元から聞こえる微かな息の音は、いつ止まってもおかしくない。

嗚咽の声を漏らし、泣き叫ぶ彼女は呼びかける。

「おねがいっ！　置いてかないでッ！　ひ、ひろぉ！　死なないで、ひろ。死んじゃ、や……」

彼の命の灯火は、微風ひとつで消えてしまうぐらいに弱い。

そんな、精魂尽き果てた彼の横に。大地を揺らすように、龍の体が横たわった。

砂埃が舞う。

唖然とする里葉の目の前。力を失った龍の胴体の上に、龍を超える大きさの猫がぬっと現れる。口を開き龍の胴体を咥えた猫は、その牙で龍の体に穴を開けた。龍の生き血が、だらだらと流れ落ちていく。

猫の双眼が、里葉のことをじっと見つめた。

「嘘……選べって言うの？　私に」

絶句し、猫を、竜喰を見上げる里葉。彼女が触れる、彼の体温はまだ温かい。

彼女の脳裏に浮かぶのは、彼と過ごした日々。そして彼女が抱く慕情。泣きながら彼女は言う。

「……ヒロ。ごめんなさい。でも私は、もっともっとあなたと生きていたいっ！」

彼女は横たわる龍の肉体に触れ、両手で龍の生き血を掬った。それを一度、口にして。


祝福するように。

願いを込めて、彼に口づけをした。


龍の生き血が彼の体に流れ込んでいく。何度も何度もそれを続ける彼女を横目に、猫は飼い主に龍の魂の大半を譲った後、げっぷをしてどこかへ消えた。


呼びかける、愛おしい誰かの声が聞こえる。

目覚めた先は、天国でも地獄でもなかった。青の洞窟。ここは龍の棲家。この場に戻ってこれたことをただ単純に、不思議に思う。絶対に、死んだと思ったのに。

視界の中。ぼろぼろと涙を流す里葉の姿が見える。彼女は俺に膝枕をしているようで、また同じこ

いない。

とを自分はしてしまったのかと苦笑した。結局、『不撓不屈の勇姿』を使った先のことは何も覚えて

「ヒロっ……ひろぉ。ご、ごめんなさい。わたしは、ただ、あなたに生きていてほしくて、で、でも」

頭を抱え、がたがたと震えだした里葉。力を入れてみれば、なぜか体が軽い。生まれ変わったかのようなその感覚が、不思議で仕方がない。

右目に違和感を覚えてごしごしと拭い、閉じた後、もう一度開く。

空を行く、魔力の流れが全て視えた。

彼女の膝枕から起き上がって、倒れこむように地底湖の湖面を見る。そこに映る自分の右眼は金色になっていて、黒目の形が違かった。それはまるで、龍のもの。

全能感に包まれた体の感覚とともに、起きたことを察する。

「ひ、ひろ。わ、わたしは、あなたの意思もかくにんせずに、わたしが、わたしが、いやそもそも、私が偵察しようなんてことを言わなければ、や、私が生きていなければ――」

ごめんなさいと何度も繰り返す里葉。駆け寄り大丈夫だという言葉を投げかけても、彼女の自責の念は止まるところを知らない。彼女は自分の心を自分で痛めつけて、ずっとブルブルと震えている。

それを止めたいと。そう思って優しく両手で抱きしめた。

「ひ、ひろ？　やめてください。わ、私がわるいんです。わたしが、ひろを、ひろを」

「大丈夫だ。里葉。大丈夫だから、黙ってろ」

「えっ――」

彼女の後頭部に手を伸ばし抱き寄せて。

唇と唇を合わせる。

お互いめちゃくちゃになってしまっていて味の感想なんて湧かない。

お互い血に塗れていて、ロマンチックさの欠片もない。


そうやって、唇を奪った。


大きく目を見開いた彼女が顔を真っ赤にして、バタバタと暴れる。それを膂力で抑えつけて、動かさない。決して離さない。俺の意志を感じ取った彼女は、弛緩して。目を閉じた後、深々と俺を抱きしめ返した。

求め合うような、お互いが生きていることを確認し合うようなキス。

唇を外した後。先ほどまで騒いでいた彼女は今、恍惚とした表情で呆然としていた。

「里葉。ダンジョンに突入した直後、終わったら話があると言っただろう。その話をしたい」

「――っ」

息を吸って、覚悟を決める。

「里葉。俺は君のことが、異性として好きだ。もっと、一緒にいたい。俺と付き合ってほしい」

「だから、君が俺にしたことは、してくれたことは気にしなくていい。むしろ、里葉の可愛い顔がまた見れて嬉しいんだ。本当にありがとう」

俺の顔を見つめる彼女。その頬は赤らんでいて、もう震えは止まっている。息を呑み左手を胸元に寄せた彼女は、勢いよく右手でブレスレットを摑んだ。

「ヒロ……ごめんなさい。私が勝手にこんなことをしてしまって、あなたは人の身を捨ててしまったというのに」

キラキラと輝いた一筋の涙は、頬を伝って。

「……私今、そ、それなのに、すっごくうれしいんです。ひ、ひろが、わたしにちゅーしてくれて、ひろが私のことを、えへ、好きだなんて……ま、舞い上がっちゃうような気持ちなんです。わ、わたしは、わたしばがってにひろといたいからってひどいごとしだのに」

「いいんだ。里葉。いいんだ。どんな体になったって、今生きて、君と話せているんだから。俺も君といたかったから」

「えっぐ……ひろ……ひろぉ……こ、こわかったよぉ……ひろぉ……」

俺のことを抱きしめて、俺の右肩に縋りつく彼女。後頭部をよしよしと撫で続けて、彼女はやっと、呼吸を整えて落ち着いてきた。

抱きしめたまま。彼女が耳元で囁く。

「……ヒロ。私も、あなたのことが大好きなんです。とってもとっても、言葉なんかじゃ表せないぐらいに。私を、あなたの恋人にしてください」

彼女の言葉に、多幸感が身を包む。頬が緩んで、男らしくない情けないツラを晒してしまいそうだ。

ずっと抱きしめていたかったけれど、一度体を離す。

「里葉。その、報酬部屋に行く前に……地底湖に落としたスマホ探すわ。待っててくれ」

「えへ。待ってます。いつまでも」

不意打ちするように、彼女が俺の頬に口付けをした。

バカみたいに広い地底湖の中。彼女がキスをした頬を撫でながら、乱反射する湖面をちらりと見る。

たったそれだけで、沈んだホルスターを発見した。明らかに目が、良くなっている。

「里葉。すぐ取ってくる。そしたら……帰ろう」

「――はいっ！」

出会った時は仏頂面。そこからだんだんと見せてくれた表情に、俺は惚れてしまったのだろう。

やっぱり彼女には、笑顔が似合うな。


――オペレーティングシステム：『ダンジョンシーカーズ』に対する攻撃を確認しました。

――抵抗に失敗。

――オペレーティングシステム：『銀雪』を新たに構築。それに伴うプログラムを実行します。

――決戦術式『独眼竜の野望』を習得。

――成功しました。

――竜化に伴い、諸スキル群を最適化します。

——成功しました。
——称号『天賦の戦才』スキル『武士の本懐』を統合し進化。
——成功しました。
——決戦術式『残躯なき征途』を獲得。

——称号『月の剣』を進化。
——成功しました。
——特異術式『曇りなき心月』を獲得。

——プログラムを終了します。

エピローグ

東京。なんの変哲もない雑居ビルの中。その内部に開かれた〝重世界空間〟にて『ダンジョンシーカーズ』の運営は行われている。春の正式リリースを控えた彼らに、時間は残されていない。

しかし、起きてしまった想定外のトラブルを受けて、責任者の彼らは激論を重ねている。

怒りに打ち震え、顔を真っ赤にする中部地方担当者が机を強く叩いた。

「上位十五名のうち七名が殺されたなどとォッ！　事前の連絡は確かにしていたんだろうな！　彼らの中には『術式屋』の手が足りず志望した分家の有望株や、国のものが交じっていたんだぞォッ!!」

いきり立ち、呼応する四国地方担当者。

「第一、保守派の戦力では全国規模の同時襲撃など不可能だッ！　間違いなく何者かの支援を受けているッ！」

「このように内部抗争を続けている中で、正式リリースなどできるか！　延期だ延期！」

「無理に決まってるだろうが間抜け！」

取っ組み合いが起きそうなぐらいのそれに、生産性はない。

彼らが打てる手は限られているが、差し迫るタイムリミットのせいでそれを打つことすらできない。

そうして、彼らは敵対派閥に正式リリースという大きな隙を晒さねばならないのだ。

『ダンジョンシーカーズ』運営陣を指揮する立場にある空閑は、両手を組み、目を閉じて静かにしている。彼の隣に座る東北地方担当者である雨宮怜は暴れ狂う他の担当者の姿を見て、ただただ帰りたいなあと思考停止していた。

その時。会議室の扉が勢いよく開けられて、その音を境に場が静寂に包まれる。

名を名乗り、まずは非礼を詫びたその男。彼は汗をだらだらと流し焦っているものの、どこか興奮しているようにも見えた。

「く、空閑さん！　た、大変です！」

「何事ですか」

部屋にいる全員に聞こえるよう、彼は大きな声で言う。

「せ、仙台市で確認されていた幹の渦が……A級ダンジョンが……妖異殺しの雨宮里葉とトップランカーの倉瀬広龍によって、制圧されました！」

男が言い放った言葉の意味を、瞬時に理解できなかったからだろう。再び不気味な静寂が会議室を包む。

その中でいの一番に口を開いたのは、目をまん丸にさせた怜だった。

「……じゃ、じゃあ、里葉は『才幹の妖異殺し』になったってこと？」

「その通りです」

「嘘………」

びっくりした彼女は力を失い、背もたれに寄りかかって椅子からずり落ちる。愕然とし、このことが与える影響について思考する担当者たちを置き去りにして、空閑が口を開いた。

「やはり、いくさびとでしたか」

数時間後。一度時間を置き、良い意味でも悪い意味でも頭を悩ませなければいけない幹の渦攻略という事実を受けて、彼らが会議を始めた。

長机の並ぶ会議室の中。各地方の責任者だけでなく、他の責任者も集められていて、その重大さがわかる。

「……渦が全て消失したことにより、今この世で最も安全な場所は宮城県仙台市となりました。すでに不動産価格の高騰が始まっています。一時のものでしょうが、しばらく続きそうです」

東北地方の責任者として、短時間の間に最低限の資料をまとめた怜が、部屋にいる全員へ資料を転送する。彼女は疲労困憊しているように見えるが、どこかいきいきとしているようにも見えた。

「しかし、これは悪いことではない。中立を保っていた妖異殺したちは今ＤＳの実用性を認めざるを得なくなった」

中部地方担当者は、満足げに頷く。

「その通りです。上位プレイヤーの半数近くが殺されてしまったのはかなりの痛手ですが……それを補うどころか押し返すほどの一手です」

「それで、雨宮さん。あの倉瀬広龍というプレイヤーの戦闘能力は……どう変容したのかね。プレイヤーの実力は仔細に把握しておく必要がある」

重苦しい声色で怜が返答した。

「……わかりません」

「何？」

「幹の渦の攻略直後から、彼の『ダンジョンシーカーズ』の情報を取得することができません。あちらからのアクセスはあるのですが、プロテクトされている。魂の情報が読み取れなくなりました」

「……バカな。このＤＳは空閑さんが……歴代最優の重術師と呼ばれる彼が作り上げたんだぞ。それを破るなど」

彼女たちの話を横目に聞いていた空閑が口を開く。

「彼が私と同等か、それ以上の何かになったのでしょう。それか、第三者の何かが介入しているか。それだけの話です」

「なんと……」

会議室の中。こほん、と注目を集めるように咳をした怜が言う。

「しかしながら……私は私の実妹である雨宮里葉から、彼に関する個人的な報告を受けています」

その言葉に、部屋中の人間の意識が彼女へ向く。

「彼は……竜になってしまったと」

彼女が話を続け、信じられないその内容に彼らは愕然とする。

会議は終わった。

正式リリースの直後に起きるであろう、世間の混乱は想像に難くない。そんな中、戦力の分散が危惧される首都に竜を招き入れるわけにはいかないと、彼と友好状態にある雨宮里葉の管理下で落ち着くまでの間、彼を北に押しとどめることとなった。

†

春風に靡く。


涼やかな風に風土の違いを実感した。東京で感じることのできる、渦に吸い込まれていく魔力の流れに触れることができなくて、本当にここに渦はなくなってしまったのかと理解する。

新幹線を使い東京から訪れた仙台市。ここには〝凍雨の姫君〟と呼ばれる才幹の妖異殺しさんと、とんでもなく強いだんじょんしーかーずの使い手さんがいるらしい。

私は爺様の命令で、渦を制圧したという倉瀬広龍を見にいくことになった。周りのお家はみんな凍雨の姫君の実力を絶賛しているようだけど、爺様の読みでは違うらしい。

彼の強さを確かめてこいという命令。その者の器量によっては勢力図が変わるとか、立ち回りを変えなければいけなくなるとか爺様は言ってた。

私、佐伯家の将来有望な妖異殺しだもんね。げきつよだしまじ適任。

一応重大な任務っぽいけど、ちゃちゃっと済ませて牛タン食べて帰ろ。

そう思って腕を伸ばした時、先ほどまでなかったはずの魔力の流れを感じ取った。

……なんか渦っぽくない？　これ。でも、吸い取ってるっていう感じじゃないし、なんだろ。

とりあえず、行ってみよっかな。


魔力の流れがするほうへと、ぐんぐん進んでいく。そうやってかなりの時間歩いていたら、何故か住宅街のほうに出た。電柱に書かれている住所を見て、そういえば彼が住んでいる場所はここあたりだったなーと、ぼけーと思う。あれ、直接接触したらダメだってそういえば爺様言ってたような……

やっば。

そう思って、その場から立ち去ろうとした時。後ろから、声をかけられた。

「……何用だ？　おい、名を名乗れ」

ギギギ、とゆっくり振り返って見た先には、完全武装の輩がいる。

威圧する魔力を迸らせる彼は、春の陽光に照らされぴかぴかと輝くスリムな黒甲冑に身を包んでいる。その上には藍色の陣羽織を着ていて、子どものころから爺様に言い聞かされたやベー武士そのものみたいな姿をしていた。

手には明らかにえっぐい刀を手にしてて、これが例の魔剣かとビビる。

竜の口の形をした真新しい面頬を付ける彼の、表情は見えない。

その上にある、私のことを見つめる双眼。その右目は、金色の魔力が集まる竜の瞳で。

「……やっば」

ダンジョンシーカーズトッププレイヤー。突如として北に現れた小覇王。

倉瀬広龍。

今の格好の時点で、やばいやつ役満なのに。

今度は右肩あたりに重世界の扉が開いて、左目しかない銀色の竜が飛び出した。

白銀の鱗。煌めく金色の瞳。彼の体でとぐろを巻くその姿。

射殺すような鋭い視線を向けられて、体が本能的にぶるっと震える。半開きの口からは銀色の冷気が漏れ出ていて、いつ攻撃されてもおかしくない。

「……ひゃ？」

彼が鯉口を鳴らす。ちょ、え、あかん。空想種となんて戦えるわけねーだろ。私は爺様じゃねえ。

「わ、私、佐伯初維《さえきうい》と申しますごめんなさい許してくださぁーっ!!!!」

「あ」

言われたとおり名前を名乗った後、振り返って全力ダッシュ。砂埃を撒き散らし、全力疾走。人生で一番魔力出てる私。

誰だよ人を見に行ってこいって言ったやつ。あれ、人じゃないじゃん。

もう、竜じゃん。

せっかく仙台に来たのに、美味しいご飯も食べず逃げ帰るように戻ってきた東京。おうちに駆け込んで、爺様にすぐ話をする。直接相対したことは怒られたけど、よくやったって私を褒めてくれた。

「やはり北には……文字通り臥竜がおるか。ククク、最後にどでかいのが出てきて役者が揃ったわ。初維。間違いなく時代が動くぞ。竜は雨宮に近しいようだし……かの家の運命が変わるやもしれん。古き盟友としては、嬉しい話よな」

座布団の上であぐらをかく爺様。ここ数年の出来事を思い返すように、彼は天井を見上げた。

「……この時代ばかりは、儂にも読めん」

立ち上がった爺様が、私の元へ寄ってきて肩に手を置く。

「……遠大なる景色を見よ。初維。時代の荒波を御し、佐伯家は形を変え存続していくのだ」

「はい。爺様」

「時を待つぞ」

爺様が立ち上がって、部屋を去る。北に突如として誕生した幹を打ち倒したもの。しかし彼以外にも、だんじょんしーかーずをきっかけに化け物たちがどんどん誕生している。これから訪れる時代の荒波を感じ取りながら、私もそんな時代に生きる妖異殺しのひとりとして、誇りに準じねばならないな、と決意した。

幕間・一　雨宮里葉ちゃんの押しかけ同棲あたっく

鍵を差し込んで自宅の戸を開ける。やっとの思いで帰ってきた自分の部屋で、倒れこむようにベッドへ飛び込んだ。こうして無事、いやどう考えても無事ではないが、家に帰ってこれて良かったと胸を撫で下ろす。

里葉は俺の体が大丈夫かどうか心配していたし、自分でも体の変化についていけていないところはあるが今のところは平気だ。『ダンジョンシーカーズ』をダウンロードしてから俺の体は人外級のスペックを備えるようになったが、本当に人外になってしまった。真昼間なのに、空を見たら普通に星がくっきり見える。訳わからん。

腕を伸ばし、ベッドの上でだらだらすることしばらく。ピンポーンと呼び鈴がなった。

誰だろう。通販とか何も買ってないいんだけどな……もしや、デジャブか？

ベッドから起き上がって、一応警戒しながら玄関へ向かう。扉を開け、そこに立っていたのはボストンバッグを持った俺の彼女。

「ヒロ。さっきぶりです。借りてた家をささっと引き払ってきました。不束者ですが、今日からよろしくお願いします」

「……はっ？」

深々とお辞儀をした彼女を、とりあえず家にあげた。

お茶を出して、彼女を歓待する居間の中。緑茶を上品な手つきで飲む姿を見て、とにかく混乱する。

「その……じゃあ、なんだ。里葉は今日からここに住もうと？」

「ええ。それが何か、問題でも？」

「いや……その問題ではないんですけど、流石に早いというか……」

……A級ダンジョンを攻略した後に、今日から俺の家に住め！　ドンッ！　みたいなこと言ったほうが良かったのか？　なわけねーだろ。付き合って一日目で同棲するか？　普通。

あきれた顔つきをして、湯呑みを机に置いた彼女が言う。

「ヒロ。私があなたのお家に住もうとしているきちんとした理由が、ふたつあります」

人差し指を立てた彼女が、説明を始めた。

「まずヒロの身の安全のため、ヒロの体の状態を常にチェックしていたいからです。ヒロ。貴方の体に今何が起きているか、わかりますか？」

「わからん。なんかやたら、強くなったような気はするが」

右肩をぐるぐる回し、感覚を確かめる。

「……あの時、文字通りヒロの身体と魂は死にかけました。そこから貴方を蘇らせるため、私とあの猫さんはヒロに龍の魂と龍の生き血を摂取させたのです」

俺の刀の中身が猫だったという話は、もう既に知っている。あの魔力の斬撃はだいたい、猫パンチだったらしい。今ではもう受け入れてるけど初めて知った時はびっくりした。

猫……俺の相棒猫か……

「……魂の摂取ってのは、モンスターを殺した時に入る経験値みたいなやつのことだろ？　それで、龍の生き血のほうは……どうやったんだ？」

真面目な表情をしたままちょっと顔を赤らめさせるという器用なことをした彼女が、ブレスレットを握りながら口を開いた。

「私が龍の生き血を口に含んで、ヒロに口移ししました。だから、あの後ヒロのほうからしてくれたので嬉しかったです。またしてくださいね」

お茶を噴き出しかけて、ギリ飲み込む。

「…………おう」

「まあともかく、霊薬の最高峰とも呼ばれる龍の生き血と、空想種の魂をヒロは摂取しました。これにより、ヒロは驚異的な回復を果たしたのです。しかし、弱っていたヒロの魂は龍の魂を摂取しきることができませんでした。そこで、残った龍の魂が体内に入り込んだ龍の血を触媒に受肉して、ヒロの体は今、龍と混ざり合った状態になっているのです。その象徴が、最も損傷の大きかった右目ですね」

こんなことは滅多にないと話す里葉。西洋の伝承にある、竜人のようだと彼女は語った。

「ヒロは今平気なようですが……いつ龍のほうが暴れ始めてもおかしくありません。特に悪感情が刺激されると、暴走する可能性が高い。まあ、竜喰が手元にある限り大丈夫だとは思いますけど」

「そうか。確かに、里葉がいたら心が落ち着く。いなくなったりしちゃったら、死ぬ気で暴れ出すかもしれない」

俺を心配しての行動を、純粋に嬉しく思う。

「ふたつ目の理由は……普通に同棲したいからですね。私、ヒロのことだいすきなので。将来の生活のことを思えば良い練習になると思いますし………」

付き合ってくれと言ったはずなのに、気づいたら婚約したことになっている。まあ、いいか。いやでもいつか、男としてちゃんとプロポーズしなければならない。

「これから、宜しくお願い致します」

「……こちらこそ、宜しくお願いします」


そんなこんなで始まった、同棲生活。

一日目。スーパーで旬の良い食材を買って、俺手ずから料理を振る舞った。俺の胃袋を掴む気満々だったらしい里葉が、その美味しさに悔しそうにしている。次は里葉が作ってくれとお願いしたら、機嫌を直した。

二日目。足りない生活用品を買いに行く。ショッピングモールへ行って、部屋着やら出先なのであまり持っていなかったらしいお洋服やらを買ったりした。里葉の手持ちの服が、いつもの服となぜかセーラー服、そして寝巻きだけだったので一気にまとめて買う。

試着室の中からカーテンを動かして、姿を現した里葉を見る。今彼女は、ガーリーと呼ばれる系統の服を着ていて、ふりふりしていた。

「えへへ。ヒロ。どうですか？」

スカートを片手で摑んで、彼女がたくしあげる。

「……可愛い。好きだ。買おう」

「……えへ」

洗面所のコップに、ピンク色の歯ブラシが置かれた。ひとり分の食器しかなかった棚には、お揃いのマグカップやらが増えている。

三日目。家の構造を理解し台所の布陣も把握した里葉が、家事を一気に片付け始めた。手伝おうと思っていたけど、自活していた俺が邪魔になってしまうぐらい手際が良くて、とりあえず自分の部屋に避難した。やりたくもなかった花嫁修行だけど、やっておいて良かったと満面の笑みで言った彼女の表情が印象的だった。

ふたり交互に入った後の風呂上がり。スポーツブランドのTシャツとズボンを着て、タオルを肩にかけていた俺に彼女が声をかける。ほかほかの体で藍色のルームウェアを着た彼女が、和室でお姫様座りをして、太ももをトントンと叩いていた。

彼女は右手に梵天《ふわふわ》付きの耳かきを持っている。

「ヒロ。耳かきしてあげます。こっち来てください」

「……おう」

彼女の元へ寄って、膝枕の上に頭を乗せる。風呂上がりで妙に体が温かいし、すごく柔らかくて頭が沈むように動いた。シャンプーの匂いに紛れて、甘い匂いが鼻腔を刺激する。

「えへへ。未来の旦那様に耳かきです」

俺を見下ろす彼女の顔は紅潮しており、妙に妖艶で、軽々しく乗っかったのを後悔した。今までは着物のような上着をずっと着ていたので体のラインとかは見えなかったけど、寝巻きの状態で見てみればかなりスタイルが良い。

……なんというか、恋人という関係になってから彼女の距離感がおかしくなっている。よくよく考えたら付き合う前からデートだったり、付き合った男女のようなことはしていたけれど、それをはるかに上回るレベルの動きをしてきていた。

るんるんと耳かきを動かす彼女は、めちゃくちゃ楽しそう。

「えへ。えへへへへ。あ、おっきいの取れましたよヒロ。やっぱり耳掃除なんて自分でやりませんから、溜まってますね。これから私が定期的にやってあげますから。あ、ここ痛くありませんか？」

「………………だいじょうぶだよ」

なんか、初めて会った時はクール系だったのに、あまあまになる時はがっつり変わるからビビる。しあわせオーラを全面的に出してくるので、断れないし良心が痛んで途中で離れたりできない。

「右耳は綺麗になりました。ヒロ。反対側出してください」

「……おう」

お腹のほうに顔を向けた。

このまま彼女のペースに乗せられたら、死ぬほど依存する気がする。

「次は、ヒロが私にやってくださいね？」

「……うん」

彼女の頭を膝に乗せ、髪を撫でる。耳かきしているのに、頬をやたら足に擦りつけてくるせいで危なかった。

翌日。朝ごはんをふたりで食べながらニュースを見た後。『ダンジョンシーカーズ』の今後であったり真面目な話をして、今日は何をしたいか彼女に尋ねた。

顎に人差し指を当てた彼女が、決意を感じさせる表情で言う。

「今日はなんか……甘えたい気分です。ヒロ」

(むしろ今まで甘えていなかったのか……?)

彼女の宣言がもたらす驚愕の事実に、死ぬほどビビる。いったい何が起きてしまうんだ。

椅子から立ち上がった彼女が、家具を置いていない広いスペースのほうを指差す。

「うーん。ヒロ。あそこに立ってください。今からげーむしましょう」

「あ、げ、げーむか？　古いハードだけど、棚の中にあるぞ。今準備するからちょっと待ってくれ」

両手を腰につけた里葉が俺を止めて、胸を張ってえっへんと言う。クールさはどこに。

「違います。私がいま思いついた、ヒロと私だけのげーむです」

「あ、お、え、うん」

……困惑しながら返事を返すと、突如として里葉が消失した。これは、彼女の『透明化』の能力か。

あの龍は彼女の姿が見えていたようだけど、俺には見えない。俺が竜の力を使いこなせてないのか、それとも里葉が強くなったのか。

瞬間。突如として彼女が俺の右側に現れて、両手を広げ抱きつく。ぎゅーっと力を込めていて、心地よい体温を感じた。にこにこした里葉が俺の顔を見つめている。

「ヒロ。そのげーむのるーるは簡単です。私が透明になって、いろんな方向からヒロに抱きつきます。ヒロは私が来る方向を予測して、真正面から私を受け止めてください。私を捕まえてぎゅーできたら、ヒロの勝ちです」

「えっ」

「よーい、どん！」

勝手に試合開始を宣言し、また消えた里葉が今度は背中から抱きついてきた。思いっきり抱きつくので、ダイレクトに彼女を感じる。左肩のほうから顔を出した彼女の髪の毛先が、俺の頬を撫でた。

「ヒロ。私を真正面からぎゅーしたくないんですか？　ヒロは私のことだいすきなのにぎゅーできなくて辛いですね。えへへ」

言葉を言い残して、また透明になる彼女。

………幾ら何でもあざとすぎる。これ、狙ってやってるよな？　狙ってやってなかったら……やばいぞ。

俺、彼氏だし。付き合って、あげるか。

斜めのほうを向いてみたり、タイミングを合わせて勢いよく振り返ってみたり、いろいろ試してみる。けれどまったく捕まらなくて、初めて会って交戦した時のあれはやっぱりたまたまだと思った。

完全に翻弄されている。

「えへへ。ヒロ。どこ向いてるんですか？　私は真反対ですよ～」

左腕の下に手を差し込んで、抱きついてきた里葉が俺を煽る。本気で能力を行使し、動きを探っているがまったく読めない。割とマジで、彼女は俺を殺せると思う。

右肩のほうから出てきた彼女に、また抱きつかれる。まったく予測できていない。里葉に弄ばれている。斯くなる上は。

居間の中心。両手を広げ、ただ待機する。動かざること山の如し。

右側から抱きついてきた里葉が、また俺を煽った。

「ヒロ。何してるんですか？　そんな待ち構え方してたら、ばればれじゃないですか。もう少し考えたほうがいいですよ」

まだ動かない。続いて里葉が、背中から抱きつく。

「ほら。またぎゅーされちゃったじゃないですか。ヒロ。早く動いて動いて」

その決意。鉄の心。左側から抱きついた里葉の、焦る声が聞こえた。

「ヒ、ヒロ？　なんで動かないんですか。動かないと、私をぎゅーできませんよ？」

もう一度里葉が、右側から来る。

「ひろぉ……」

……構ってもらえず、目がうるうるし始めた里葉を見て良心が痛む。でも右側から抱きつきながら、うずうずしている姿が見えた。たぶん、勝ったな。

その時。耐えきれなくなった彼女が、真正面から俺の元へ飛び込む。彼女の背に両腕を回して、強く抱きしめた。

「……見事にしてやられました。さ、寂しくて来ちゃうに決まってるじゃないですか。ひどいですよヒロ」

「…………」

両腕の中にいる彼女が、もぞもぞと動く。

「あっ……ぎゅーってされて動けません。力が強くて……一歩も動けない。にへ。ヒロに、捕まっちゃった……」

ぽやぽやした今の里葉は、戦場を駆け抜ける歴戦の妖異殺しには見えない。

少し満足げに頬を胸へすりすりする彼女が、俺の両腕から逃れようと、もぞもぞと動き続ける。

散々煽られた後なので離すつもりがない。むしろ力を強める。

数分経ってなお、離さない。

「う、嬉しいですけど……ど、どうすれば出られるんでしょう。何かしないといけないんでしょうか」

うーと唸る彼女が考える。普通に離してほしいといえば離すつもりなのにそう言おうとはしない。

真面目な、凛とした表情で里葉が言い放った。

「ヒロ。貴方を愛しています」

「ああ。俺も愛している」

もう一度、強く抱きしめ直す。

「……違うんですね」

うんうんと考え込む彼女。俺を抱き締め返しながら、目を閉じて彼女は唸っていた。

「……そうだ！」

俺の顔を見て、何かに気づいた彼女がつま先を少し伸ばす。

押しつけられるように、唇と唇が触れた。体が弛緩して、それに思わず彼女を離してしまう。

「あっ……やっぱりちゅーすれば良かったんですね。えへへ。一回捕まっちゃいましたが、離しちゃったので引き分けですよ。ヒロ」

「里葉」

「なんですか？」

右手を摑んで彼女を引き寄せる。髪の毛を掻き分けながら左手で頬に触れ、かなり恥ずかしいけれどこちらからキスをした。

「……ヒロ。だいすき」

……彼女のこのペースに乗せられたら、本当にまずいと思う。ただでさえ同棲して四六時中同じ場所にいるのに。家にいたら、一生いちゃつくような気がした。ゲームって、何？

「今日は、出かけようか」

「はいっ！」

ただ、今の彼女はすごく幸せそうで、俺も嬉しい。いや、幸せだ。

……誰かがいると、やっぱり違うな。

幕間・二　吾輩は猫?である。

春の陽光が窓から差し込む。

里葉が家に来てから、一週間近くの時が経っている。それぞれ家事を分担し生活していて、特に喧嘩をしたとか、そういったトラブルはない。昼ごはんの時間。今日は袋麺を使ったラーメンで、簡単に済ませる。

「ヒロ。運営から連絡があったのですが……『ダンジョンシーカーズ』のリリースがもう間近です。本来上位プレイヤーは東京に招待される予定だったそうですが、ヒロには仙台にいてほしいそうです。しばらく……たぶん一か月くらい、この生活が続くと思います」

「にゃぁあああおっ」

「ああ。そうか。それぐらいの期間があれば、検証だったりいろいろできそうだな……その話、また後で詳しく聞かせてくれ」

「にゃ、にょにょぬ、ぬー」

「……うん?」

聞いたこともない何かの声が、机の下から聞こえてくる。そいつが椅子の上に乗って机に登った後。手元へ首を突っ込んできて、横から俺のラーメンをすすり始めた。ごくごくと直でスープを飲んでいる。

一度皿から顔を出して、見上げた姿。

それは獰猛なようにも見えるんだけど、あどけなさが抜けない。濃く長い体毛と大きな体が、ずんぐりむっくりした形を見せている。顎からは醤油ラーメンのスープがぽたぽたと落ちていた。

……猫？

からんからんと、里葉が箸を落とす音が聞こえる。

「は？」

魔力の煌めき。

椅子から勢いよく立ち上がり臨戦態勢に入った俺を止めて、里葉が猫の頭を撫ではじめた。なんか、気持ち良さそうに目を閉じてゴロゴロ言ってる。

「……少しだけ、出てきちゃったんですか」

何かを察した里葉が、呟いた。

……ふたりと一匹集って、会議が始まる。猫らしからぬ大きさの猫もどきは今、机の上から俺の顔にやたらスリスリをしていた。とんでもない量の抜け毛が、髪の毛についている。というか、重い。

「ヒロ。私はあの戦いの後いろいろ考察したり、ヒロの魔剣を実際に見せてもらったりましたが……おそらく、あの刀は竜殺しの武器でもなんでもなく、ただ、空想種を封印するためのものなんだと思います」

真面目な表情で語る里葉は、やっぱりクールだ。

「おそらくこの空想種は……変わった子だったんだと思います。普通は重世界に引きこもっているはずなのに、あちこちに出て行って結果厄災となって……おそらくあちら側の世界で、完全に封印されてしまったんです」

　彼女の話を聞きながら、竜喰を取り出す。刀の中にいる存在が消えて、今出て来てしまったというわけじゃない。だけど、目の前にいる猫は決して偽物というわけでもなかった。

「ヒロの剣には『復元呪詛』という能力があります。これは文字通り、呪いのように復元していくものので、戦闘を想定しているんだと思ったんですが……それは間違いでした。これは、閉じ込めるための能力なんです。決して出られないように。飛び出そうとしても、破壊できないように。封印され弱体化した空想種が出るには、決定的に力が足りない」

　彼女が話を続ける。どう考えても危ないとしか思えないのに、立ち上がった彼女が猫を両手で掴んだ。前脚を伸ばし後脚をだらーんとした状態で、猫が大人しく里葉に捕まる。

「……しかし、刀が外側から破壊された時がありました。それは、空想種〝独眼龍〟が本気の一撃を放った時。刀がへし折れ復元していく中、ぼろぼろになったヒロは勝つために思い切り魔力をこの猫さんに渡しました。その結果、一時的に力を取り戻した猫さんは目の前にいる一番美味しそうなものを食べて、諸々のお礼にヒロを助けてくれたんだと思います。そしてその弊害として……中にいたものの一部が出て来てしまったと」

　頭をなでなでしながら、もふもふする里葉。ごろごろと鳴く唸り声が、とんでもなく恐ろしい。危ない。怖い。絶対やばいって。里葉は、こいつが放つ存在感に気づいていないのか？

「……こんなに友好的な空想種を、初めて見ました。重家の歴史を鑑みても、初かもしれません。なんか、ヒロのことをこの猫さんはとても気に入ってるみたいです」

「……そんなこと、わかるのか？」

「ええ。魔力の向け方の質が。ヒロの竜の体が本能的にこの子を恐れているので、ヒロはそれに気づけないんでしょうけど」

撫でられる最中。顎を伸ばした猫に、里葉の右手が迫る。

「ぐるるるにゃぁあああおおっ」

「顎が好きなんですね。よーしよし……ヒロはものすごくこの猫さんを恐れているようですが、この子、全然弱いですすし大丈夫ですよ。本体の大きさを海と例えるなら、出てこれたのは一滴より少ない。あの刀、『暴食』と『遅癒』はこの子から起因する能力だったようで、刀自身の能力は『復元呪詛』に特化していますす。問題ないですよ？」

「……それでも、刀に何か仕掛けるかもしれないだろう。こいつ自身が飯を食って力を蓄え、暴れ出す可能性も否定できない」

甲高い声。俺を見つめる猫が口を半開きにする。

「ぬぉー」

「確かに食べることはできると思いますが、そのキャパも一滴分だけです。それに、竜喰を完全に破壊できる一撃が放たれる日は、世界が滅ぶ日だと思います。なんたって、龍の攻撃でも消失しなかったんですよ？　竜喰さん、ヒロが拒絶するので悲しんでます」

「……こんな馬鹿でかい猫、人に見られたらまずい」

「ヒロのスマホに入れると思います。弱くたって空想種ですし。重世界の一部なので。あれ」

綺麗に反論されてしまう。

猫をなでなでする里葉。強くぎゅっと抱きしめていて、苦しそうな猫の顔がどこか曲がってるように見える。これは……籠絡《ろうらく》されたっぽい。魔力をちょっと使い暴れ狂って出ようとしているが、里葉の筋力に勝ててない。

「私がちゃんと世話するので……というかそれこそ、この子を知らない場所へ解き放つほうがまずいんじゃないんですか？　責任持って私たちが育て……管理しましょう」

「…………わかった」

我が家に、ＸＬサイズの飼い猫ができた。

……会議の後。刀のこいつはどんなものでも食べてしまうので、今から家を食い始めるんじゃないかと危惧していたが、普通に猫らしくクッションの上で寝そべっている。ピク、と耳を動かした猫が、すくっと起き上がる。アホくさい体つきをしているが、顔つきが凛々しい。

「もふもふだな。お前」

「ぬぉー」

里葉が世話をするとは言っていたけど、トイレとか猫砂とか買わなきゃダメだよな。いやそもそも、トイレするのか？　こいつ。


午後の時間。

居間で仕事をする里葉。彼女を横目に俺は『ダンジョンシーカーズ』を開いて、スキルをチェックしている。新しく習得したスキルと最適化されたスキルが多すぎて、把握に時間がかかる。それに、A級ダンジョンで一気に収容した、龍が貯め込んでいた宝物たちも確認せねばならない。実は、かなりやることがある。

「……」

マグカップを手に取り、淹れたコーヒーを飲む里葉。敏腕ＯＬみたいな姿にも見えるその姿が、なんだかカッコいい。

スタッと、机の上に登る音。

真剣な顔つきでタブレットを眺める彼女の前に、突如として毛の塊が突っ込む。尻尾がぶっとくて、タヌキみたいだ。

里葉の顔に毛をこすりつけて、タブレットを後ろに押し倒した後机の上にそいつが座る。でかい。加えて空想種特有の存在感がある。実際に戦闘したりはできないんだけど、その重圧は本物だ。

何か、するわけでもない。凛とした顔つきで、里葉をじっと見ているだけ。その後、あくびをする。

「……あの」

「ぬっ」

甲高い声で返事をした。

……なんだこいつ。

夕食前。台所にて。ふたりで料理をしている間に、足元でもこもこした触感を何度も感じる。

……うろうろしていて、かなり邪魔だ。里葉が包丁で指を切ったりしたら、どうするんだ。こいつ。

「ぬぬぬ、ぬぉーっ」

俺たちを見上げるようにして、叫ぶデブ猫。里葉に飛びついて、ピンク色のエプロンをちょっと引っ張っている。

こいつ、夕食を用意しろと言っている気がする。刀のころの時点で何を求めているかは何となくわかっていたが、俺は猫と会話してたのか…………いや、冷静になったら刀よりは普通か？

この猫に食わせる飯……ご飯かあ。

醤油ラーメンを直で飲む猫だ。まだ買ってきてないけど、キャットフード食べるのかな……

猫の様子を見かねた里葉が、冷蔵庫を開けて食べられそうなものを探している。

「ヒロ～。この笹かまぼこ、あげてもいいですか？」

「ああ。いいぞ」

里葉が袋から笹かまぼこを取り出して、それを適当にちぎって投げる。結構遠くに投げたようで、猫はそれを追っかけてどっかへ行った。短距離での走り方がずんぐりむっくりしているせいでアホらしい。

「ぬっぬっぬっぬぉーっ」

下向いて、くちゃくちゃ食べてた。あ、これから餌がもらえると思って料理中手を出して来たらどうしよう。

……里葉との食事中。炊飯器を勝手に開けて、炊いておいた白米を口いっぱいに頬張りやがった。

深夜。里葉が和室で布団を敷いて、すやすや寝ている時。

自分の部屋に戻って来て俺も就寝しようとしたら、ベッドのど真ん中で体を伸ばし爆睡している猫がいた。

「……おい。どけ」

背中を押してどかそうとしても、動く気配がない。

のびのびとしていた猫は頭だけを上げて、こちらを批判するような目つきで俺を見ている。何も言わない。揺らぐ気配がない。

……猫に寝床の六割を取られながら、眠りについた。

深夜。顔を踏まれて目が覚める。寝巻きには、コロコロを使わないと取れなそうな大量の抜け毛。

……なんだこいつ。

翌日。買い出しに行こうと、里葉とふたりでスーパーに行く。カートを俺が押して、野菜が傷んでいないかどうか手に取り確認する里葉が、商品を入れていった。

要冷蔵コーナー。彼女とふたり歩いていて、陳列されている商品を彼女が見る。

「……ナチュラルに笹かまぼこ売ってるんですね」

「まあ、仙台だし。ここ」

そのコーナーをスルーして、牛乳を取りに行った里葉を横目にショッピングカートを押す。

その時。突如として何かの気配を感じ、振り返った先で。

先ほど通りかかった、かまぼこが陳列されたショーケースの上。スマホにぶち込んどいたはずの猫が、ちょうど笹かまが集められている場所の上に座っていて、右手を伸ばしているのが見えた。

つんつんと、笹かまぼこをつつく猫の肉球。日常の中に非日常が迷い込んだ、意味不明な絵。その光景に、絶句する。

「ヒロ〜。ヒロが普段飲んでる牛乳ってどれですか？」

「里葉。今すぐ透明化を使ってくれ。あそこにいるおばちゃんが、うちの猫ガン見してる。認識阻害しないとやばい」

「え？　えっ⁉」

急いで駆け寄った里葉が首根っこを摑んで、猫をスマホにぶち込んだ。え？　なんすか？　みたいな顔してたその姿が、あまりにもバカらしい。


……帰路につき、戻ってきた自宅。頭を耳ごと両手で摑んで、宇宙人のグレイみたいな顔になった猫を里葉が説教する。猫撫で声のそれに、あまり威厳はない。

「こら。ダメじゃないですか。勝手に出てきちゃダメですよ。竜喰さん。めっ」

「ぐるるるる……」

「罰として、あなたは今から泥棒猫です。唐草模様の首輪をつけますよ〜」

抵抗むなしく布の首輪をつけられて、爆誕したでぶ泥棒猫。いつ里葉はあんなの買ったんだ？　いや……作ったのか？　でも、首輪がよく似合う。くそ。かわいい。

説教の後。エコバッグから食材を冷蔵庫に移す時、笹かまに異常に反応していた。ちなみに、キャットフードには見向きもしなかった。

夕食。俺が食う飯を横から盗み食いしようとしてくる。里葉のご飯には、手を出さなくなった。

……なんだ？　こいつ。

夕食後。里葉が、冷蔵庫から笹かまを取り出す。

「にゃにゃなにゃっぬー」

「ふふふ。笹かまですよ～」

里葉の手から直接、笹かまをガツガツと食い始める猫。美味い美味いと言っているように鳴き声をあげる姿に、考え込む。こいつ、量を食うのは本体のほうに任せて、ちっさいほうでは美食を楽しもうとしてないか？

一応、空想種のはずなのに……飼い猫として順調に野生を忘れていっている気がする。

……そういや、名前つけてないな。

数日後。それからの間、みんなでご飯を食べるときに、笹かまを里葉があげている。

餌やりの担当は自動的に里葉になったっぽい。トイレも買って来て設置したけれど、使われている形跡がない。どこか別の場所でしているようにも見えないし、いろいろよくわからん。

「はい。笹かまですよ～」

「ぬっぬぬぬぬっなー」

……里葉が甘やかして、笹かまを買い込んでいる。冷蔵庫の一角に、猫用の笹かまが積み込まれていた。他のも食べるけど明らかに食いつきがいいので、たぶん好みの味なんだろう。

「なあ。里葉。そういえばこの猫の名前、どうする？」

「え？　この子は竜喰さんじゃないんですか？」

「いや、それは刀の名前だろ」

試しに、竜喰と声をかけて呼んでみる。見向きもしないし、耳を向けてすらいない。刀の頃からの付き合いなのに、まったく名前と認識していないようだ。里葉もちょくちょく、そう呼んでたんだけどな……

しゃがみこんでいた里葉が立ち上がって、背筋を伸ばす。

「んしょ。もう笹かまが一袋なくなってしまいました。この子、食いしん坊ですね」

「にゃっ」

空っぽになった袋を持ちゴミ箱のほうへ歩いて行った里葉に返事をして、振り向く泥棒猫。

こいつ……まさか……

「おーい。ささかま」

「ぬっ」

里葉のほうを見ていた猫が、なんだよと言いたげに今度は俺のほうを見た。

「あー……」

「どうしたんですか？　ヒロ？」

「……里葉。笹かま、って呼んでみてくれ」

「ささかまさん？」

「にゃーお」

「あっ……」

里葉が俺の言わんことを察する。

俺の愛刀兼命の恩猫。倉瀬家初の飼い猫として、名前を考える機会もなく。

命名。ささかま。龍をも喰らう空想種の一部として、威厳を保つ。


今日からこの子は、ささかまさんですねー、なんて言った里葉が、皿洗いをしようと立ち上がった。

まだまだ笹かまぼこを寄越せと叫び散らす猫とダメですと視線も向けずに却下する里葉の姿を見て、思わず笑みが浮かぶ。

この家も、ずいぶんと賑やかになった。これから、『ダンジョンシーカーズ』も正式リリースを迎えて、何が起きるかはわからない。それでも。

こんな賑やかな、彼女との生活が、続けばいいなと願って、家事をする彼女を手伝おうと、立ち上がった。

幕間・三　猛毒の一手

宮城県仙台市。百万の人口を有し、東北地方で唯一の政令指定都市であるここは『ダンジョンシーカーズ』運営にとって、重要な場所である。

『OS：ダンジョンシーカーズ』の開発者にして、総責任者である重術師。空閑《くが》肇《はじめ》は、効率的にシステムの運営、管理を行うため、部署を日本の七地方によって分けた。それぞれの責任者は妖異殺し及び重術師の名家からやって来た、精鋭である。

東北地方の責任者は、妖異殺しの名家である雨宮家当主代行。雨宮怜。卒なく仕事をこなす彼女は、大きな失敗をしない。しかしベータ版『ダンジョンシーカーズ』が始まってから、東北地方……特に、仙台市の状況は良くなかった。


雪降る夜に。新年の時も終わった一月中旬。


その女性は、都市の中ひとり佇んでいた。スマートフォンを片手に持つ彼女が開いているのは、一通のメール。それは彼女がとあるツールのベータ版に当選しなかったことを伝えていた。

――ただのツールではない。世界を懸けた、鬼才によって放たれた大胆な一手。時代を動かし、常識をひっくり返すようなもの。彼女はそれにどうにかして参加したかったようだが、これではどうしようもない。

「チッ……クソが」

暴言を言い放った彼女は後頭部をガシガシと掻きながら、踵を返そうとした。

仕事帰りのサラリーマンが集う、ケヤキの並木道の近くにある繁華街。ネオンが輝く居酒屋にスナックやバー。もし当選したならば彼女はそこで祝杯でもあげようかと考えていたが、それは叶わなかった。

夜の喧騒の中。誰かが、彼女の肩に触れる。

「……貴方。誰ですか?」

雅な見た目をしたマフラーを首に巻く男の顔は、よく見えない。

彼が言い放った一言で、彼女は表情を一変させた。

「『ダンジョンシーカーズ』やりたくないか?」

「……オイオイオイ。話、聞かせてもらおうか」


……ダンジョンシーカーズのベータ版が始まってから、二週間。都市部に集中した渦へ突入を開始するプレイヤーたち。その中には事前に有望株として招待されやってきた、分家の妖異殺し、国家所属のエージェントなど、さまざまな人材がいる。

彼らの動向を探る男が、報告をあげる部下に話を聞いた。

「あの女……次々とプレイヤーや民間人を殺していってます。恐ろしいぐらいです。最終的には、我々の手で始末する必要があるでしょう」

分家の妖異殺しや元軍人など、選抜され送り込まれた人材は訓練を重ねた精兵ばかりだ。優秀であるはずの派遣組を、簡単に殺していくその姿に末恐ろしいものを彼は感じている。

彼女を選びスマホを手渡した男は、口調を普段のものに戻し話し始めた。

「……わざわざ、猟奇殺人で指名手配されているものを探して選んだのだ。それぐらいはやってもらわないと困る」

跪き、大きく頷いた部下が更に報告を続ける。

「我々の流言を受けて、上京や北上を考えるプレイヤーが増えています。実際に、潜り込ませたものに誘導をさせている最中です」

「よし。ククク……やはり空閑は焦っているな」

男は魔力の片鱗を見せ、強く右手で握り拳を作る。

「……空閑の野望を撃ち砕け。そして、それに擦り寄る雨宮に復活の機会を与えるな。奴らの血は、我々白川が取り込むぞ」

……彼らの計画は順調に進み、東北の象徴、仙台の『ダンジョンシーカーズ』の妨害に成功している。上手く情報を遮断しているため、運営はまだ状況を把握できていない。しかし、そんな彼らの元に、別の妖異殺しがひとり、凶報を携えてやってきた。

「何事だ」

「……殺人鬼の女が殺されました。状況は逼迫しています」

「――何？　奴はもうすでに、そこらの妖異殺しよりは強くなっていたはずだ」

「……竜殺しの武器を握った新鋭に殺された模様です」

その言葉を聞き、起き得る最悪の事態を想定した男が食い気味に聞く。

「私の魔道具は回収したか？」

「そ、それが……状況を訝しんだ雨宮怜が、妖異殺しを派遣していたようです。その妖異殺しに水晶を確保され……」

「馬鹿者ッ!!　巫山戯《ふざけ》おってェッ!!」

怒鳴り散らし叫んだ彼が、部下を思い切り殴り飛ばす。

「その妖異殺しを始末しろ。そう簡単に割れることはないが、我々の関与が明らかになればまずいことになる」

また別の部下が、躊躇いがちに口を開けた。いつ怒りの矛先が、彼に向くかわからない。

「……その妖異殺しは〝凍雨の姫君〟雨宮里葉でした」

そのことの意味を理解した男が、大きく舌打ちをする。その後、卑しい笑みを浮かべた。

「面倒をかけさせおって……我らが屋根の下に迎える日が来れば、その分可愛がってやらねばなるまい」

「……魔道具を奪い取るため、交戦しますか？　東北各地に展開させている妖異殺しを招集すれば、制圧も可能かと」

愚かな提案をした部下を咎めるような視線で見つめ、大きくため息をついた男が言う。

「不可能だ。奴は多くの異名を持っているが……貴様が今言ったものに並ぶ、もうひとつの異名を忘れたか」

「……〝雨宮最後の妖異殺し〟」

「そうだ。あの落ちぶれに落ちぶれた雨宮の中で、唯一雨宮の名を冠するに相応しい最後の妖異殺しとして扱われておるのだぞ。第一、奴の能力は対人と生存に向きすぎている。逃げに徹されたら、どんな妖異殺しでも捕らえることはできん」

辺りを一度見回した後、部下のほうを見た男が言う。

「今この時、この場に小娘がいてもおかしくない。奴を相手に諜報戦など……不可能だ。ちっ……全員退かせろ。これ以上情報を与えるわけにはいかん。あの水晶も、私自ら製作したものだ。決定的な証拠は摑めん」

最後に大きなミスを犯してしまったが、概ね遅延と妨害には成功した。雨宮の存在感を奪うのには十分だろう。そう判断した男が、手の者を全員撤退させた。

しかしその後も、彼らは同じく反発する勢力への支援など、『ダンジョンシーカーズ』に対する妨害工作を行った。全ては、彼らの矜持と権益を守るため。

しかしながら、これから起きる出来事を彼らはまったく想定できていなかった。まさか、妖異殺しの頂点とも言える幹の渦の攻略者。それが再び、雨宮から現れるなど。

――潮目が変わる。その決戦は近い。

あとがき

本書を手に取ってくださり、誠にありがとうございます。

第二回一二三書房WEB小説大賞にて銀賞をいただき、デビューさせていただくことになりました、七篠康晴です。

あとがきの執筆にあたり、本作と自身の話を少しだけさせていただきたいと思います。

この『ダンジョンシーカーズ』の執筆、投稿を始めた当初、私はアメリカに在住しており、現地の学校に高校生として通っていました。そこにいるアニメ好き、マンガ好き、そして日本好きの友人に恵まれ、母国の文化を外側から眺めつつ、内側からも楽しむといった、贅沢な環境にいたのを覚えています。

しかし、日本の本を入手しにくい環境でもあったため、そこからWEB小説にのめりこみ、そしてコロナ禍の余暇をきっかけにして、執筆を趣味として始めました。そこから有り難いことにこの『ダンジョンシーカーズ』がサイト上で伸び始め、書籍化などを意識し始めた、という感じになります。

アメリカの学校。日本のものにはない様々な設備がある場所で、私が好んで利用していた場所は、図書館でした。そこにはもちろん、多くの本があったのですが、その中に、英訳された日本の漫画が多く置いてありました。

日本の漫画は生徒にとても人気で、某ワンパンで敵を倒す漫画は常に貸し出しの状態になっていたり、シンプルに本編と外伝を混同してナンバリングの途中から外伝のほうになってしまっている漫画があったり、そのコーナーがどうなっているかをチェックするのは、いつしか私の習慣となっていました。

学校に通いながら『ダンジョンシーカーズ』の更新を続け、サイト上のランキングでしのぎを削っていたある日。ふと、その漫画コーナーを訪れると、そこには新しく、小説家になろう原作でコミカライズされた、『ダンジョンシーカーズ』と同じローファンタジージャンルの人気作品が、置かれていました。本当にびっくりしました。

更に驚くことに当初、その作品の原作者さんは、新作の投稿を同ジャンルで開始されていて、本を発見したのはちょうど、ランキングで『ダンジョンシーカーズ』と競い合っていた時のこととなります。まさかサイト上で戦う作者さんの作品までが、私の通う太平洋の向こう側の公立校の、図書室の棚の片隅に来るとは思いませんでしたし、偶然と必然が折り重なってそれを見つけた私が、ちょうどその原作者さんと競争するような立場にあると気づいた時、感情が高ぶったのを覚えています。その出来事から、自然と、面白い作品を多くの人に届ける仕事を将来はしたい、と思うようになりました。

将来、この思いに対して、どのように私が向き合っているかはわかりません。しかし、まずはその確かな一歩となる機会をくださった、一二三書房編集部の皆様、担当編集の飯吉様に、心より御礼申し上げます。

そして、本作のイラストを担当してくださった、冬野ユウキ様。各イラストラフをいただいた時は、思わずガッツポーズしてしまうほどに嬉しかったです。ありがとうございました。

最後に、この本を手に取ってくださった読者様方。皆様には、感謝してもしきれません。一秒でも長く、この作品も著者の私も、精一杯頑張らせていただきますので、今後とも応援よろしくお願いいたします。

七篠康晴

我輩は猫魔導師である
～キジトラ・ルークの快適チート猫生活～
1～3巻好評発売中！
猫神信仰研究会
転生したらチートな猫でした！
目指せ！三食昼寝付きのペットライフ！
©nekogami sinkou kenkyuukai

唯一無二の
最強テイマー
～国の全てのギルドで門前払いされた
他国に行ってスローライフしま
著 赤金武蔵
Illust LLLthika
幻の魔物たちと一緒に
大冒険!!
【無能】扱いされた少年が成り上がるファンタジー冒険譚！
©Musashi Akagane

転生貴族の異世界冒険録
～カインのやりすぎギルド日記～
原作：夜州
漫画：佐々木あかね
キャラクター原案：藻
レベル１の最強賢者
原作：木塚麻弥
漫画：かん奈
キャラクター原案：水季
我輩は猫魔導師である
原作：猫神研究信仰会
漫画：三國大和
キャラクター原案：ハム

神獣郷オンライン！
原作：時雨オオカミ
漫画：春千秋
ウィル様は今日も
魔法で遊んでいます。ねくすと！
原作：綾河ららら
漫画：秋嶋うおと
キャラクター原案：ネコメガネ
バートレット英雄譚
原作：上谷岩清
漫画：三國大和
キャラクター原案：桧野ひなこ
コミックポルカ
COMICPOLCA
話題のコミカライズ作品を続々掲載中！
毎週金曜更新
公式サイト
https://www.123hon.com/polca/
Twitter
https://twitter.com/comic_polca
コミックポルカ
検索

ダンジョンシーカーズ 1

～スマホアプリからはじまる現代ダンジョン制圧録～

発 行
2023年4月14日 初版発行

著 者
七篠 康晴

発行人
山崎 篤

発行・発売
株式会社一二三書房
〒101-0003 東京都千代田区一ツ橋 2-4-3 光文恒産ビル
03-3265-1881

デザイン
島田 成彬

印 刷
中央精版印刷株式会社

作品の感想、ファンレターをお待ちしております。
〒101-0003 東京都千代田区一ツ橋 2-4-3 光文恒産ビル
株式会社一二三書房
七篠 康晴 先生／冬野 ユウキ 先生

Printed in Japan, ISBN 978-4-89199-952-0 C0093
※本書は小説投稿サイト「小説家になろう」（https://syosetu.com/）に
掲載された作品を加筆修正し書籍化したものです。